万川
reflections

一步万里阔

她手中的柳叶刀

Life in Her Hands
The Inspiring Story of a Pioneering Female Surgeon

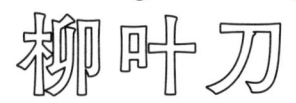

Averil Mansfield

［英］埃夫丽尔·曼斯菲尔德 著

萧潇 译

中国工人出版社

献给杰克和我的家人

目录

第 一 章
童年 ... 001

第 二 章
中学 ... 026

第 三 章
利物浦 ... 043

第 四 章
医生生涯 ... 079

第 五 章
外科女性 ... 095

第 六 章
培训结束 ... 128

第七章

顾问医生初体验 ...149

第八章

杰克出现在我生命里 ...168

第九章

圣玛丽医院 ...196

第十章

何谓教授？...233

第十一章

放缓脚步 ...259

第十二章

退休生活 ...276

致　谢 ...320

第一章

童年

1928年,我的父母在布莱克浦相遇。我的妈妈奥利芙·阿特金森兄弟姐妹四人,老家在阿克灵顿。我姥爷是名消防员。我的爸爸拉尔夫·德林兄弟姐妹六人。爸爸在赫尔出生,小时候搬家到威尔士,和他的爸爸一起在高尔为全家人建起了定居之所。德林家勉强可以糊口。我爸爸曾在曼布尔斯一带推车卖鱼,20世纪20年代时工作机会少之又少,他就从斯旺西一路来到布莱克浦寻求机会。

奥利芙和拉尔夫都在游乐海滩(Pleasure Beach)找

到了工作，也正是在那里，二人相遇了。拉尔夫负责维修工作，奥利芙是收银员。两人会沿着海滨人行道漫步，偶尔去看电影，感情慢慢升温。虽然二人相处时间不长，但他们很快就意识到想要陪伴彼此共度余生。我姥爷并不同意两人的婚事，毕竟准新郎当时每周只能挣到二英镑十先令。不过两人还是勇往直前，在我妈妈21岁生日当天结了婚——年满21岁，就不再需要我姥爷的点头认可了。何况爸爸当时每周的工资又降低了5先令，想让姥爷点头同意他们的婚事更是难上加难。爸妈两人除了自行决定结婚，也没有其他选择。好在时间很快抚平了嫌隙。虽然日子有时过得紧巴巴，但父母一直恩爱有加，直到爸爸72岁离世，两人携手走过了将近50年时光。

妈妈和她的一位好闺蜜，还有我的一位婶婶差不多同时结婚，三人都希望结婚之后很快就能迎接新的小生命。然而，事与愿违。不过，五年后，她们三位竟然同时怀孕，可以说是皆大欢喜。

20世纪30年代，国家医疗服务体系（NHS）尚未建立。妈妈发现自己怀孕几周之后，找到了库普医生，完全是因为库普医生是位女性全科医生。库普医生负责安排好了生产地点和产检事宜，主要包括血压检查和体检。妈妈到了孕晚期阶段，医生已经能够用胎儿听诊器听到胎心。但当时还没有发明出超声检查，也就无法看到胎儿的样子。

库普医生身材娇小，但是坚韧不拔，工作也确实要求她必须如此。妈妈分娩持续了差不多48个小时，最后只能到一家私人产科医院采取产钳分娩。我出生时重约4.73千克，算是"重量级"宝宝。妈妈由于难产必须接受手术，而且被告知不能再生孩子。颇为意外的是，手术之后，妈妈又患上了危及生命的肺栓塞（静脉血栓会从心脏流入肺部）——妈妈的这个经历日后成了我家的家传故事。爸爸被叫到医院，得知妻子正处在生死边缘。医生叮嘱妈妈不能活动，以免出现新的致命栓塞。这个故事可以说是跌宕起伏，让小小的我甚是着迷。这或许能够解释我成为医生之后的首次研究课题为何是深静脉血栓形成和肺栓塞。

在我出生的1937年，医学界对血栓形成的原因、预防和治疗知之甚少，约等于无。但是，血液循环的原理已经一清二楚：心脏把血液输送到动脉，借助腓肠肌的收缩，血液再通过静脉，重新回到心脏。如果腿部静脉中形成血栓，血栓会进入肺动脉，形成肺栓塞，因此医生会建议静养。腿部静脉血栓大部分会在腿部静脉中留存、"重组"，也就是身体尝试重新打开已堵塞的静脉。但这个"重组"过程本身会引发身体深静脉的长期问题，导致血液回流到心脏的效率降低。不过这并不致命，所以完全卧床休息是当时治疗栓塞的首选方法，事实上也是唯一的方法。

让人开心的是，妈妈挺过来了，产后手术也很成功。不过，她不能再生孩子了。虽然我是独生女，但从不感到孤独。父母两边都有一大家子亲戚，大家住得很近，我从小就有堂（表）兄弟姐妹做伴。

那时的人们，对外面的广阔世界没有多少恐惧之感，在街上玩耍也不过是生活里平常不过的事。那个时候街上几乎没有车子，我整天和亲戚家的兄弟姐妹还有其他孩子混在一起。比起陌生人，我们更害怕的是踩到路面上的石头缝里。我们玩得最多的是球，当然也有其他游戏，比如用粉笔在铺路石上做标记，配上一串复杂的动作，有时还会边唱边玩。我觉得这些应该都是"跳房子"的各种变形玩法。大家都有跳绳，我们真的是一刻都停不下来，玩法层出不穷。所以，当时根本不用担心会得肥胖症。

我两岁时，家里搬到了布莱克浦莱顿地区的一处市建住房。尽管我对搬家那天的情景仍然历历在目，但对搬家之前的事情却没有丝毫记忆，大概是新家的冲击和印象实在太过深刻。我清楚记得客厅的样子，还有哈罗德叔叔和埃尔西婶婶一大家人帮我们搬家的每一个细节。尤其是厨房通往后院的那段台阶，对我而言，那段台阶就是心之所向的自由之路。我记得自己当时一直在琢磨怎么才能顺利上下那段很陡的台阶。最后我趴在台阶上，跪着滑了下来。

我们的新家在文布利路11号，是一栋把角的半独立式平房，一共两间卧室，还有一个很大的阁楼，它后来成了我的卧室。我们搬进去的那年，"二战"爆发了。

搬家之后的一大变化就是，我能一觉睡到天亮了，在那之前我一直是个睡不安稳的孩子。据说搬进新家不久，爸爸就让我坐在地上粉刷自己的卧室，还在我身下仔细铺好了报纸。他确信就是因为我对自己的房间有了掌控感，我才开始好好睡觉。

爸爸烟不离手，抽烟是他唯一的奢侈享受。我想象不出他手里没有夹着香烟的样子。妈妈从不吸烟，她对爸爸抽烟的容忍，放在今天实难想象，但在当时，这样的情况稀松平常。我小时候久咳不愈，去看过很多专家，却没有一个人想到这是常伴我左右的烟雾所致。我从小就在烟雾缭绕中长大，家里、车里，二手烟无处不在。

我家客厅里生着煤火,旁边连着炉子,利用煤火的热量进行烘烤。整栋房子只有这一个热源,因此有煤火的客厅也就成了全家的活动中心。每天睡觉前,我的床单、被子都会挂在煤火周围烤暖,趁着热气还没散去,赶紧铺回床上,可能还会外加一个热水瓶。不过,烧煤的烟气对我的咳嗽没有好处。

那时没有冰箱,杂货店又近在咫尺,从我家就能看见,所以妈妈都是每天采购当天所需。她要准备一日三餐,洗洗涮涮,虽然没有任何家用电器,但依然把家打理得井井有条。我们有固定的配额,因此通常可以吃到蔬菜。爸爸吃素,我和妈妈两个人会额外补充一些蛋白质。爸爸很年轻的时候去过一次屠宰场,从那以后就再也不吃肉了;吃素在那个年代非常罕见。但是爸爸会吃鱼,有机会的时候,也能充当一下渔民。

我们搬到布莱克浦的时候,爸爸已经是氧乙炔焊工和切割工了。虽然这项工作很难,但它属于免征兵役工种,因此爸爸没有被征召入伍。我们小时候,身边的男人总是一个又一个地离开,那时的我们对此震惊不已。而我是幸运的那个孩子。爸爸看到那么多同胞纷纷奔赴战场,而他因为职业的关系留在后方,为此深感内疚。

但我觉得他能在家里陪我，真是妙不可言。爸爸每天从早上8点工作到晚上6点，只有周日休息。他大部分时间都在户外工作，风雨无阻，工作条件非常恶劣，但肯定比入伍要强得多。

他的第一份工作就是拆除布莱克浦的摩天轮。工人们在毫无安全措施的情况下，顶风冒雨进行高空作业。但这是工作，更何况工作机会还那么稀少。摩天轮拆除工作完成后，爸爸在家附近塔尔伯特路的废金属回收站找了份工作。我只能想象爸爸他们在回收站干活儿时可能会骂骂咧咧，即便真是这样，他在家也绝不会出言不逊。其实，我小时候根本没听过有人说脏话。爸爸一直是我最好的榜样，所以我即使顶着巨大的手术压力，也不会说半个脏字。家里也很少讨论私人问题，除了一些感叹词，有好多词我根本没有听过。比如，后来教给我所谓的"生活常识"的时候，爸爸妈妈都是含糊其词，结果我想知道的问题反而更多了。一般来说，生育话题似乎不太受欢迎，想来这是他们有意为之的小把戏，以防我意外怀孕。

爸爸的工资是按周结算，他总是将其装在一个棕色的信封里拿回家，由妈妈负责打开信封，分配钱的用途。妈妈会给爸爸一些零用钱，剩下的钱分别放进壁炉台上的几个罐子里,各有所用,比如用来看医生、买煤、付电费、交房租等。当时的工人阶层差不多家家户户都是如此,确保生活开支足够,不会背上债务。债务,是工人家庭的大忌,他们会闻"劳动救济所"色变。像妈妈的手术费用这种额外支出会让一个家庭雪上加霜。

那时候家里没有电话,需要打电话就去街上安全岛那里的红色邮政电话亭,用里面的黑色电话。从我家就能看到那个电话亭。偶尔需要打电话的时候,我们会看准时机,等没有人排队的时候马上出门。打电话需要投币,如果没有接通,按一下按钮B,硬币就会原封不动地退回来。我们小时候只要路过电话亭,就一定会去按一下按钮B,但只是"偶尔暴富"。

"二战"期间,爸爸除了白天的工作,还担任了我们这里的消防员。他利用自己的金属焊接切割技术,做了一台绝妙的灭火器,放在我家大门外,以备街坊邻里不时之需。蹊跷的是,虽然灭火器熬过了整个"二战",却在战争一结束就不翼而飞了,我们再也没见过它。爸爸凭借焊接技术做的另一件杰作是我的滑板车。流线型的车身金红相间,绝对承载了我所有的骄傲和快乐。除了上学期间,我和我的滑板车形影不离。

最开始，一有防空警报，我们就会躲到通向阁楼的楼梯下面。这是当时的普遍做法。很快我们就发现这种躲避没有安全性可言。于是，爸爸开始在后院挖掘掩体，内壁铺上金属板，算是脱胎于著名的安德森波纹铁防空洞，但也加入了爸爸自己的巧思。我记得有通向地下的台阶，防空洞里还有座位，里面充满了潮湿泥土的气味。

战争对当时小小的我来说，有很多看上去颇为有趣的地方。我觉得连空袭都是很刺激的经历，没有察觉到任何真正的危险。其实，在布莱克浦没有太大危险。布莱克浦塔是很有用的导航地标，尽管我们经常看见敌机飞过，听到随之而来的防空警报，但实际上没有太多空袭或轰炸。

屋内必须彻底熄灯，保证从外面看不到一丝光亮。那个时候当然还没有路灯，所以没有月亮的晚间出行总是摸黑探索。

面对种种匮乏，我们泰然自若，自豪地戴上防毒面具。从遥远地区疏散过来的人，除了疏散者的身份标签和手中紧紧抓着的防毒面具，身无长物，但也让我们倍感兴奋。我没觉得配给制的生活有多艰苦，我不太懂，也没怎么经历过忍饥挨饿，但妈妈的日子肯定是不好过。日常采买完全要按配给卡的份额来。蔬菜虽然种类有限，但通常都能买到，而黄油、肉、蛋等日常所需属于奢侈品，水果亦是如此。大米只够用来做布丁，意面干脆不见踪影。在学校，我们每天能喝到约200毫升的牛奶和浓缩橙汁，每个学期有一次机会可以带空果酱罐到学校装一罐"美国来的"巧克力粉回家。回家路上，我经常抵挡不住诱惑，伸手从罐子里蘸一点儿巧克力粉尝一尝。

"二战"结束，大家都涌上街头，狂欢庆祝。不知为何，各种各样的食材就像有魔法一样被变了出来，又变身成数量足够的各色美食。妈妈做了白兰地姜汁饼干，直到今天仍会让我想起当时的盛况。当时还有很多我从小都没见过的吃食。比如我直到十几岁，才第一次见到香蕉和菠萝。我上初中之后，才在学校附近的食品店买了梨形小硬糖，那是我有生以来第一次买糖果。我依然记得当时充满了罪恶感。

妈妈没有出去工作，我很小的时候她总是在家。我喜欢缠着妈妈学东西，妈妈也很开心地教我。其实，妈妈之前想做老师，但被告知至少要在学校读到14岁毕业的人才有资格任教，而且她的身体也太虚弱了。虽然话是这么说，但妈妈直到84岁高龄才去世。我现在还清楚地记得，小时候坐在院子里爸爸给我做的小秋千上，跟着妈妈学认字。

我很期待成为莱顿小学的学生，从我家走路就能到学校。上学第一天，妈妈陪我走到学校，对我说："你放学肯定能自己走回家。"当天放学，我果然自己轻松地走了回去。从那之后，我每天都是自己上下学，没有大人接送。我到家的时候，妈妈一定在家。现在回想起来，那可真是难以想象的自由；但在当时，大家都是如此。我除了上学第一天放学的时候有些许担心，后来再没觉得这是个问题。

儿童教育虽然免费，但医疗费用必须自己承担，这是家家户户的一大心病。壁炉台上有一个贴着"医生"标签的罐子，妈妈会从爸爸的工资中拿出一部分钱，按时放进这个罐子里。只有在问题严重的时候，才会去看全科医生。1948年，国家医疗服务体系出台，工人阶层真是松了一口气。从此，我家壁炉台上再也没见过贴着"医生"标签的罐子；这个情景，我记忆犹新。

菲利普医生是我们这里的全科医生，从我家就能看到他的诊所。我们总是看到诊所门口没有人排队了再出门。当时，看医生不用预约，直接去诊所就可以，而且当天肯定能看上医生。

菲利普医生人很好,他的儿子最初和我是小学同学。我们俩是好朋友,但也互争高下。菲利普医生是位男性,但我遇到的其他医生基本都是女性。我特别喜欢我们的校医,觉得这位温柔可爱的女士对我们是真的上心。她在很多方面都是我小时候的榜样。现在回想起来,我小时候就觉得女性做医生是很正常的事情。这样的认知非常重要,正是如此,我才会向往自己也要成为一名医生。

像很多小学生一样,我的脚上长了瘊子。我还记得当时在学校医务室外排队,等着校医帮我处理。我前面的小男生绘声绘色地描述处置过程:"校医有把很快、很尖的剪子,她把剪子尖戳到瘊子两边,往里一戳,再往外一挑。"现在想想,我当时能接着排队没跑掉,还真是不一般。

当时,猩红热和白喉也属于多发病。我们小孩子都知道,一旦得了猩红热或白喉,就要马上请假去疗养所。赶上疾病暴发期,妈妈会给我解释疾病暴发的情况,向我保证如果我生病的话,也会得到很好的照顾,不同的只是照顾我的人不是她。我听了之后觉得如果真是那样,好像也是个不错的经历,不过我从来也没有体验过。

我七八岁的时候，去医院摘除了扁桃体。我一点儿都不害怕，自己走进手术室，只是有点儿担心手术会不会在我睡着前就开始。麻醉医生让我在麻醉过程中一直回答他提出的问题。在提出某个问题时我似乎就反应不过来了，然后陷入了沉默，那一瞬间，我的担忧达到了顶峰。手术之后只能喝粥，除了这点让我感到不快，其他一切都没问题。

六岁时，我的脖子上长了一个大脓肿，算是我小时候唯一一次得大病。脓肿也不算罕见问题，只需要简单切开即可。我当时就是在全科医生诊所，坐在妈妈腿上接受了局麻。其实就是喷了氯乙烷喷雾，皮肤失去了知觉。我也说不好冷冰冰的喷雾和手术刀哪个更糟，反正方圆几公里肯定都听到了我的尖叫。

脓肿切开术的效果立竿见影，可糟糕的是，我又得了斜颈，头歪在一侧不能动。一共花了好几周的时间治疗、锻炼，我的脖子才恢复过来。我当时觉得全都因为自己不好，脖子才出了问题，心里充满了内疚。

上学的时候，我们这么大的孩子会定期去照紫外线灯，让我们更健康。我们上身裸露，戴好护目镜，围着紫外线灯绕圈。显然，那会儿完全没有考虑到恶性黑色素瘤的问题。

我很爱上小学。老师想让我们好好学习，我们也想不辜负老师的期望。辛格尔顿校长无与伦比，是教育最高境界的化身，能激发出学生最好的一面。他总是鼓励我们，了解我们每一个人。小学生涯给我的人生打下了良好基础，我对此始终心存感激。

教室围成了两个四方院，中间是礼堂。菲利普医生的儿子阿拉斯泰尔跟我坐同桌，也是我的一大竞争对手。我们俩一直你争我夺，都想要当全班第一，但也一直都是好朋友。我甚至想过，我的第一个孩子也要取名叫阿拉斯泰尔。阿拉斯泰尔后来转学去了高士德学校，我的小世界破碎了。我们多年之后才再次相见，那时我们都已经是高年资专科医生了。

上学前，我是个害羞的孩子，有时候会害羞到恼人的程度。如果遇到妈妈的朋友，我经常会藏在妈妈的外套里。她打定主意要把我这个毛病改过来，给我报了芭蕾舞课，开了我小时候各种课外兴趣活动的"先河"。我很开心最终克服了害羞的问题。我在教堂庆典上起身演唱《嘿，小母鸡》(*Hey Little Hen*)的时候，妈妈的惊讶溢于言表。

圣马克教堂(St Mark's Church)是我们当地社会生活和宗教生活的中心，我在那里参加了音乐、戏剧、舞蹈等各类活动。我成了独角戏表演小能手,对不少剧目烂熟于心,比如被斯坦利·霍洛韦(Stanley Holloway)在《窈窕淑女》(*My Fair Lady*)中带火的《艾伯特和狮子》(*Albert and the Lion*)以及《萨姆,拿起那把火枪》(*Sam, Sam, Pick Oop Tha' Musket*)。我们在当地有很多演出,甚至还有海报把我写成"莱顿小神童"。爸爸妈妈发现我很擅长背诵,我觉得他们也很开心我成了我们那里的小明星。我从未对此产生怀疑,觉得这不过是成长的一部分。后来,我特别庆幸自己能够当众讲话,表达自己的想法。再后来,我成了一名专科医生,会经常告诉第一次做报告的年轻实习医生,要把自己想象成站在舞台上的演员,去吸引台下的观众。

爸爸"身怀绝技",仿佛能凭空变出舞台布景,是教堂置景的重要人物。他动手能力强,艺术感好,能发现废弃边角料的潜在用途。"二战"结束后,大量作战剩余物资变成了废旧物资,可供利用,爸爸的废旧品改造能力随之觉醒。我们布莱克浦女声合唱团穿着米色伞绸改制的演出服,在英国节(Festival of Britain)上演唱,当年的场景历历在目。

我上学前,妈妈就教会了我认字,所以刚上学的时候,我经常在课堂上无所事事。家里也讨论过是否让我跳级，不过妈妈理智地阻止了这个决定。后来，我脖子上长了脓肿，在家休息了几个月，刚好"扯平"了超前的进度。我回到学校之后，认识了很棒的米尔斯小姐，她给我的《柳林风声》(*The Wind in the Willows*)是我拥有的第一本真正的图书，我视若珍宝。

我家几乎没有书，朋友们家里也是如此。要看书，只能去当地图书馆。图书馆在莱顿中心广场上，是一座小小的平房，但藏书非常宝贵。我坚信，这座小小的图书馆让我看到了布莱克浦以外的世界，设想广阔天地中的种种可能。我在那里的一大发现，就是看到了科学和医学的世界。布莱克浦还有另外一家规模更大的"参考书"图书馆，涉及的话题内容更加高深。我最初是在小说中读到了医学相关的内容，出于兴趣，又开始阅读医学史。外科让我格外着迷，欲罢不能。想到有人会给病人"开膛破肚"，没有把握病人能否挺过这样的"大动干戈"，小小的我生平第一次感到神魂颠倒。我只是想更加深入地探索这个神奇的世界，如果有可能的话，希望融入其中。大概在八岁的时候，我就打定主意，不只是要当医生，还要当外科医生。我当时想的是"为什么不当外科医生呢?"；现在的我，想法依然如此。这是我的兴趣所在，而且我也没觉得这有什么不同寻常。我一直喜欢修补东西，就算那个时候还是个小孩子，我也已经发现了科学的诱人之处。这些想法应该是源自阿瑟·米（Arthur Mee）的《儿童百科全书》(*The Children's Encyclopaedia*)。图书馆里有本老旧的《儿童百科全书》，我渴望按照里面的步骤动手实践，比如做一辆卡丁车。但我的终极愿望是按照在其他图书馆的书中看到的步骤，"修理"人体。

所以，我成了科学新秀，很快就养成了在自家厨房里做化学实验的习惯。我有盏本生灯，还有从艾登先生的药店就能买到的不限购化学药品。我在学校的陶艺课上做了一个皮氏培养皿，虽然粗糙了一些，但是用起来没有问题。有时候，实验会产生刺鼻的味道，妈妈要求我做实验的时候必须打开后门，这确实是个明智的决定。好在除了刺鼻的气味，我的化学实验没造成更严重的后果。

这个时候，我的卧室已搬到了阁楼里。我用手边能找到的富余材料，给卧室装备上各种小机关。我用废弃的降落伞绳、钩子和滑轮在窗帘杆上做了一整套控制装置，躺在床上就能控制门窗和电灯开关。

我喜欢动手实践，用玩具熊猫练手，它经历了一次又一次阑尾切除术：先在玩具熊猫肚子里塞进一块橡皮,再从切口处取出,然后缝合。我的另外一位早期"病人"是一只在路上看到的受伤小猫,被公交车撞断了腿。一开始,等待小猫的似乎只有安乐死这一条路。但我说服了爸爸妈妈,尽管他们百般不愿,也还是同意我把小猫留下来。我给小猫的伤腿上了夹板,打好绷带,悉心照料。慢慢地,我的小猫"梭鱼"(Snoeky)痊愈了,成了我的好朋友。

小时候家里的经济状况一直不好,钱是我最大的心病。爸爸的工资只能勉强维持我们的生活,几乎没有余额,更买不起奢侈品。尽管如此,家里人还是喜欢在打牌的时候下点儿小赌注。爸爸妈妈一直小心谨慎,"小赌怡情"看上去完全不是他们的风格,这让我颇为担心。爸爸妈妈和叔叔婶婶们玩半便士纳普牌(Halfpenny Nap)的时候,我就会上床睡觉。有时候,我会偷偷下楼,躲在最下面的台阶上,看着他们一点点地输光了家里的钱。

我穿的基本都是旧衣服,至今仍记得去大孩子家试穿他们淘汰的旧衣服时我的那种不情不愿,甚至可以说是恐惧。那个时候,一定会物尽其用,缝缝补补是常态。我也曾经有过一条属于自己的新裙子。爸爸对这条红白蓝相间的百褶裙一见钟情，下定决心要买下来。爸爸有一些零花钱，用来买烟，偶尔喝上一杯啤酒。他应该就是用自己的零花钱给我买了裙子。我记得他会在商店关门之后带我去"圣诞购物"。我想当时大家都是这样的，我觉得这种单纯的逛街是最棒的购物方式。

听收音机是生活中的娱乐消遣，大人们还会下棋、打牌。我非常爱看漫画刊物《丹迪》（*The Dandy*）和《比诺》（*The Beano*），还有个外号就叫潘西·波特，是《比诺》里大力士的女儿。去年圣诞节，我的继女莱斯莉找到了一个画着潘西·波特的盘子，买来送给我做礼物。

音乐一直是我生命中重要的一部分。早年间的音乐广播节目《音乐伴你去工作》（*Music While You Work*）对我影响颇大，现在仅仅是写下这个节目的名字，我脑海里就自动响起了主题曲的旋律。我上学前的日子，每天早上都和妈妈一起听着这个节目开始一天的生活。我也经常听《周五音乐夜》（*Friday Night is Music Night*）这个节目，不过那时我从没见过乐队，应该说是除了钢琴根本没见过其他乐器。

我想学音乐，而且早早就认定了要学弹钢琴。爸爸买了一架旧钢琴,但只有锯掉琴腿,才能将其搬进屋里。随后,爸爸又把琴腿装了回去。我在八九岁时,开始跟着一位斯帕福德小姐上钢琴课;她很热爱弹钢琴,但是技巧欠佳,我也很快就没了兴趣。我不太爱练琴,而钢琴课价格不菲,妈妈也就不再让我去上课了。后来,我又恳求妈妈让我继续学习弹琴。这次,我端正了态度,跟着佩里夫人学习。佩里夫人是位德高望重的老师,她让学习变成了一种享受。

我不记得参加过钢琴考试,也不记得为此有过任何担忧,但我确实拿到了钢琴8级证书。我和很多年轻音乐家一样,去参加比赛,也在比赛中获奖,但音乐从来不在我的未来职业选择之内。去上大学是我人生第一次离家远行。出发前,佩里夫人叮嘱我,感到孤独的时候就去弹钢琴:"坐下来弹琴,就一定能找到朋友。"1955年,我上大学的第一个周末,就在学校大礼堂对佩里夫人的建议有了切身体会。

战争期间,爸爸家的一些亲戚仍然住在斯旺西,我们经常去那边过暑假。奎妮姑姑嫁给了爸爸最好的朋友——火车司机雷吉。他们的儿子艾伦是我最喜欢的同辈人。艾伦表哥一直对我照顾有加,会背着我穿过荨麻丛,还会摘下玫瑰花放在我的卧室里。他的黑发浓密微卷，总是喜笑颜开，而且说话还带着悦耳动听的威尔士口音。我们绝对是好朋友。

我们会去附近的海滩尽情玩耍，但一定会绕开斯旺西湾一带，那里有"二战"期间埋下的地雷。我们住在克莱恩，从房子里可以看到德国空袭在斯旺西留下的一片狼藉。只是那时我们还小，没有意识到空袭造成的损失是何等惨重。不过，高尔半岛上有的是可以玩耍的地方，有海、有沙滩、有潮池。爸爸和我会去潮池用他自己焊接的钩子钓螃蟹。沙滩野餐的时候，我们会带上抹了酱的三明治，有时也会带上三明治酱，无论哪种，肯定都沾着一层沙子。我们经常会在当地的小卖部买上几托盘茶水带去沙滩。

即便是在战争期间，有时居然也能买到冰激凌，简直难以置信。我最大的乐趣莫过于去斯旺西的巴勃罗冰激凌店前排长队，万一运气好能够买到一个冰激凌。我们这些小孩子当时的勃勃雄心就是有朝一日能吃上巴勃罗冰激凌店的招牌冰激凌杯。

公交车在小路上摇摇晃晃地穿行，连缀起高尔半岛上偏远的海滩，路两边的大树枝丫会拂过车窗。这里的海滩不胜枚举，我们最喜欢罗西里海滩和那里的龙头岛，这个名字真是绝妙。晚上的时候，爸爸和雷吉姑父会去布莱克皮尔的樵夫酒馆消磨一两个小时的时光，但每人只舍得点上一小杯啤酒。我睡在起居室的一个充气垫子上，我的表兄弟（姐妹）总会在他们觉得我该起床的时候，对垫子"痛下杀手"，放掉垫子里的气。

缪里尔姑姑和弗兰克姑父，还有他们的两个孩子一直住在南威尔士。缪里尔姑姑活泼可爱，风趣幽默，还带着一点点调皮。所以我十几岁第一次离开父母外宿时，爸妈居然让我住在缪里尔姑姑家，真的让我大为意外。

奥利芙姑姑是爸爸的另一个妹妹，再婚嫁给了托尼。他们一家也住在莱顿，和我家一街之隔。他们家里有两个孩子，特尔玛和彼得姐弟两人。特尔玛是奥利芙姑姑和她第一任丈夫的孩子。奥利芙姑姑是全家的"时髦姑娘"，她总是衣着光鲜，发型得体。她最初貌似想要当护士，但在一次晕血经历后，就彻底放弃了护士培训。这或许多少能够解释，为什么在我说想当外科医生的时候，全家都信心不足。毕竟，奥利芙姑姑与护士专业擦肩而过，是整个家族离正规职业最近的一次。毕竟，全家没有人接受过高等教育，遑论进入大学学习。

奥利芙姑姑后来成了布莱克浦滨海大道上戴安娜·沃伦高级女装店的经理，后来又去了伦敦新邦德街担任相同职务。我成为执业医师后,姑姑请我去店里,戴安娜·沃伦亲自送给我一套套装,那是我时至今日最时髦的一套衣服。不过这套衣服对我来说太小了,但是姑姑让我回家试穿的时候一定要使劲儿吸气,假装自己穿着束身衣。换句话说,有礼物拿就别吹毛求疵。

奥利芙姑姑对我这个"不速之客"一直都是"宽大处理",只有一次例外。当时我差不多六岁,有次我和阿拉斯泰尔在学校组织去布莱克浦马戏团参观结束后,偷偷溜了出来,去姑姑店里溜达。她二话不说,把我俩塞进一辆出租车,直接扫地出门。

奥利芙姑姑的发型总是一丝不苟,这让我叹服。小时候,我们都是在家里剪头发。我快成年的时候,才第一次踏进理发店。其实,我对理发师心怀恐惧,原因有二。首先,我曾经看见理发店的人在男人的领口那里烧火,我可不想有此体验。其次,当时的理发店天花板上会有很奇怪的通电装置垂下来,用来烫发。我当时对此唯恐避之不及。我一般是编麻花辫或者扎辫子,很少卷头发。卷头发的步骤大致如下:湿发扎成辫子,在发根处固定布条,把布条和头发扭在一起扎好。第二天头发干透之后解开,就得到了满头卷发。渐渐地,卷发流行起来,在药店就能买到"家用烫发剂"。我的朋友和家人会花上好几个小时自己在家做头发。

爸爸有两个兄弟,哈罗德和艾伯特。"二战"期间,哈罗德应征入伍,牺牲在了锡兰,也就是现在的斯里兰卡。他和埃尔西婶婶的独生女希拉也是1937年出生的,只比我小几周。我们从小一起长大,一起去上舞蹈课。希拉最后成为职业舞者。她顺利通过了小学毕业考试,决定去埃尔姆斯利女子学校上中学。这所学校不以学术见长,不过紫黄配色的校服确实好看。虽然我们两人渐渐走上了不同的道路,但并没有失去联系。尽管我们的生活大不相同,但由于希拉没有成家,所以我希望做她的后盾,况且我很爱她。希拉在伦敦大学学院医院接受了心脏病溶栓术,术后发生中风。她去世的时候,我一直守在她身边。

她去世前,向我托付家里的小猫。虽然我知道接手这只小猫困难重重,但还是答应了她的请求。所谓一诺千金,我跟杰克(我丈夫)说我们得照顾这只小猫。在希拉的葬礼上,我发现她至少向六个朋友托付了这只小猫,其中一个朋友非常乐意领养它。

爸爸兄弟姐妹六人中,艾伯特叔叔是最有钱的。他在伍尔沃斯的布莱克浦店工作,一路晋升,进入董事会,负责全球连锁店的鞋类采购。他和妻子菲莉斯没有孩子，两人在伦敦附近的乔利伍德定居下来。艾伯特叔叔很慷慨地送给我一台电唱机。我对这个礼物倍加珍视，因为有了这台电唱机，我才第一次听到了音乐唱片。我买的第一张唱片是西贝柳斯的《卡累利阿组曲》，反反复复一直听到唱片坏掉。我听的一般都是古典音乐唱片，大部分是交响乐，基本都是从图书馆借唱片回来欣赏。

我的朋友琼也是我童年的重要人物。她家和我家之间隔着两条街，我们在一个学校上学，她比我高一个年级。我们才上中学不久，琼就失去了双亲，他们都死于癌症。我曾去曼彻斯特的克里斯蒂医院看望其中一位，那个病房住满了癌症晚期病人，让小小的我感到不知所措。我觉得自己要晕过去了，又担心如果真是那样，可能就没希望成为医生了。还好，我挺住了。

我的父母生前一直尽力为琼提供帮助。琼后来也有了自己的家庭，现在住在荷兰。我一直把她看成自己的姐妹。

我和琼都通过了小学毕业考试，中学升入布莱克浦女子学院。此后七年，我开始向着成为医学生的梦想进发。

第二章

中学

1948年，我升入布莱克浦女子学院上中学，马上就发现中学与小学大不相同。虽然没有校服，但要求我们穿白衬衫，外罩藏青色背心裙，系领带。我必须得学会怎么打领带。我们还有顶平顶礼帽，要是有谁被看到在户外没有戴着这顶帽子，就只能自求多福了。记得有一天，我戴着妈妈织的精灵兜帽去上学。这个帽子暖和又舒服，能挡住耳朵，但学校规定不让戴。我把学校的要求忘得干干净净。好在我平安无事，堪称奇迹。不过，那之后，我再也没犯过同样的错误。那天一整天我都坐立不安，备受煎熬。

我的小学氛围温馨和谐，充满人情味儿，限制性的条条框框很少。但是布莱克浦女子学院校规森严，比如不能在走廊里聊天、必须按要求穿制服等。我和班上的大部分同学都是听话的好孩子，老老实实遵守学校的规定。我觉得中学生活很差劲，几乎听不到小学时候随时响起的加油鼓励声。

我们中学占地面积广阔，有足够的运动场地来打曲棍球、无板篮球、网球。我不是非常热衷于运动，但也会按照要求参加体育活动，无板篮球和网球都打得还不错。四大学院分别以当地地标命名为彭德尔（Pendle）、帕里克（Parlick）、朗里奇（Longridge）、鲍兰（Bowland）。我属于鲍兰学院。

我一般走路上学，不过2公里左右的路程而已。但在下雨天，爸爸有时候会开着他的小货车出现在我和我的朋友们身边，有如天降。爸爸就是这样，我至今都能想象出他在瓢泼大雨中站在单位的院子里，担心我们上学路上会淋成落汤鸡；如果有机会，他一定会开上单位的小货车，希望能在路上碰到我们，载我们去学校。彼得表哥在隔壁的圣约瑟学院上学，不过我们都管这个学校叫"牧师学校"。彼得骑车上学，有时候会推着自行车陪我走一段。特别偶尔的情况下，我们才会坐上半程公交车，当然帽子是一定要戴的。

每天上学都是先集合开校会，全校合唱赞歌、听活动安排。校长鲁滨孙夫人有很重的苏格兰口音。她有时候会通知很有意思的活动，最棒的要数"去波斯收米"的暑期工作。大家热情高涨，报名者众多。结果最后发现，鲁滨孙夫人说的其实是"去珀斯（郡）收莓（子）"——这可就没什么意思了。

校会结束后，我们回到各班的教室上课，只有需要用到特殊器材的课程才会换到相应的教室上课。我们按照综合能力分组。我属于第一梯队，但不是班级第一名。像数学这种科目，对我来说很简单，我的成绩也很好；应该和数学老师的水平有关，梅森小姐是位出色的数学老师。

我们都很喜欢地理老师阿瑟尔小姐，她让我们看到了整个世界。阿瑟尔小姐是我们心中的"无死角"女神，是个活泼开朗的金发美女。很可惜，我的历史成绩一塌糊涂，我觉得历史课无聊透顶、毫无意义。长大以后，我才后知后觉，觉得当年应该在历史上多下点儿功夫。

我爱读莎士比亚，因为可以发挥我的表演特长，我还赢得了一些奖项。但在中六以前，我们能选择的书目基本很乏味。那时，有人主张科学家也应该每周上一堂人文课。我至今仍保留着当年老师给我们列的书单。我总算又读到了自己喜欢的书，那些书重新唤起了我曾经对文字的热爱。我最早读到并爱上的一本书是道迪·史密斯（Dodie Smith）的《我的秘密城堡》（*I Capture the Castle*）。

不过，我最喜欢的还是科学课，可是学校的科学课教学让我大失所望。凭良心说，当时人们普遍认为科学教育不适合女孩子，所以我们这所女子中学的优势并不在科学教育方面。反观男子文法学校，科学部的水平就明显好很多。既然立志要成为医学生，我的学习重心和重点自然是科学课程。妈妈虽然几乎没有接受过正规教育，但非常聪慧，对我们学校的不足心知肚明。此时，她已经接受了我报考医学院的决定，下定决心助我一臂之力。妈妈提前购买了高级考试大纲，确保我学习掌握考试的所有科目。

生物老师赖特小姐身材圆润、活泼可爱，热爱植物学，对苔藓类植物情有独钟。她对高级考试大纲中的内容所知有限，但确实教给我们不少基础知识。化学和物理的实操方面必须有专业指导，因此在这两门课程上的欠缺实难补足。糟糕的是，我们最好的化学老师因为家中变故辞职了，从此之后，我们全班的化学学习都处于苦苦挣扎的状态。尽管如此，我依然通过了考试，分数超过了医学院的录取线，生物成绩达到优秀。

我的朋友圈子从一开始就基本是学科兴趣相同的人，所以大部分朋友都和我一样，立志于科学，擅长音乐。放学路上，我们三五成群地慢慢往家走，在要分开的路口略作盘桓，能多聊上三五分钟也是好的。书包沉甸甸的，里面的书本、一笔一纸都是我们的宝藏，没有任何电子产品。那时，聊天就相当于今天的互通电话、互发信息，不过只能当面进行。

我最好的朋友住得离学校很远，所以放学不能和我们一起溜达回家。希拉家以务农为生，但我们俩都立志从医。她高高的个子，为人诚恳可靠。我们俩都喜欢研究动物，但都没有成为兽医的打算。希拉曾经把自家农场里的一只老鼠带到了学校，打开盒子才发现那只老鼠居然已经生了六只老鼠宝宝。

违反纪律的学生会被留堂一小时完成老师布置的任务，通常是罚抄书，不过我觉得没有实际作用。我担任级长之后，会让可怜兮兮的留堂生练习公务员考试的算术测试。我自己很喜欢做这种算术试题，而且确实有所收获，所以我会想："为什么不是所有人都觉得这些试题有用呢？"

十四五岁时，我和一个叫卡特琳的法国姑娘结成了交换生对子。中四时，我们必须选好普通考试的考试科目。想要进入大学学习，我必须学习一门外语。我的模拟考试成绩中，拉丁语和法语都达到了33%（按英国百分比成绩体系，属于A等，即优秀）。所以，强化外语学习是个不错的选择。

法语老师泰勒小姐带着我们班坐火车、换渡轮、再换火车，抵达巴黎圣拉扎尔火车站。这是我第一次出国，感觉就像一场精彩的大冒险。当然，整天都和老师形影不离，也让人略感压抑。有几个同学坐渡轮的时候晕船了，好在我一切正常，很享受自己的海上初体验。

法国那边的接待家庭都在火车站接站，我心中默念：希望我的接待家庭友好和善。接待我的是肖莱一家。肖莱家在巴黎的公寓面积很大，在第8区的蒙索大街上，靠近蒙索公园和凯旋门。肖莱家的车子是一辆豪华的雪铁龙，感觉肖莱先生一路上都在按喇叭（好像路上的每个司机都是如此）。

装饰华丽的电梯把我们从一层带到肖莱家公寓的楼

层,就像是电影中的场景。走出电梯就是一大片宽敞的空间,可能一整层都是肖莱家。公寓里有好几间卧室和卫生间,跟我家完全就是两个世界。我的东西不多,都放在一个小小的行李箱里。离开家的第一晚,我深感渺小,彷徨无措。

起初,日常的交流都很困难。我记得肖莱先生问他妻子:"这个姑娘是不是不会法语?"等我好不容易组织好语言,却已经错过了回答的时机。肖莱家有一大家子人,卡特琳的弟弟妹妹都很友善。雅克才五岁,说话和我一样错误百出。他会说"不对,不对,不对",然后把自己学到的法语再教给我。

肖莱家除了巴黎的这套大公寓,还有另外两处房产。我在法国交换期间,大部分时间住在他们位于巴黎郊区日夫的别墅里。虽然蚊子让我们不胜其扰,但除此之外一切完美,我在那里度过了一段快乐时光。我沉浸在田园生活中,骑着自行车走走停停(在家的时候,我是不能这么做的),采摘小浆果,享受美食,法语说得也日渐流利。我尤其喜欢骑车,但难免又感到愧疚。小时候我一直想要一辆自行车,直到12岁时,终于梦想成真。我激动万分。但是爸爸基本不让我把车子骑到路上,骑去大路的话,更是绝对禁止。在法国这段时间,我可以自由骑行，毫无限制。不过，我也担心爸爸知道的话一定会不开心。肖莱一家很在意我没有骑车穿的鞋子，于是有天带我去市场，买了一双全新的鞋子送给我。像我这样已经习惯穿旧衣服的人，肖莱一家的礼物让我受宠若惊。

每个周日，肖莱奶奶都会做婆婆蛋糕。我觉得做这个蛋糕真是费力不讨好，但肖莱一家认为婆婆蛋糕才是每周家庭大聚餐的主角。

我在法国住了三周，然后带着卡特琳回到了我家。我家的布莱克浦市建屋跟卡特琳家比，可以说是天壤之别，但我毫不在意。此时，我和卡特琳已经习惯了用法语聊天，我甚至用法语来思考问题，受益匪浅。我觉得我比卡特琳的收获更大，毕竟，她来我家的时候，我们依然用法语交流。

回到学校后，我最终选了拉丁语作为普通考试科目。虽然看上去很叛逆，但是个明智的决定，因为拉丁语对医学生来说非常有用。况且拉丁语考试是在其他科目考试结束两周之后进行，我可以踏踏实实地安心复习，结果考试成绩优秀。

我中学期间的音乐初体验并不理想，没能达到规定标准。我不太擅长看谱演奏，直到补足了这个短板，才获选成为学校钢琴师。后来，我不仅在学校的各项活动中演奏钢琴，参加合唱队，还担任了我们学院的合唱队指挥，带领学院合唱队参加了多个院际比赛。

但我觉得在布莱克浦女声合唱团的经历才是最棒的。合唱团指挥邓克利夫人魅力十足，还会给我上声乐课。合唱团每周晚训一次，练习各类女声主调合唱曲。我们参加了不少合唱比赛，获奖而归。十几岁的男孩子们处于变声阶段，自然无缘这样的经历。合唱团成员都是应邀加入，邓克利夫人肯定在布莱克浦的各个学校网罗人才。

如果我没记错的话，我们穿着伞绸做的演出服参加了英国节上的比赛，还获得了名次。但令我印象最深刻的还是参加比赛时的住所。我们睡在克拉珀姆枢纽地下隧道里的铺位上，我记忆犹新。这个隧道在"二战"时曾用作掩体。上层隧道里有列车在我们头顶呼啸而过，陪了我们整整一夜。

在佩里夫人的指导下，我的钢琴水平突飞猛进。我终于达到选拔标准，获准成为学校钢琴师。我在每天的校会上负责钢琴伴奏，全校集合时用轻柔的曲子，然后是学生合唱的伴奏，最后是解散离场时激昂的进行曲。

在中学的钢琴伴奏经历为我日后的大学钢琴演奏打下了基础。上大学后，我的钢琴演奏出现在合唱、室内音乐会、舞会等场合。

中学时，我还参加过一次精彩绝伦的业余戏剧节，独幕剧表演被搬上了布莱克浦中心区域大剧院的舞台。我对在校外活动中的表演已经习以为常，也打从心底热爱。爸爸一如既往地为戏剧节的表演剧目搭建布景，同样也给我们当地的哑剧表演等其他活动置景。有一个剧的开场情景是在法式厨房里，爸爸特意在炉子上放了一把烧水壶，用干冰的雾气来表现水蒸气。美中不足的是，干冰的雾气外溢下沉，而不是像真正的水蒸气那样蒸腾向上。尽管如此，这也是我们能做到的极限了。观众对此大为赞赏，直到大幕落下，掌声仍然热烈不息。

我的兴趣爱好广泛，整个人一直处于忙忙碌碌的状态。校长曾经建议我妈妈给我报一个"学会说不"的社团。然而，所谓积习难改，我直到现在依然做不到轻易拒绝。多年来，时不时就会有人跟我说要更有主见，可这在我看来就是要学会拒绝而非认同。可是，如果大家面对求助或是邀请都只会冷冰冰地回答"不"，这个世界将会多么暗淡无趣。

我家曾经有一只叫"锈锈"（Rusty）的金毛可卡犬，我就是从它身上学到了头部损伤的各类复杂情况，令人神伤。我们有次出门度假的时候，把"锈锈"寄养在养狗场，回来之后却被告知暂时不能把"锈锈"接回家。后来我们了解到，养狗场的工作人员出门遛狗时，一群狗狗发生了打斗，有个路人朝狗群扔了一块砖头才平息了狗狗间的争端。但是，那块砖头恰巧击中了"锈锈"的头。受伤后的几周内，"锈锈"变得暴躁易怒，具有攻击性。它以前是只性格温和、对人友好的狗狗，但头部损伤把它变成了一只咆哮嘶叫、凶狠可怕的恶犬。有天我在放学回家的路上，刚好看到兽医的车子就在附近，那是辆让人过目不忘的紫红色大众卡曼吉亚。到家之后，我发现可爱的狗狗不停地抽搐。我马上跑去刚才看见车子的地方找兽医。兽医让我坐进副驾，一路飞奔到我家。遗憾的是，"锈锈"还是因为头部损伤导致的硬膜下血肿（脑血栓）离开了我们。我很伤心，但也想知道发病的机理。几年后我成为临床医学生，才搞清楚"锈锈"的脑损伤原理和伴随出现的性格改变。人类也会出现相同的情况，能够也必须成功救治。

小猫"梭鱼"之前已经死了，所以"锈锈"死了之后，我家里就没有了宠物。我没跟父母商量，就决定再养一只新的宠物。我买了一只暹罗猫，打算给爸爸妈妈做圣诞礼物，他们两人都还被蒙在鼓里。我和琼一起想办法偷偷养了小猫几天，圣诞节早上直接把可爱又调皮的小猫放到了爸妈怀里。他们对我的这个举动居然没有任何质疑，对怀里的"小毛绒球"爱不释手，抱着它参观了整个客厅。

这个时候，父母已经买下了我们一直租住的文布利路11号的这栋房子，这是家里的大事，虽然花了一大笔钱，但也值得。爸爸特别擅长自己动手，他升级改造了这栋房子，后来卖房子的时候还有盈利，又换了一所大房子。整个过程我并没有参与，所以我们搬到莱顿地区韦斯特克里夫路的新家时，我着实大吃一惊。不过这是很明智的一步。当然，韦斯特克里夫路的房子也经过了升级，我们后来搬去法尔德地区大埃克尔斯顿时，卖掉了这所房子。父母结婚之后，总共在18个地方生活过。

韦斯特克里夫路的房子里依然没有集中供暖，不过我写作业的房间挨着隔壁邻居家的烟囱，屋里一直温暖舒适。妈妈会给我端杯茶或者削个苹果，以示鼓励。我写作业用的桌子还是前几任房主留下来的，至今仍在我家里。

我青少年时期的社交生活主要就是教堂活动和音乐

活动，也是因为我中学上的是女校，一年一度的学校舞会实属无聊。舞会当晚，我们需要事先填好舞会卡。曾经有一次，我得邀请校长共舞。当我把手放在鲁滨孙夫人的腰上时，碰到了一圈硬邦邦的钢丝条。我从没遇到过紧身胸衣这种东西，当时震惊不已又迷惑不解。

那时，我和几个同龄的男孩女孩形影不离，但每次和他们一起出去都必须事先征得父母同意。有一次，我们打算去布莱克浦塔舞厅跳舞。去之前，爸爸让我保证绝对不去酒吧。可是除了我，其他人都涌进了酒吧。我能怎么办？当然是和他们一起去。酒吧里气氛热烈，我记得自己坐立不安，完全不知道应该点些什么。我们当时16岁，肯定不能碰酒精饮料。但仅仅是踏进酒吧这件事，也让我感觉已经严重越轨了。

我回家的时候，爸爸还在等着我；我知道他一定会的。我一进门就说："爸爸，我错了。我去了酒吧。"他原谅了我。我真的不想让爸爸伤心，我知道他是多么在乎我。爸爸的管教之道，只是他流露出的失望的眼神，这是我不想看到的。

爸爸把我呵护得如此周全，居然毫不犹豫地同意我跟去酒吧的这些朋友一起去湖区爬山，大大出乎我的意料。我们每次出行都是住在青年旅馆。去了湖区几次，爬遍了所有的主要山峰。我爱湖区的狂野空旷，这种爱至今如故。无论天气如何，湖区都能给人慰藉。我们每次都是乘公交车出行，但我不知道是谁在安排行程、预订青年旅馆。或许我们就是碰头之后，边走边看。

那个时候，女孩穿短裤简直就是有伤风化，所以当我提出穿着短裤去爬山，可想而知是多么惊世骇俗。我的理由是如果长裤湿了，第二天很难弄干，但穿短裤的话，我只需用毛巾把腿擦干就好了。我最终还是得到了米色的灯芯绒短裤，而且确实非常短。我记得一起旅行的男生说，大家一路跟着我，想看看我在风衣下面到底有没有穿裤子。

因为我总会带着补给，又姓德林（Dring），他们就给我起了个外号叫"水夫贡加德林"（Gunga Dring the Water Carrier）。我的风衣不大结实，既不防风也不防雨。但是我的军靴结实耐穿，足以弥补风衣的缺陷。靴子带金属钉，在软土地面上抓地力强，不过在潮湿的岩石上会打滑。问题是岩石一直都是湿乎乎的。我走路的时候，一听鞋子发出的声音，就知道是我。每天晚上我都得清理鞋子，否则的话，第二天早起鞋底的泥就会结成一层硬壳。

住在青年旅馆的一个缺点就是早上出门前必须干

活儿，比如把一整袋土豆削皮，晚餐要用。周围没有机动车，也很少有自行车，所以，严格来说，住在这里的人都是徒步旅行。我们是男女混住的房间，大家都睡在睡袋里。男生们哼的小曲有时候让我感觉很难为情，比如《她会绕山而来》(*She'll Be Coming Round the Mountain when She Comes*)和《噢，贾斯珀爵士》(*Oh, Sir Jasper*)。这些歌虽然按现在的标准来说相当纯洁，但当时我觉得它们实在伤风败俗。

我自己有本沃德洛克公司出版的《湖区指南》(*Ward Lock Guide to the Lake District*)。当时，《温赖特指南》(*Wainwright Guide*)尚未面世，但我们靠着地图和指南针成功探索了湖区。我热爱植物研究，眼光敏锐。在一次徒步中，我人生第一次看到了食虫植物。年轻时在湖区的徒步经历，最终变成了我对群山和乡村的终身热爱。我经常说，湖区是我的灵魂家园，在我的生命中占据着重要地位。

尽管我的课外活动丰富多彩，但我一直都是专心学习的学生，而且早早就决定了要成为医生，准确地说是成为外科医生。学校没有职业指导，对我没有任何影响，但在申请大学的时候，我确实毫无头绪，甚至从没想过申请牛津大学或剑桥大学。我最远大的目标也就是利物浦大学和曼彻斯特大学。

利物浦大学和曼彻斯特大学都给我发来了面试通知。我独自一人从布莱克浦乘火车去参加面试。家里凑出一趟去面试的火车票钱都很吃力，何况我还要参加两个面试。因此，我只能独自踏上旅途。当年自己走在曼彻斯特牛津路和利物浦布朗洛丘上的情景，依然历历在目。我身穿大衣，搭配配套的帽子、手套、鞋子，人生第一次参加面试。不过，在这两个面试之前，我都没有做特别正式的准备。

很开心两所大学都录取了我。我最终选择了利物浦大学。我幸运地通过了高级考试，而且居然远超医学院的录取分数线。获得的奖学金能够支付我的学费，另外还有每年200英镑的助学金，我要用这些钱应付置装、旅行、住宿、买书等所有开销。父母也没有额外贴补我。尽管如此，我在某些方面甚至比来自富裕家庭的孩子过得还要充裕一些；虽然他们以为家里会给些资助，但有时并非如此。我至少对自己的经济状况了然于心。

服装大概是我上大学前准备得最差的方面。我从小上学一直都穿校服，除了校服，只有很少的几件便服。

大学的第一个学期结束时,我开始动手做衣服,充实一下自己的衣柜。虽然之前有老师给我的评语是"埃夫丽尔永远学不好缝纫",但事实证明,我在做自己感兴趣的东西时,对针线掌控得相当娴熟;这对我之后的手术室生涯大有裨益。

1955年,我满足了上大学的所有硬件条件,然而,我对大学生活对个人层面上的影响还一无所知。有太多的东西都还是未知数。不过,上大学令人兴奋,而我就此踏上了成为医生的道路。我认为只要沿着这条路一直走下去就可以,对失败无所畏惧。我的确没有意识到这场新的冒险会是怎样困难重重,事实上,我当时都没发现自己准备不足。

第三章

利物浦

1955年9月，终于到了"大日子"，我正式成为大学生，开启了人生新的一段旅程。大学前在家的那个夏天倏忽而过，先是翘首以盼高级考试三门课程的成绩，然后就是等着奖学金的确认通知。为了打发时间，我和几个情况类似的朋友会在布莱克浦闲逛，沿着滨海大道漫步，有时甚至还坐车到湖区去，找个青年旅馆住下，去湖畔山徒步。

虽然我才从中学毕业，但也有朋友已经开始上大学，会给我讲讲大学的生活。不过，学校和家里其实都没能帮我做好充分的准备迎接新的"大冒险"。我家根本没有人走到过申请大学这一步，中学的同班同学虽然也有人上大学，但我是班上唯一一个进入利物浦大学医学院的学生。学校没有提供任何指导，而且我得承认，自己也没深入思考过任何细节问题。上大学只是我从医之路上的必经一步。行李基本就是几件针织衫和裙子，算是我所有的衣服。另外一个"大件"是"有钱的"艾伯特叔叔送给我的手提式电唱机。

爸爸妈妈开着他们的奥斯汀小车把我和几件很少的行李送到利物浦大学的宿舍。学校有规定男性不能进入女生宿舍大堂，爸爸都没能帮我把行李箱送进宿舍房间。那一天，我心里五味杂陈，虽然兴奋激动，但也茫然无措。不过，这些情绪我都默默压在心里。我分到的宿舍在顶楼，房间足够宽敞，但看上去寥落无趣。室友彭妮会梦游，很快就被调到了一层的宿舍。于是，又剩下我一个人。

虽然我是独生女，但我不习惯独自一人。这时，我想起了钢琴老师曾对我说："你从来没离开过家，可能会觉得孤单。孤单的时候，就去找架钢琴，坐下来弹琴，就一定能找到朋友。"

钢琴老师的这番话让我有醍醐灌顶之感。所以，在大学里的第一个周日晚上，我就付诸了行动。我在一条走廊尽头发现了一台老旧的立式钢琴。音符从我指间淌出的那一刻，就有人聚拢过来，都是和我一样感到孤单的陌生人。友谊由此萌生，音乐帮我开启了生命中最重要的几段友谊。那之后，钢琴主宰了我的生活。我一直都喜欢为别人演奏、表演、跳舞。音乐是我表达情感的一种方式，可以是一段舞曲、演唱的歌曲，也可以是能让人心情愉悦的声音和曲调。上大学时，我体会到了伴奏的乐趣。在后来的日子里，这个爱好也一直伴我左右。日子太难熬的时候，我总会在音乐中找到安慰。结束了一整天漫长、艰苦，甚至让人沮丧的工作之后，我会用钢琴来疏解这些情绪。就像2013年，我丈夫去世后，牧师问我葬礼上最重要的环节是什么，我告诉他是音乐。当然，音乐也代表着喜庆。几年前，孙辈们在我80岁生日会上的演奏，堪称无与伦比。

妈妈从来不是个擅长烹饪的人，也没把自己有限的烹饪技巧传给她的女儿。好在宿舍提供早晚两餐，所以我在大学期间至少吃得还不错。大一学生绝大部分都是住在这样的宿舍里，对我来说再理想不过了。不用采购，不用做饭，不用刷锅洗碗，基本也不用清洁打扫。不过，我们还是要自己动手洗衣服。我在利物浦第一次洗内衣的时候,看着洗衣水的颜色,瞠目结舌。我反应了一会儿才明白,利物浦的空气烟尘含量太高,导致洗衣水发黑,毕竟那时还没有使用无烟燃料,也没有低碳排放区的概念。同样,我也清楚记得第一次看到一位默西塞德居民的肺,同样满是煤烟的黑色,令人震惊。

晚饭前,我们要唱拉丁文的谢恩祷告,由学生音乐组长定调。调子定得不合适,后果不堪设想,整个饭堂到最后可能就充斥着没有调门的刺耳尖叫声或是沉闷咆哮声。我上大学第二年就承担了定调的工作,现在依然会唱这首谢恩祷告。虽然我们也有舍监和其他职员专属的首席桌,但与牛津、剑桥相比还是相去甚远。饭堂看起来很像我们中学的大礼堂,晚餐时间或许是最贴近大学氛围的时段,大家可以坐下,和新朋友畅聊。我的朋友们背景各异,在不同的院系学习,我尤其珍视这样的相遇;对我来说,这是大学生活的精粹。不过男女宿舍在一处,算是比较突出的缺点。

由于我的高级考试成绩达到了所需分数线,我直接进入大学二年级学习。事实证明,这是个错误。虽然大一的学习内容大部分是对高级考试课程的重复,但如果我按部就班从大一开始,就能用这一年更好地适应远离家乡和亲人的生活。

没有任何指导告诉我怎么找到上课的教室,甚至连课程安排都没有。我在这种一问三不知的情况下,错过了不少课。我在女生宿舍里没有看到其他医学生,但我知道从宿舍附近的埃奇路可以坐有轨电车到学校。我面试的时候去过一次,最后还是想办法找到了位于校园中心的医学院,是座有钟楼的维多利亚时期建筑。

我后来才发现,自己听的第一堂课讲的是浅表筋膜和深部筋膜(筋膜是器官和肌肉周围的结缔组织)。不过,当时我完全不知道课上讲的是什么,甚至不知道那些词的拼法,因此课后也就无从查起。我实在羞于开口寻求帮助。那时,班上的同学我一个都不认识,在医学院的新生里似乎也没发现跟我住在同一个宿舍楼的面孔。医学院的男生比女生多得多,而且男生似乎就是觉得我不够聪明。他们一般都是三五成群,可能以前就是同学,因此能很快适应大学的新生活,熟悉情况。

大学第一周可以说是跌宕起伏,解剖室是这周里我要应付的最大麻烦。宽敞的屋子里排着解剖台,尸体就放在台子上。大二和大三的学生一起上解剖课,大三的学生已经掌握了解剖方法,负责演示。他们离得老远就能准确"逮到"不知所措的女生。学生要解剖尸体的指定部位。每具尸体旁都围着一组跃跃欲试(或者是吓到失神）的学生，两个人负责解剖一个指定部位。也就是说，每两个学生"分到"一条胳膊、一条腿、腹部、胸部、头颈，每具尸体上至少有12个学生同时做解剖。

上中学时，我让爸爸妈妈给我买了一本有关人体的书作为圣诞礼物。他们满足了我的愿望，但是书中涉及生殖系统的部分，被小心呵护我的爸爸用胶水牢牢地粘了起来。他要是知道我在解剖课上分到的男性人体部位是会阴，肯定会惊恐万分。我自己也吓得不轻。

上中学的时候，我还是很享受解剖青蛙的过程的，而且很擅长这门课；但这和解剖人体完全是两回事。人体解剖压得我喘不过气。福尔马林的气味、和男人的距离太近、空旷的房间、生殖器羞耻，一切都让我感到无力。尽管我一直向往进入医学院学习，甚至是梦想着能学习人体解剖学，但现实让我震惊。我一直保留着一套做工精致的解剖刀，放在带拉锁的黑色皮包里。我当然想不忘初心，可实践起来实在太难，我只能跌跌撞撞勉强跟上。一上来就遭受这样的打击，让我极度沮丧，需要帮助和指导。然而，人必须依靠自己的力量站稳，绝不服输。我的解剖课搭档叫格里，他人很不错，但是和我一样手足无措，我们并没有"负负得正"。

我在医学院的早期经历，如果以现在的眼光看，简直是难以置信。在一堂药理学课上，我们全班被分为两大组，接受新药青霉素的药剂注射。当时有两种青霉素注射剂，每组注射其中的一种。没有事先征求意见环节，我们完全就是实验用的小老鼠。幸好没人出现过敏反应。

每门课程都太难了，我只好在音乐中寻求慰藉；实际上，相较于医学生的课业量，我对音乐活动的投入过多了。这个时候，我已经是名出色的钢琴演奏者，开始向着成为出色的视奏者努力。我在各院系同学中变得"很抢手"，经常受邀去给合唱或者舞会伴奏，抑或只是单纯的钢琴演奏；无论是哪种，我都非常享受。音乐是我的避风港，是我的心之向往，而解剖学、生理学这些课程对我来说太难了。

医科学制一共六年。但我入学就直接进入大二学习，免去了第一次职业考试（Professional Examination）。我要面对的第一个"大麻烦"就是大三第二学期的医学学士（Bachelor of Medicine）考试，我们都叫它"第二医学士"（2nd MB）。大三第二学期对我来说，就是入学后的第五个学期。这是一次大考试，必须全面掌握人体解剖学和生理学知识。考前既没有预备考试也没有模拟考试，因此无从判断自己的准备情况。这是我第一次参加大学考试。

我没考过；因为准备不足，原因无他。我崩溃抓狂，独自坐在圣公会教堂旁的花园里伤心哭泣。那么多年我都一心想考进医学院，结果现在却处在被扫地出门的边缘。我就只还有一次机会，三个月之后只能胜利，不能失败。还好，千辛万苦过后，我补上了之前落下的功课，第二次考试顺利通过；如释重负。

大四（也就是我进入医学院学习的第三年）开始进入为期三年的临床学习，也是医学院"真刀真枪"实践的起点：医院内实地教学、参加诊疗、学习具体病症以及诊断和治疗。临床学习期间，我们八个人一组，称为工作小组。学校把像我这样没能一次通过"第二医学士"考试的学生分在一个组里，叫"F组"（Group F），随时提醒我们曾经死里逃生；学校这个做法还真是"明智"。"F组"这个标签，要等到我们合格之后才能摘掉。我当然没让这样的情况出现第二次，从那之后，我都是一次通过所有的考试。这次的教训让我吃一堑长一智。

我对三年的临床学习充满热情，和对临床前教学的感受完全不同。我终于能做一直梦寐以求的事情了。临床实践对我来说轻而易举，与之前学习解剖学和生理学的经历形成鲜明对比。此时，我已经习惯了离家独自求学的生活，对未知的知识充满渴求。

我们每天先在学校听讲座，然后乘公交车或有轨电车去指定的医院。临床教学以工作小组为单位进行，由该组轮转到的科室派出医护人员负责监督。我参加的第一个外科工作小组在戴维·刘易斯北部医院（David Lewis Northern Hospital）参加临床学习。多年以后，这里是我成为顾问医生之后的辖区医院。医院很老，位于利物浦港区北端，配有南丁格尔病房和环形病房，护士穿着整洁的护士服，搭配挺括的围裙和褶边帽。负责我们工作小组的外科医生是亨特先生和霍先生。我们对这两位医生既敬又怕。

病房护士的铁腕管理，更是让我们敬畏。我们这些学生在内科科室叫办事员，在外科叫敷料员。敷料员这个叫法源自我们要处理每日所需的敷料。敷料放在一个大大的圆形无菌桶里，查房的时候要一直带着这个桶。某天，命中注定该我给护士递敷料。我应该提起桶盖，不碰到桶的内部，用大号无菌持物钳夹取敷料递给护士长。可是之前没人告诉我得这样做。于是，我整个人探身到无菌桶里，用手把敷料拿了出来；糟糕的是，我的手可能还不怎么干净。结果整桶敷料都受到了污染，无法使用了。

接下来的一幕，我只能用"爆炸性"来形容。我马上逃出了病房，远离那位震怒的护士。多年以后，当我以顾问医生的身份再次踏进这间病房时，恰巧仍是当年的病房护士当班。虽然她没跟我提起那年的无菌桶事件，但她肯定还记得。

一天中的大部分时间，我们都是走来走去。结束了一天的工作之后，常常已经精疲力竭，我会去一家叫里昂街角（Lyons Corner House）的咖啡馆喝上一杯咖啡或茶，如果兜里的钱够，还会来上一块肉桂卷。咖啡馆总是让人觉得温暖，给人带来慰藉，尤其是在艰苦的轮班之后，咖啡馆就像是避风港。每天下班的时候，我的脚都疼痛不已，这让我很是担心。这个问题必须解决。如果我真的成为外科医生，一站就是几个小时的情况会是家常便饭。我的脚比一般人的大。为了买到合适的鞋子，妈妈曾经专门带我去了一趟曼彻斯特。不过没想到的是，妈妈能买到的最大号鞋子还是比我的脚小了一号。这就是为什么我的脚会疼，但是也没有好办法可以解决。在英国买鞋，一直是让我头疼的问题。其实，我一直都觉得在手术室里穿的手术鞋才是最舒服的。手术鞋不分男女款，可以找到比较大的尺码。

临床培训中，会有患者分配到我们手中。患者根据我们提出的问题，描述病史。我们学习给患者做体格检查，开具辅助检查，制订治疗方案。病史包括"既往史"和"主诉"等一系列问题。当然，我们得靠自己去摸索患者的陈述方式，从中了解他们的身体状态和疾病主诉。我们得学会用合适的方式询问患者的私人情况，避免患者尴尬，还要确保患者能准确理解提问的内容。用清晰易懂的方式向患者提问，属于沟通的艺术，但当时老师不会教给我们应该怎么去做。这门艺术是医生工作的重要部分。

问诊之后，要给患者做体格检查；学习时，老师一再强调体格检查务必全面。我从来不是只检查与主诉明显相关的部分。比如针对疝气症状患者，只检查疝气部分当然简单快速，但通常疝气背后会有慢性支气管炎、吸烟或者便秘等与疝气治疗高度关联的因素。我在整个职业生涯期间，一直坚持给患者全面查体。虽然需要的时间较长，但对我来说，给患者全面查体是治疗的关键一步，有时能够发现主诉病史之外的相关问题。

我的同学帕姆生病时，向我们描述自己的症状，我们这才意识到，对于没有医学知识背景的普通患者来说，用恰当的词汇描述症状是多么困难。帕姆明显病得很严重，后来查出是溃疡性结肠炎。她去找我们的一位老师看病。这是我第一次直观地感受到医生给熟人治病时那种额外的压力。我们一般不给自己家人看病或做手术，有时甚至也不给关系亲近的人看病或做手术。

帕姆的病程发展得很快。即便我还是学生，但也能理解外科医生为什么不愿意给帕姆实施大手术，即切除所有病变结肠，通过回肠造口术，在腹壁上做人造口；这属于永久性干预，不可逆转。对帕姆不断增加的药物治疗没有减轻她的病痛，帕姆日渐虚弱。有时，我们只能选择不近人情地忽略掉这样一个事实：患者也会是年轻迷人、前途光明的学生。我们必须尽一切可能挽救生命。帕姆最终还是接受了手术，但为时已晚。当初不愿给帕姆实施手术，让帕姆付出了生命的代价。这个惨痛的教训让我们所有人感到心碎。

作为初出茅庐的外科医生，我对从业过程中需要面临的艰难抉择心知肚明，但这并没有阻碍我的脚步。我不放过任何一个可以进入手术室协助手术的机会。"第二医学士"考试后的那个暑假，我大部分时间都在家乡的布莱克浦维多利亚医院（Blackpool Victoria Hospital）的手术室做助理。我掌握了刷手、穿手术服、戴手套等术前准备步骤，是个不错的帮手。

第一次刷手的过程令人生畏。一名经验丰富的手术室护士全程监督，毫不犹豫地指出我的错误，然后整个过程就要从头再来。实质上就是洗手，当时刷手要求覆盖到肘部，刷洗十分钟，用无菌毛巾擦干小臂后，穿上手术服、戴手套，过程中皮肤不能碰到手术服和手套的外部。我第一次刷手的时候，做了很多遍才完全做对，等我达到手术室护士的要求时，患者都被推出手术室回病房了。

我刚进手术室的时候，大家都是穿长外衣的。不过，现在大部分外科医生穿长裤和V领上衣，也就是刷手服；常看医疗剧的观众对此一定不会陌生。刷手服外面会再套一件罩袍。洗净的罩袍里子朝外反折，码放整齐，无菌消毒。这种折叠方式保证外科医生在穿罩袍时，不会触碰到之后会与患者接触的罩袍外表面。戴上无菌手套前，双手绝对不能碰到罩袍的外表面。手套同样是里子朝外，确保佩戴过程中双手不会碰到手套的外表面。这套流程对新手来说相当棘手。

后来在我从医的过程中，出现了一次性手术罩袍。我对由此产生的医疗垃圾和浪费深感震惊。不过事实证明，一次性手术罩袍是节省成本之举。同样，患者在手术中使用的消毒盖布也换成了一次性用品。此前，盖布都是清洗后反复使用的。甚至连固定盖布的方式都发生了变化：以前使用夹子把盖布夹在患者身上，以防滑落，而现在则用胶带固定。

使用一次性手套的理由接受起来就要容易得多。在我还是学生的时候，有时会分到缝补无菌手套的工作，要把清洗干净的手套修补好，再送去消毒。先用压缩气缸检查手套漏气的地方，用胶把乳胶块固定好，然后再检查一遍手套是否漏气。开始消毒之前，要把手套的手腕部分里面向外翻折，确保医生戴手套的时候仅会碰到手套里面。

那时的注射器是玻璃材质，持续使用、清洗、再消毒。除了会留在患者身体里的材料，其他的用具、用品，基本上都是重复使用的。缝合用的针也是清洁之后，重复使用。手术室护士负责把肠线或丝线穿到针上。结扎线经常是缠在线轴上递给手术医生。现在使用的是预先穿好的一次性缝合针线。

我从业过程中，医用材料不断出现重大变革。导管和插管的材料变化尤为有益。塑料导管、插管管壁更薄，管腔更宽。在我接受培训的早期，导管是乳胶制成的，管壁占去了导管的大部分空间。现在，一次性导管成为替代品。

我在布莱克浦维多利亚医院期间，见识到了各种外科手术，熟悉了外科解剖学和各类手术器械。我一直心仪手术器械，逐渐精于使用。我把所有器械的名称、功能熟记于心，这让我回到利物浦后受益匪浅。布莱克浦医院的急诊工作量巨大，通常是因为人们不愿意因看病而耽误全家去海边度假，所以不去理会身体已经出现的症状。在陌生的城镇就医更是一团糟，而且经常导致手术室被急诊手术占据。我虽然没有经验，但在这样的情况下，也能帮上忙。

我很快发现自己能分辨出真正优秀的外科医生和技术一般的医生，并且下定决心要成为前者。能熟练完成实践任务的年轻学生，在外科已经抢占了先机，更能在这个领域有所建树。后来，我经常在皇家外科学院（Royal College of Surgeons）的医学模型上进行实际操作演示，学生们会积极参加，在人造皮肤上练习缝合。有些学生明显天生手巧，有些则大不如人。

身为医学生，我一直受到激励，要加强实操技能。这个过程是从一点一滴的小操作积累起来的，比如在完全正确的长度上剪断主刀医生留置的缝合线。不过学习过程中必不可少的一部分还在于，终有一天会发现一位外科医生的"完全正确"，在另一位外科医生那里并非如此。还要学会正确使用牵开器,确保主刀医生在手术过程中始终能够看清手术操作区。手术中的出血无法避免,但必须保证出血不能妨碍主刀医生的视线。因此,必须学会正确使用棉球和机械吸引器,在不妨碍手术的情况下吸去出血。

经过一段时间,学生可以在皮肤上开始缝合切口了,但要保证切口的两侧精准对齐,这样才能得到好看的疤痕。我第一次上手缝合是在利物浦的急诊室(现在改称"事故急诊部"),当时需要我去缝合一道小伤口,我既紧张又兴奋,感觉向着自己的外科事业大计迈进了一大步。

接下来就是使用解剖刀。把刀子插入脓肿,感觉上是非常重要的一步,当然对患者来说,也是一种解脱。切开脓肿基本不需要太多技术。然后我就体验了真正的外科手术,只不过是非常小的手术,仅需要切除小小的一块皮肤损伤。即便是这样一个小手术,也需要对解剖刀的精细控制;干净利落地切除,对病人来说非常重要。

我慢慢积累起成为技艺精湛的外科医生必备的各种技能。通过做此类小手术,也能让其他人对我的潜在能力做出评估,因此找到自己信任的优秀前辈非常重要。

我认为有必要尽早对自己的潜在能力做出评估，以免日后发现自己无法胜任外科工作，却为时已晚。现在已经不允许学生主刀做小手术了，对他们的技术潜力评估也随之推迟到学生真正进入外科工作时进行；对此，我觉得颇为遗憾。

我作为外科学生在戴维·刘易斯北部医院参加临床学习的第一个学期，遇到了一位甲状腺专科的外科医生。甲状腺（全部或部分）切除术是要求极其严苛的手术。实际上，由于颈部有诸多重要结构，尤其是各类神经从脑部经由颈部通往全身各处，因此所有颈部手术都必须精准无误。此外，颈部还有连接脑部的血管，这个部位的手术真的是困难重重。甲状腺必须时刻保持良好供血，处于亢奋状态时需血量更高。亢奋状态下的甲状腺更加难以摘除，可能还会出现过度失血的情况。因此，手术过程中助手必须使用吸管和棉球迅速清理掉操作区内的出血，以免妨碍主刀医生的视线。

每台手术的标准流程中都包括清点在手术过程中用到的棉球数量，确保没有棉球落在患者体内。在甲状腺切除术这样的皮外伤手术中，虽然不太可能出现有棉球落在患者体内的情况，但必须严格遵守流程进行清点。

我上学的时候，这些用过的蘸血棉球会单独放在一个搁架上,以便清点数量;手术结束前,一直放在手术室内。手术结束时,手术室护士清点所有的棉球,检查手术器械,确保没有遗失,然后通知主刀医生一切正常。一个搁架可以放很多棉球,一般都是只用到一层搁板,极少出现用到两层搁板的情况。

我在戴维·刘易斯北部医院手术室观摩的第一台甲状腺手术格外"血腥",吸血用的棉球很快就填满了第一个搁架,谁都没想到还得用上第二个搁架。然而,出血依旧。结果,第三个搁架也被推出来了。我既惊又怕,不过最后还是止住了出血,缝合了伤口。一般情况下,外科医生会在缝合伤口前,确保伤口完全干燥。但有些情况下,外科医生会插入引流管,以防伤口积血。颈部积血会造成气管压力,导致气道受损。

我无从评判这台手术,但它确实令人难忘,让我充分认识到外科手术难以预测,主刀医生面对手术中出现的任何问题,都必须迎难而上,无路可退。我觉得这就是为什么外科医生的工作时间必须具有灵活性,必须给意外情况预留出时间,有备无患。

利物浦大学医学院有很多优秀的老师,他们的教诲伴随着我的职业生涯。他们在教学中,传道授业和激励启发并举。我真心希望，我在教学过程中，也做到了这一点。无论是在基础教育中、在大学阶段，还是在职场当中，培养下一代都是最重要的任务。"生命的重要不在于我们曾经活过，而在于我们能让他人的生命有所不同。"纳尔逊·曼德拉如是说。

豪厄尔·休斯先生就是这样一位老师，他是出色的外科医生，幽默感十足，威尔士口音也是十足。休斯先生总是会有一些言语能让人铭记于心。有次，他对某位夸大自己症状的患者说："您说已经疼了整整四年，但您现在还是活得好好的，绝对是个奇迹。"还有一次他主刀一个腹部手术，我记得他说："给我腿上绑好线，我准备进去了。"

骨外科医生托马斯先生也是位威尔士口音很重的老师。有些骨科疾病属于自限性疾病，也就是说，不管我们采取什么手段，病程都会按自己的节奏发展、自愈。如果给出的治疗方法碰巧与病程发展、自愈相吻合，医生可能会"见猎心喜"。这种时候，托马斯先生会让患者早晚用"鹅油膏"涂抹患处，六个月之后再来。等患者六个月后来复诊的时候，会抱怨疼痛并没有好转。托马斯先生就会问患者涂抹"鹅油膏"的时候，是冷涂还是热敷。不管患者给出哪个答案，托马斯先生都会怼回去，嘲笑他们做法错误，告诉他们应该是相反的用法。等再过六个月，患者复诊时就很开心地跟托马斯先生说他的方法确实有效。

贝克·贝茨医生是内科医生，但他首先是我们的老师，我们私下里叫他"宝贝"（Baker Bates，名字首字母缩写为BB）。很明显，他只是单纯地热爱把知识输送进学生的脑袋。他会组织我们去他工作的医院，看着我们确实能在实际操作中，妥善地给病人查体。这一点我永远铭记在心，也让我在日后的职业生涯中采用了相似的方法。其实，我一直都把培养下一代外科医生放在首位。别人对我的教学最棒的评价就是，我把教授学生视为当天工作的重中之重。

"宝贝"提醒我们一定要首先考虑最常见的诊断："要是看见（医院外面的）彭布罗克广场有鸟，大概率是麻雀，不会是金丝雀。"他定期参加周五下午被称为"马戏团"的教学环节，因为我们这些学生坐立不安的样子，像极了马戏团里取悦他人的杂耍动物。那可真是"上台表演"的学生最害怕的时候；周五下午这个教学环节，更像是例行丢脸时间。"宝贝"负责"唱红脸"，而罗伯逊医生负责"唱白脸"，精于把学生逼得胡言乱语、不成样子。罗伯逊医生曾对我说："别以为挂着人畜无害的微笑，就能混过期末考试。""马戏团"是自愿参加的教学环节，但总是人满为患，说明不管我们是否喜欢这个环节，大家都知道它确实大有裨益。

"宝贝"告诉我们的另外一个重要原则就是尽量不要收患者住院治疗，因为"一旦被收住院，患者就会寝食难安，精神尽失"。这千真万确，真的让人一声叹息。

妇科医生哈罗德·弗朗西斯给我做出了如何教书的最佳榜样。选修他的指导课的学生总是超过规定人数。哈罗德甚至比他的妻子温妮还要"抢手"。温妮也是妇科医生，颇受学生喜爱。哈罗德提问之后，会认真思考学生的回答。如果答案不对，他会说："嗯，你说的可能没错，但正统观点是……"这样的教学方式让我们能毫无负担地大胆尝试，即便大错特错也不必担心挨骂。

无论我们从事何种职业，我们终身都承载着教师的角色；明白这一点，同时认同教育的重要意义，是进步的根本。我确实在学习如何成为外科医生，但在这个过程中，我始终把自己新学到的知识技能，传递给慢我一拍的人。我总是希望自己能用"宝贝"或是哈罗德·弗朗西斯的方式教学，也希望我的学生不要怕我。

后来，我和大家一起成立了"外科女性"（Women in Surgery）组织。看到组织最近的口号"托举爬升"

（Lift as you climb），我激动万分。向后来者伸出援手，至关重要。我也深受外科带教导师埃德加·帕里影响，坚信我们应该确保在培训结束时，受训者的水平要超过我们自己。埃德加没有"老大情结"，有的只是乐于看到其他人通过培训能够赶超他，甚至大放异彩。

我在临床学习的几年间，从利物浦大学医学院爱岗敬业的老师们那里受益匪浅。教学和培训一年到头几乎没有停歇，意味着我根本没有时间去做有报酬的工作。最后三年，我有太多课程要完成，暑假不过只有几周时间。不过我还是找了一份让人难忘的暑期工，去当"舒洁女孩"（Kleenex Girl）。我放假回家小住时，在布莱克浦的地方报纸上看到了招聘启事，工作内容是发放舒洁的高级新品手帕纸。招聘广告写着"有个性魅力者优先"。

一共三个人成功受聘。舒洁发给我们精致的制服，还有挂在脖子上的托盘，托盘上码放着要分发的手帕纸。我们每人都有自己负责的区域，有时候还要跟名人合影拍照，也是工作内容之一。有大批艺人会来布莱克浦过夏天，比如泰瑞·托马斯。我在给舒洁做暑期工期间，遇到了不少艺人。那个夏天，我也体会到想要把免费的东西送出去，是有多么困难。人类天生会觉得免费的背后有陷阱。

就像爸爸每周会把工资交给妈妈那样，我也把第一周的工资——八张崭新的1英镑钞票，交给了爸爸。多年之后，爸爸去世时，这些钞票还好好地收在他的钱包里。到爸爸退休时，他的工资是每周20英镑。父母是很会过日子的人，爸爸从来没有需要用到我的工资。他们不攒够了钱是不会买东西的，从来不用分期付款。

大部分学生只能在宿舍住两年，但有职务的学生，比如学生会主席或者像我这样的音乐组长，则可以在宿舍住三年。也就是说，我在1958年6月过21岁生日时，仍然住在大学宿舍里。父母为我举办了生日派对。我生日当天，他们开着特意从爸爸的老板那里借来的漂亮汽车，从布莱克浦到利物浦来看我。我们都穿上了正式礼服。我的礼服裙子很短，棉布制成，印着蔬菜印花。我到现在还留着一小块裙子的花布。派对地点定在了绍斯波特的威尔士亲王酒店。我邀请了一众朋友参加晚宴、舞会，一起切蛋糕，庆祝生日。出席派对的一半人都是医学生，但我和他们大部分人还是因为音乐结缘。来宾里有我的好朋友叙泽特，她是历史系学生。在我们当晚的合照中，我看见叙泽特充满爱意地看向我的另一个朋友彼得。彼得是医学生，比我高一级或者两级，热爱音乐。叙泽特后来嫁给了彼得；不过，派对时两人间尚未燃起爱火。实际上，那会儿彼得管我叫"德林宝贝儿"，我们还想过他是不是对我有意思。

我真的不知道爸爸妈妈怎么能有钱办了这么棒的派对，对他们来说一定非常难。这场生日派对是我人生的深刻记忆，格外幸福。在当天拍摄的其他照片里，男士纷纷"凹造型"，像是我们现在看到的各位首相年轻时在布灵顿俱乐部留下的照片。其中一位还戴着白领结、身穿燕尾服、嘴叼烟斗，完全一副大人做派。派对结束后，我们回到布莱克浦，把车子还给爸爸的老板。我们肯定没钱在酒店过夜。

我必须用助学金应付上学的所有开销。当时，银行没有学生贷款。我的父母也只是靠着爸爸的工资过日子。所以，我只能依靠每年200英镑的助学金。因此，我只有每学期期末才能回布莱克浦。我得用助学金来买衣服、买书，支付出行和食宿费用。现在的学生要是知道我大学期间滴酒不沾，一定会觉得不可思议。圣诞节时，爸妈会"挥霍一把"，买一瓶波尔图葡萄酒。我进入临床学习后，每年都会买一瓶雪莉酒。仅此而已，再无其他。实际上，我成为执业医师之后，也只是在每年圣诞节的时候才会喝上一杯雪莉酒。

三年临床培训期间，我们要轮转所有主要科室。内科（内科本身就是一门独立的专业学科，包括胸内科、心内科、消化内科等）和外科是主要部分，但我们还要去妇产科、儿科、耳鼻喉科、眼科和精神病科。必须面面俱到，原因有二。首先，我们需要为以后从事的专业打下良好的基础；其次，我们必须对所有科室都有体验、了解，才能决定未来的从业方向。我是带着成为外科医生的决心进入医学院学习的，这个目标始终未变；当然，中途确实有过一点点动摇，考虑要不要去做神经科医生。当时没有脑部扫描，神经病学诊断依靠临床检测和技术娴熟的查体，我对此深深着迷。但在神经科工作几天后，我就改变了想法，因为我发现无论多么擅长诊断，真正的问题仍然在于缺乏治疗手段。所以，我还是回归了初心。

尤其打动我的是，外科医生是带着患者一起踏上旅程，用自己的医术支撑起治疗的主要部分，给患者的痊愈助力。这与内科工作大相径庭，在内科能做的，最多是开药。在外科，医生真正地"伸手"参与治疗，而且治疗效果取决于医生的技术。

在我后来的职业生涯中，放射科是吸引我的一个学科。放射学早期非常简单，对干预治疗没有太大作用，我没有预料到这个学科日后会对我有多么巨大的帮助。早先时候，没有超声检查、CT扫描、核磁共振，也没有大的检查。在我的工作生涯中，放射科是变化最大的领域。

我在临床学习期间，曾前往巴黎科钦医院（Hôpital Cochin）外科工作了一个夏季学期，住在西岱大学的学生宿舍里。无论是医院还是宿舍，条件都是最基本的配置，没有任何装饰。但巴黎这个城市，让我大开眼界。十年前我作为交换生来到这里，住在肖莱家，那时就已经感受到了巴黎的魅力，非常享受那段时光。这次和我做伴的是我在利物浦大学医学院的同学，和我同名，也叫埃夫丽尔，不过她的名字是法语拼法的Avril。我对生活和法国都有了不少体验，但对外科的了解远不及此。

钱，一如既往地是个问题。所以，我们去哪里都是用脚丈量路程。每天换一家学生餐厅吃晚饭，很快就找到了探索巴黎的最佳方式。拿着《库克去旅行》（*Cook's Tours*）旅游手册上的广告，就能享受春天百货和老佛爷百货等大百货公司的免费茶点。所以，我们一周至少能享受两次精美茶点。不过，我们每次都要特别留意，得找之前没见过的服务生。

因为语言问题，我有几次直接陷入了尴尬境地。有次我要给一组男性患者做泌尿科病史问诊，用到了我认为地道的法语，结果这些男病人哄堂大笑；笑声似乎现在还在我耳边回荡。还有一次，我原本以为是要去手术室帮忙，到了现场才发现做的是尸检助手。这个夏季学期总体上来说让人难忘，是段美好的时光。学期结束之后，我回到利物浦，进入下一门临床课程。

在产科培训中，我们住院培训一周，虽然碰到了各种各样的紧急状况，但还是非常有趣的过程。我们需要到产妇家里接生。我第一次出诊是去被称作"斗牛场"（Bull Ring）的环形公寓楼接生，就在我们大学边上。我到的时候，门口站着等我的那位女士，看上去就像当时著名卡通片贾尔斯一家里面的奶奶：身穿黑袍，头戴黑帽。她是产妇的奶奶。

"你是医生?"她问。

"呃，不是，我其实还在读医。"

"你以前接生过吗?"

"没有。"

"没事儿。我接生过好多次。没什么的。"

事情就是这样。孩子是个女孩，她的家人甚至说要给她起和我一样的名字。

第四学年开始的时候，我已经在学校宿舍住满三年,剩下的两年我必须找房子搬出宿舍。这个时候,很多朋友已经完成了三年的学位学习,我的好朋友叙泽特也是如此。所以,她们就不能跟我一起租房子了。最后,我和一起在巴黎度过夏季学期的另一个埃夫丽尔,以及正在攻读社会科学硕士的罗斯玛丽,一起租了房子。

当时,利物浦住房紧张,找到一套公寓非常难。找到之后,必须先去看房,还得经过女生宿舍舍监同意才可以。所以,我们找了一天一起去看房。我们可爱的未来房东琼斯夫人一开门,舍监劈头就问:"您知道这个房子是在利物浦的红灯区吧?"我真的很怕房东太太直接给我们吃个闭门羹。这套公寓虽然确实在利物浦的红灯区里,但最大的好处是跟学校近在咫尺,而且距离大部分医院也都是走路能到的距离。更重要的是房租便宜,每周租金四英镑十先令。我们三个每人出一英镑十先令的房租,外加一英镑十先令的饭费。

这个区域的房子都是乔治王朝风格的排屋,破旧不堪。附近福克纳街上一栋一模一样的房子,最近还上了一档介绍房屋历史的电视节目。我们租的公寓在顶层,有一间客厅、两间卧室、一个小厨房。上面说的那个电视节目里介绍,这样的一套房子,本来是给仆人住的。

浴室要和整栋房子里的其他住客共用。管道里没有热水,得用煤气烧热水才可以,然后根据煤气表的示数支付煤气费用。我们去问洗澡水的问题时,房东太太说:"你们要是用的话,我可以一周给你们烧一次洗澡水。"我听说很多利物浦人直接把浴缸用来装煤,这样看来,或许定期泡澡属于非分要求。

尽管开始的时候磕磕绊绊,但我们很幸运遇到了一位热情好客的房东太太。我们都很爱她和她的几个孩子。她一直生活拮据,我们刚刚租到她的房子时,她正怀着老三。住在隔壁那栋房子里的邻居尤其难缠,会把垃圾扔过篱笆,扔到我们这栋房子的后院。我们的房东太太去找邻居理论,让她别再扔垃圾过来:"你看,我还怀着孩子,日子已经挺难的了。"隔壁邻居回怼:"那你觉得我家里的是什么?一匹该死的马?"

我们三个人分担家务,尤其是做饭。经济还是很拮据。但我们发现,只要在快关门的时候去市中心的室内大菜场,就能买到便宜菜。我们相处融洽,但都不擅长烹饪,所以甚是想念住在学校宿舍时定时定点能吃到的一日三餐。我们没有电视、电话、冰箱、洗衣机,当然更没有互联网,所以也就没有额外的开销。我们三个都没有收音机,但我有电唱机。我们和其他一些同学共同拥有十多张唱片，由于反复播放，最后一张一张地全都坏掉了。至于世界新闻，都是从放在学生会的报纸上读到的。

因为既没时间也没钱，我们基本没有娱乐。我记得有次，某位男友来接我去参加舞会。我们下不起馆子，所以我觉得应该在公寓做饭招待他，然后再去舞会。我决定做牛排，配青椒烤肉酱。结果我用错了辣椒做蘸酱，还好在那位男友来之前我尝了一下。虽然我被辣得嘴里火烧火燎，但至少没把这个辣酱给他吃。

距离最后一搏还剩下两年的时间，还有许许多多临床科目要解决，而我们似乎一路冲向终点。最终考试近在眼前，我认真计算了一下还有多少书目要读，我们搬到了在赫斯基森街的公寓的阁楼里。那里虽然寒冷刺骨，但胜在远离嘈杂，适于学习。屋顶上有天窗，虽然看不到圣公会教堂，但能听到教堂的钟声。我买了一台煤油加热器，放在离我最近的安全距离。要学的内容实在太多，时间完全不够用。

爸爸和我很早就达成共识，等我一成为执业医师，就给我买一辆便宜的汽车代步。我在高中最后一年就通过了驾驶考试。我学车热情高涨，在达到法定年龄当天，就去领了实习驾照。事实证明，爸爸太紧张，实在不能胜任陪我练车这项工作，最后把它交给了他的朋友。我记得考驾照当天放学回来，我脱下校服，换上了一身成熟一些的衣服。我觉得他们可能不会给一个学生发驾照。我开着爸爸朋友的车子去考试。等我凯旋，帕金先生把车钥匙扔给我说："走着，自己兜一圈去。"爸爸的脸都白了。

刚进入大学时，我发现医生很忙，根本没有时间开车出门。不过等到了最后一个学年，我要在多家偏远的医院间跑来跑去，这时候有辆车的话，堪称完美。我费了一番口舌，说服爸爸让我提前买车。但当我开着我那辆亮蓝色奥斯汀A40出发去利物浦的时候，我能感觉到爸爸在布莱克浦老家陷入了极度焦虑。爸爸确认我弄明白了车子保养的问题，这样我基本上就能自给自足了。车子的油箱很小，加满油只需要1英镑。

爸爸听了太多在利物浦开车的可怕消息。比如，他听说在利物浦某些地方停车，车轮子会被卸掉。我从没碰到过这样的事情，我的小车也相当可靠，简直是天赐良车。虽然经常超载，塞满了我的同学，但小车的性能绝对靠得住。

有天晚上，我独自驾车开出墨西隧道，返回我在利物浦的公寓，发现有辆车一直尾随在后，怎么也甩不掉。很明显,我不能直接开回公寓。于是,我把车子开到了皇家医院(Royal Infirmary)事故急诊部的坡道上。尾随我的那辆车子瞬间消失了。我对自己的灵机一动颇感骄傲,还好后面再没发生过这样的事情。我的这辆奥斯汀A40陪伴了我多年,直到我去美国工作。

医科最后一年,我要住在医院里,进行急诊培训。上训第一天,顾问医生对我说:"去那个隔间,给病人做个评估,应该是心脏病发作。回来告诉我你怎么看。"你或许会觉得,我在医学院学了这么多年,肯定能做心脏病诊断。但并不是。我突然意识到自己知之甚少。这次经历就像给我敲了一记警钟。我静下心来认真读课本,带着全新的紧迫感全力以赴。我马上就要成为一名医生了。我需要掌握书本里的知识,患者也默认为我掌握了那些知识。我充分认识到一旦我通过执业医师考试,肩头的责任会有多么重大。我需要对患者的生命负责。我不是害怕,只是下定决心要担起这份职责。第一天就能意识到自己必须在工作中成为全面手,这样的觉悟也是我证明自我价值的巨大动力。

学习临近尾声,学生通常要给目标工作科室的低年资住院医临时代班。这是积累相关工作经验的一种方式。我在忙完了一天的考试之后，在布罗德格林医院（Broadgreen Hospital）外科迎来了自己的第一次代班。那天是外科的主要手术日，有很多术后患者。对这些患者我毫无了解，也没有观摩其手术。那是我第一次真正承担病患护理工作，深刻认识到自己的不足，以及我的经验不足可能给患者带来的后果。

我负责两个病房。就在那一天，喇叭里紧急呼叫我的名字，我全速冲向其中的一个病房。一位男性患者躺在手术推车上，脖子上的刀口隆起，因为缺氧脸色铁青。他当天早些时候接受了甲状腺切除术，此时伤口出血导致气管严重受迫。患者命悬一线。还好，患者和我都足够幸运，有位经验丰富的病房护士当班。她给我下达了精确的指令。"用这个取出皮肤血管夹，"她边说边递给我要用到的器械，"现在剪断深层缝合。"我按照指令操作，积血涌出，气管受迫解除，患者得救。那位患者不知道他有多幸运，但我心知肚明。在我此后的职业生涯中，我屡屡对知识经验丰富的资深护士心存感激。

接下来的两周，我明白了自己要应对的处境，夜以继日地努力工作。科里的专科住院医也是我最后一年的辅导员，所以我在积累实践经验的同时，也学到了事实性知识。我仍然保存着当学生代班医生第一周的工资条：一英镑十二先令八便士。代班工作结束得很及时，我在圣诞节赶回了家，到家就倒头大睡。

1960年，我迎来了毕业考试。先是在学校的红砖主楼里参加笔试，然后是口试，最后要去教学医院的病房参加临床考试。笔试结束后，我和一群朋友去了北威尔士的斯诺登尼亚爬山。那年，蝰蛇咬人事件异常多，我们在报纸上读到了被蝰蛇咬伤后的医学后果报道。不过，我们对报道里的话一个字也不信。回到利物浦后，我们查阅了《普莱斯医学实践课本》(*Price's Textbook of the Practice of Medicine*)，掌握了蝰蛇咬伤方面的专业知识。我完全没想到，两天后的内科口试时，我拿到了一个蝰蛇头的标本。考官问我是否认识这个蛇头，能否说一说被这类蛇咬伤的后果。我先是假装震惊拿到了这么难的题目，然后把前几天才在书上看到的内容一股脑儿说了出来……或许就是这次的表现，让我顺利通过考试，最终成为医生。

我在23岁生日前夕通过了最终考试。6月21日我生日这天恰逢夏至，我和几个同学去了弗雷什菲尔德海滩，在默西河口游泳；这是我们的一个小传统。第二天，我们边等考试结果边想法消磨时间，于是决定在利物浦找家百货公司喝茶。我们在亨德森百货和乔治·亨利·李百货之间摇摆；后者当时还在约翰·刘易斯百货旗下。有个同学说要去乔治·亨利·李百货买东西，我们也就一起去了那里喝茶。就是这个决定救了我们一命。

我们正喝着下午茶，就听到救火车笛声大作，出去一看，发现亨德森百货已经是一片火海。有人被困在了楼上的咖啡馆里。大火一共夺去了11个人的生命。当时的场面太过可怕，时至今日，我仍然难以忘怀。我当时会随身携带一台相机，也拍下了火灾现场的照片，但过了差不多15个年头，我才敢把当时的胶片冲洗出来。亲手拍下了如此惨烈的情景，让我心有愧疚。现在，这些照片依然会让我想起可怕的那天。

考试结果如我所料，我被正式授予MBChB学位（医学学士及外科学士）。不过我没能获得荣誉学位。荣誉学位仅授予五名学生。爸爸妈妈当天晚上就赶到利物浦庆祝我毕业。爸爸之前已经给我做好了名牌，等我一打电话告诉他我已经正式成为德林医生，他就把牌子上的名字涂上颜色。爸爸终于完成了送给我的绝妙好礼。他们到利物浦的时候，名牌上的颜料都还没干。

我们在市中心的一家海鲜餐馆吃晚饭。老板娘珍妮在当地是个响当当的人物。我们平时不会去她的这家热门餐馆吃饭,当然,庆祝我毕业属于特例。珍妮也加入庆祝当中,给她的所有"聪明学生仔"送上了小礼物,其中包括巴尔干寿百年香烟。爸爸是烟民,但我从没染上烟瘾。不过,在大家的催促下,我们尝了一下这个香烟的味道。后面几年,我在上班的时候会和同事一起抽烟,好在从不上瘾。最后,我很快就戒了烟,就像开始抽烟那样没有任何耽搁。

　　漫长的暑假在我们眼前徐徐铺开。这是我们近些年来的第一个长假,也是未来多年里的最后一个。我开着我的老爷车,和另外一个埃夫丽尔一路去了法国和其他地方。我们爬上了高山,完全不敢相信自己已经正式成为医生。我们带着轻松的心情,准备好开启一场冒险,继续驱车探索欧洲。我们带上了一顶帐篷,若干徒步装备,还有一张地图,整装出发。工作,暂时放在一边;我们要认真享受假期。

第四章

医生生涯

过完1960年无忧无虑的暑假,还是要回归现实,但我非常期待接下来的新生活。在学校的最后一年,我找到了布罗德格林医院,我的外科带教老师戴维·格伦是那里的专科住院医,而且我在那里做过一阵子临时代班,这对以后在这家医院找到长期职位会有帮助。事实证明,我之前的努力确实有效;我随后成为布罗德格林医院的低年资住院医。尽管我已经获得相应学位,毕业成为医生,但还不是英国医学总会(General Medical Council)的注册执业医师。在医学总会注册,要求完成12个月的注册前轮岗,通常是内科和外科各6个月;说明毕业第一年的新手医生空有理论知识,实践技能经验不足以支撑他们独立工作。这个年限现在已经延长为两年的基础培训。

我在布罗德格林医院的第一个轮转岗位是在外科教授室(Surgical Professorial Unit),查尔斯·韦尔斯教授偶尔会来露一手。韦尔斯教授是受人尊敬的大学外科系主任、要求严苛的上司、出色的外科医生。约翰·谢泼德是高年资顾问医生,还有他的年轻同事埃德加·帕里。我在毕业年的带教老师专科住院医戴维·格伦是实习外科医生。我需要负责大约60名住院患者的日常医疗护理工作,工作量巨大,但在当时实属正常。整个科室氛围良好,大家关系融洽、相互支持。由于是教授科室,我们有时会在手术中见到高级讲师劳里·廷克勒。其实就是正常的外科科室,只不过教授时不时地会和我们一起查房、上手术。

医院给我分了一间宿舍,房间很宽敞,就在医院正门楼上。这个位置的房间很吵,但我的工作实在太累,所以睡眠丝毫不受影响。每天早起,我都能看见各位顾问医生开车来上班。每当这时,我就知道得赶紧冲刺,赶在顾问医生之前到达病房。每天清晨,都有一位可爱的女士到医生宿舍区给我们送茶,她总会哼着《爱就像小提琴》(*Love Is Like a Violin*)这首曲子。如果她觉得哪间宿舍有外人留宿,就会在门外问:"医生,一杯茶还是两杯?"我当时确实有男朋友,不过没到留宿的关系,所以我一直都是只要一杯茶。

医院的病房是战时建筑,基本都是瓦楞铁皮半圆顶活动房。我负责两个南丁格尔大病房(有窗子通风采光的病房,由南丁格尔创新设计),一个男病房,一个女病房。那时候根本没有男女混住的病房,不过男女分开的病房也毫无隐私可言。从来不会出现床位短缺的情况,因为只要需要,随时可以从仓库中搬来额外的床放在病房中间。不过,医生和护士绝没有因为患者变多而增加人手。

外科住院医的工作就是照顾所有患者。患者入院时,我要在医院病历中记录其病史,给患者查体,记录查体结果。每位患者办理入院手续大概需要半小时,过程结束时,我已经用清晰整齐的字迹写满了至少正反两面A4纸。接下来要确定进一步的治疗,开验血单和X光申请单,制订治疗计划。如果患者需要手术,就要额外进行交叉配血,以备手术过程中需要输血。要随时更新各类检查和流程的记录。我的另一项主要工作是与患者沟通手术同意书事项，与当天的综合同意书相比，手术同意书沟通较为简略。主刀医生负责填写手术记录，但除此之外的其他记录，都由我来负责。最后，还要出具出院记录，供患者的全科医生参考。

按照今天的标准来看，当时的医院管理人员人数过少。芬德利医生是出色的医生总监，另有一位医院秘书，相当于现在的首席执行官。芬德利医生就住在医院院区里，因此无论是白天还是晚上，只要需要，他随叫随到。每个科室都有自己的秘书，其作为科室团队的一员，负责安排住院事宜，处理信件。

我们科每周有两天手术时间，两间大的手术室做大手术，两间小的手术室做小手术。手术室没有关门时间，直到当天安排的手术全部做完为止。当时还没有康复病房和重症监护室（ICU），因此患者在手术后仍然回到之前的病房，交由病房护士照顾。护士了解患者的情况，但通常不具备护理危重患者的特殊专长。

布罗德格林医院的手术室总监能力超群，负责主持大局，同样也随时能参与日常工作。贝蒂·威尔金森参与手术的时候，总是让人激动，她了解各类手术技巧，乐于跟大家分享。贝蒂淡淡地说出"P先生会……"这样的话，对我来说，简直就是金不换。

除了日常照料两个病房的手术患者，我每隔一天还要去急诊上夜班。急诊科医生晚上六点下班之后，急诊就转交给我们负责。我们分为一线医生和二线医生，配合完美，急诊太忙的时候，我们总能立刻到位。等候就诊的患者通常就是一两个人，不是太严重的问题也不会来急诊看病。我们必须处理各类情况，在工作中很快摸索积累了经验。

当时的新手医生都会随身携带一个"May and Baker"记事本。我的本子上记满了各类"如果……，应该……"。我现在都还保存着这个本子，比如里面记着应该如何处理昏迷患者、呼吸严重不畅患者、胸痛患者等。

有天晚上，我收治了一位昏迷患者，马上去这个本子的清单里查找应对方法和检查事项。但是好几分钟过去了，我依然没有头绪，江郎才尽，无端地就把患者送去拍X光片了。也就是过了几分钟的时间，X光片室让我过去一趟，因为患者的X光片显示头部中间有颗子弹。太可怕了。我漏掉了什么吗？这能是真的吗？如果他确实中枪了，这X光片就说得通了。我又给患者进行了更仔细的检查，在他耳后发现了一个微小的弹孔，是用自制手枪企图自杀时留下的。就这样，我的记事本上又多了一条注意事项。

还有一次,我收治了一位嗓子卡了鱼刺的患者。我给专科住院医打电话求助,他问我是什么鱼的鱼刺。惊愕。我完全不知道是什么鱼的刺,也不知道有些鱼刺是可以自己化掉的,有些才需要拔掉。不过要说服患者相信他卡的这根鱼刺可以自己化掉,还是挺难的。

当时,开具X光片检查的医生需要自己看片子。虽然医院也有放射科顾问医生,但不能只是为了看片子就去麻烦他们。我们得自己看片子,不过确实缺乏经验。上学的时候虽然也看过X光片,但现在要根据看片结果开出实际诊断和治疗方案,我感觉非常困难,也很担心。这是骨折吗?这个是错位?看上去是肺炎吗?我们根据湿膜光片的结果(快速干膜机尚未面世)决定接下来的治疗方案。

如果患者需要手术,我们会请来专科住院医,预约手术室,安排麻醉医生,完成所有术前准备工作。在这方面,经验知识丰富的护士给了我们大力帮助和指导。我们会在手术室"打下手"。相较于急诊的"激烈战况",手术室就像是我们的避风港。每台手术需要一名主刀医生和一名助手,复杂手术需要的助手更多。助手负责确保手术操作区域内没有积血,保证主刀医生能够看清操作区域的所有结构。我很享受这种近距离的观摩学习，每次都全心投入。

每天晚上九十点钟的夜间查房非常有意义，我们得掌握所有患者的情况，包括快速检查患者的情况，与当班护士沟通，患者当前的输液完成后是否需要继续输液。在夜间查房时完成这些工作，往往能为我们当晚多争取到几个小时宝贵的睡眠时间。

虽然患者很多，但大部分在术后都能顺利恢复。当时，疝气手术患者要住院一周，但现在就只是日间手术而已。有些患者状况良好，甚至能帮我们给其他患者分发茶点。有时候，状态好的患者还能即时发现病友状况欠佳，通知劳累过度的护士。

除了每日例行的早、晚查房，每周还有一次大查房，整个科室都要参加。在大查房过程中，确定辅助检查，分配各台手术的主刀医生和手术室，开具出院通知。作为外科住院医，我要向高年资医生介绍每位患者的情况，讨论出现的问题和下一步的治疗方案。我始终准备充分、条理清晰，每周的大查房是我特别喜欢的一个环节。

会有各种各样的手术问题。男性病房最常见的问题就是前列腺肥大导致的尿潴留。快速解决办法是先行插入导尿管,稍后实施手术。但我们医院的教授认为,对患者更好的做法是紧急实施前列腺切除术。

现在,良性前列腺肥大的患者仅需要接受相对无创的经尿道前列腺切除术。通过阴茎进入尿道抵达前列腺,使用特殊的切除设备"挖除",扩充尿路。但当时的前列腺切除术属于开放性大手术,需要在腹部切开较大伤口,经常引发不良后果,导致患者住院时间延长。

我记得有位哈珀先生就是这种情况。他的病床在病房的中间位置,哈珀先生因为感染和愈合延迟,住院时间延长了很久。哈珀先生住院期间由我负责,他很佩服我对睡眠不足的耐受力。他最终康复出院。哈珀先生回医院复诊时,决定来病房看看我。他从病房远端的门进来,穿过整个病房,走到我的办公室。哈珀先生抱着一大捧盛开的菊花,花头直径约有30厘米;他一路走一路说这些花是送给那位"女医生"的。结果,当天在病房的所有患者都以为必须得送花给那位"女医生"。可以说,我简直被淹没了,以一种最好的方式。

科里只有我和专科住院医戴维·格伦两个低年资医生。格伦是我的毕业班带教老师,知道我一直有志成为外科医生(我在外科的这六个月,当然不仅仅是为了达到医学总会的要求),因此会在各类简单外科手术中给我指导。有天晚上，我竟然成功切除了一条阑尾。我激动万分，冲出去给爸妈打电话，告诉他们我迈出的这一大步。

我当时还没充分意识到，带教医生能让一个低年资医生上第一台手术是多么重大的决定。当然，不管是低年资医生还是带教医生来主刀，肯定都会遵循同样的标准。但带教医生自己主刀，总比指导新手完成手术要轻松容易。但即便如此，也总是要迈出这一步，否则外科没有未来。

格伦耐心指导我完成了很多此类手术，认为我有足够的能力从事外科工作。我和格伦一直是好朋友，直到他去世。慢慢地，我感觉和他就像一家人。

我在布罗德格林医院获得了极其宝贵的经验教训。有天，上司让我去三号手术室给"那个大脚趾"做手术。病人已经睡着，需要手术的"那个大脚趾"也已经做好了一切术前准备，盖好了手术盖布，等待切开。当时，我年纪轻轻，经验不足，所以拿起手术刀的过程相当缓慢。也正是因为这样，我才有了足够的时间观察，发现做好术前准备的大脚趾看上去完全健康。我怀疑需要手术的其实是另一只脚的大脚趾。让资深麻醉医生去检查一下知情同意书，感觉是个很冒失的做法；但事实证明，我的怀疑是正确的。现在，需要手术的脚上会有个大箭头，明确指向病灶位置；标明箭头时，需要患者完全知情，并且取得患者的同意。全程都要对照知情同意书，确保箭头位置正确。这或许是我从事外科工作中，最重要的经验教训。我再也没有盲目听信他人的判断，一直坚持自己核查每个步骤。

前六个月的工作任务艰巨，但我也收获颇丰。低年资医生间建立了坚固的友谊。我们都住在医院宿舍里，医院提供伙食，所以大家有很多机会分享自己的忧虑和问题。无论我们在医院的哪个角落，每天晚上十点都尽量聚到医生食堂，分享一壶茶。在医生食堂，我们可以在同事间寻求建议和指导，既有男医生，也有为数不多的女医生。互帮互助的氛围浓厚。女医生当然是少数，不过对我没有任何影响，大家都是平等相处。每个人都在学习摸索。虽然学习的过程艰辛，但也令人享受。同事间的相互扶持非常宝贵，我从未感到孤独，让我似乎有足够的力量战胜睡眠不足。不过，我也确实记得，有一次我实在太累了，一位病房护士从我手中拿走了针头，帮我给患者扎针。

现在，医院内禁止饮酒。不过，我们那时候医生食堂里有个小酒吧。每年,顾问医生都会为低年资医生举办圣诞派对,我也是在这样一个派对上第一次体会到酒精的神奇作用。可以自由享用酒精饮料的派对,对我来说是全新的体验。我记得当时摇摇晃晃地走去洗手间,脚下有点儿发飘,只能用手扶着墙往前挪。但就算是参加派对,也还是有患者要照料。那个派对结束后,我还是得上手术,而且是我的第一台下腹部手术:我要在患者下腹部切开小口,插入导管。还好,专科住院医观察入微,贴心地帮我一起完成了手术。一切顺利。

我要做的事情实在太多,经常承蒙有经验的护士提醒,比如需要给大手术交叉配血。我也不是一直都能做到位。有一次,我忘记预约手术室X光片检查,只能赶紧承认错误,打电话补救,深表歉意。放射科顾问医生狠狠训了我一顿,还好谢泼德先生向我伸出了援手,他说训诫外科住院医是自己的职责范围,不该放射科医生插手。

20世纪60年代时,英国的血管外科还处在襁褓之中。静脉曲张手术是血管外科的一小部分,当时已经非常成熟,但动脉手术仍属全新领域。全身各处的动脉都会发生病变,甚至堵塞,意味着身体的相关部位会严重供血不足。比较常见的是股动脉堵塞,造成行走困难、疼痛。解决办法包括清除堵塞，或者使用静脉或修复移植片来替代堵塞的血管。动脉瘤是另外一种常见的动脉疾病，动脉膨胀，有可能破裂。主动脉瘤会危及生命，需要在破裂前修复。一旦发生破裂，患者就危在旦夕，紧急手术有时能挽救患者生命。我很幸运能在刚工作的时候，就观摩、协助了一台主动脉瘤手术。那是布罗德格林医院，可能也是整个利物浦的第一台主动脉瘤手术。手术由在美国学习了相关手术技能的埃德加·帕里主刀。除他之外，在场的其他人都没有任何相关经验。我之前从没有类似的经历。我被这台手术深深吸引，当场就下定决心要在这个外科新领域有所建树。

考虑到可能需要一整天时间，所以这台手术安排在周日。实际上，手术也确实持续了一整天。患者的主动脉瘤濒临破裂，要用涤纶移植片替换上去。涤纶移植片看上去像一条裤子的形状，因此经常被叫作裤子移植片。必须夹住主动脉，防止在移植片植入过程中有血流向下半身。手术顺利完成，整个过程让我惊叹不已。之后，上司夫妇邀请全体人员吃晚饭，庆祝首台主动脉瘤手术取得成功，感谢大家的支持。可以说，那一天对我未来事业的走向在多个方面都具有决定性作用。

在外科六个月后，我转为内科病房住院医，继续工作六个月。这里不需要做手术，工作量大大降低，我的生活节奏也慢了下来。而且，内科患者住院时间更长，床位周转更慢。我需要照料的患者和在外科时数量相当，但通常是心脏、胸部或脑部疾病的慢性病患者。我仍然像担任外科住院医时一样，负责病人的病历记录、安排检查、开药，但我很想念在外科时那种能有真正治疗作用的机会。不过，在内科的时候，我确实偶尔能有时间去打网球。

我们仍然要负责事故急诊部医生下班之后的诊治工作，偶尔还要出庭，提供事故证明或在刑事诉讼中做证。曾有一次，一位低年资住院医同事需要出庭做证，但我们已经安排好在为期一年的住院医工作结束后，去欧洲度假。被告律师心花怒放，让我们放心去度假；因为这位律师很清楚，这样一来，开庭时间就会推迟，对被告十分有利。结果就是我的朋友算是藐视法庭，必须接受庭审。还好，法官判定我的朋友"无知但无罪"。

我就这样结束了从医生涯的第一年，这也是我人生中最艰辛的一年学习经历。我时常筋疲力尽，但从未感到无聊。我喜欢经历过的每一个瞬间，希望有更多体验。我尤其热爱工作中的实践经历，深知自己当初的职业选择无比正确。

我达到了英国医学总会的注册医师要求,但决定再增加一些妇产科经验,也就是说我需要完成第三份住院医工作。为此,我选择去了普雷斯顿,以为休班的时候能去看看父母。结果,妇产科工作极忙,处理的全都是不常见的或者复杂的病例。每个晚上都让人抓狂。我每天正常上白班,隔天晚上值夜班,也就是上班36个小时,休息12个小时,循环往复。每次回家看望父母,我都是呼呼大睡。在妇产科的工作经历,并没让我改变成为外科医生的目标;当然,也有人认为妇产科比外科更适合女医生。

我认定方向,不屈不挠,在利物浦成功申请到了外科高年资住院医的职位。外科职位的女性申请者确实不多见,但我从没感到性别是我在职位申请中的阻碍因素。

这个科室有普外科和心外科。我比较熟悉普外科,但心外科对我和当时的大部分人来说都是新领域。心内科医生只会把终末期病人转诊到外科,结果,很多患者未能存活。那时,我个人也质疑是否真的需要心外科手术,认为这类手术风险太大,难以持久。其实,心外科手术在技术层面上不是问题,问题在于缺乏术前准备和术后护理。重症监护室的出现和发展，彻底改变了这个领域。

我的新角色时刻提醒我解剖知识的重要意义。在手术前，我开始重温手术相关的解剖要点。这个习惯贯穿我职业生涯始终，尤其是我对某些手术涉及的解剖知识了解略少时，更会悉心温习。尽管解剖结构会因疾病有所变形，但仍然是手术成功的基础。不断温习知识并不丢人。

那个时候，我正和一位身材高挑、面容帅气、金黄头发的外科希望之星约会，不过最后也是没有结果。我们在第二次一起去滑雪度假的时候和平分手。我们俩的家人都很惊讶，但我们两人就是没有那么"来电"。听说我恢复了单身，我的某任前男友、建筑师乔纳森·曼斯菲尔德又来找到我，说他获得了哈克尼斯奖学金准备赴美，然后就突然说到想让我以妻子的身份，和他一起去美国。

即使到了今天，我也不太说得清当时怎么就同意了乔纳森的求婚。我非常喜欢他，我想那就是爱吧。要去美国真的激动人心，我也步入了婚姻的殿堂。接下来就是生活和工作的新篇章：婚姻和在美培训。大部分年轻的外科实习医生早晚都会去美国学习一段时间，我们把这戏称为BTA（Been To America，去美国）。如果不是结婚，我或许会晚些时候再去美国学习；不过，时间真的不重要。刚结婚就到美国学习的一大好处是，因为不用值夜班，所以我有时间适应在新的国家的新生活。

第五章

外科女性

我从来没想过成为女外科医生会很困难，或者说根本不可能。我小时候遇见过很多女医生，她们无疑都是主动选择了自己的职业道路。所以，我也要这样做。

我喜欢实用的东西，也喜欢动手实践。虽然我也热爱音乐和戏剧，但在职业领域，外科医生始终是我的唯一选项。我一直知道自己要做什么。

我在毕业前对自己的职业目标三缄其口，毕业时才对戴维·格伦吐露我的职业愿景。我担任低年资住院医期间，格伦帮我打下了宝贵的坚实基础。最初的几个月间,格伦就已经认定我具备做外科医生的潜力。因此,我最终跟顾问医生谈到了这个问题,他们也随之开始增加我的实践工作。他们没有表达过任何惊讶之情,甚至没有发表过意见,但肯定一直在仔细观察我的进展。我从未感到他们因为我的女性身份而不愿交给我工作,我也不认为女性身份会产生任何后果。

此时我已经毕业近两年,有一多半的时间都在外科,已经准备好以极大的热情投入更多的外科工作中。但这时我接受了乔纳森的求婚。于是我去见了第一份工作中的高年资外科医生,跟他谈到我的规划。他一直默认我会成为一名外科医生,我对此心怀感激。我希望他能知道我接下来的规划。谈到我要结婚时,我完全没料到他会说:"太可惜了,你的前途本来一片光明。"

尽管我说自己并没有改变要成为外科医生的初衷,但也是第一次意识到可能会遇到不少困难。他的反应让我很惊讶,或许还有些失望,但我绝对没有想过放弃。

之前和我一起租公寓的埃夫丽尔是我的伴娘。我们俩决定一起去趟伦敦,给我置办一些嫁妆。我们到了乔利伍德,住在"有钱的"艾伯特叔叔家里。艾伯特叔叔和菲莉斯婶婶请我俩去了当地的一个小酒吧。叔叔婶婶喝了不少金汤力。而我们这两个埃夫丽尔,整个晚上都在一人一个地照顾他俩。当时的规矩，酒馆打烊前会广播"时间到了，先生们，麻烦离场"。这个声音响起的时候，我们两个真是长舒了一口气。我们好不容易把叔叔婶婶塞进了艾伯特叔叔的捷豹车里，但他一直没有发动车子。等了半天，我才问他："艾伯特叔叔，咱们为什么还不走啊？"他说："等警察查完酒馆，咱们再溜回去。"

1962年9月，我穿着自己设计的礼服裙，在波尔顿勒法尔德结婚了。爸爸挽着我走上台，因为情绪激动，只能说一些感谢的话，就结束了发言。乔纳森和我去湖区玩了一小圈，然后就要动身赴美。我们在利物浦坐火车出发，爸爸妈妈来给我们送行，而未来两年我们都无法再见面。之后的几个月，我仿佛总能看到爸爸脸上一蹶不振的表情。我和爸爸妈妈每周通信，但只有圣诞节的时候才打电话，而且还要提前几周预订电话机位。我们在美国的第二年，乔纳森的父母过来和我们一起生活，但我爸妈负担不起这样的长途旅行。

我们乘船前往美国，途中赶上了一场飓风的尾巴。船上容易晕船的旅客（包括我的新婚丈夫）都苦不堪言。当天晚上的餐厅里，只有我、一位捕鲸船船长和作曲家彼得·马克斯韦尔·戴维斯（Peter Maxwell Davies）

三个人用餐。但我们还是穿着精致得体,享受了最棒的服务。这也是我和马克斯韦尔友谊的开端;我们两人就此成为终生挚友。

我们到达纽约的时候是一个清晨。我站在甲板上,望着这座城市中高耸入云的摩天大楼,满心惊叹。我从未见过这样的景象。港口工人指引巨轮顺畅入港的娴熟操作,也令我叹服。乘客都集中到船上放映室,听取登岸须知。开始登岸的时候,有个穿着系腰带雨衣、看上去像是FBI特工的男人站在岸边,对我们说:"请曼斯菲尔德先生、太太和彼得·马克斯韦尔·戴维斯先生悄悄跟我走。"这么看,我们要被关起来了。但其实,他是哈克尼斯奖学金基金会派来迎接我们的,以便我们快速完成登岸流程。

哈克尼斯奖学金基金会邀请我们当晚参加晚宴。为了打发晚宴前的时间,顺便走走看看这座城市,我们去了中央公园,发现公园里几乎没人。晚宴时,我们说起中央公园如此舒服惬意,居然没什么人。宴会主办方听说我们去了那么危险的地方散步,吓得不轻。

第二天,我们乘火车穿越美国,前往加利福尼亚州,要在伯克利安家。在美国的第一年,我大部分时间都在加利福尼亚大学旧金山医学中心(University of California

San Francisco Medical Unit）的血管外科工作，认识了很多具有创新精神的外科医生，和他们成为好友，其中就有杰克·怀利、比尔·埃伦费尔德和罗恩·斯托尼。20世纪60年代初，英国的血管外科还只是普外科的一个分支，但我在美国认识的这些外科医生已经只专注血管手术了。而在英国，血管外科直到21世纪初才成为受到认可的独立学科。

在通过美国外国医学毕业生教育委员会（Educational Commission for Foreign, Medical Graduates, ECFMG）考试前，我在奥克兰市高地医院（Highland Hospital, Oakland）的病理化验室担任化验员。只有通过ECFMG考试，我才能接诊病人。化验室主任罗伯特·帕森斯医生知道我是医生，而且是理想远大的外科医生。他总是带我一起参加医院的医学会议，方便我进修深造，也让我非常享受在这里的时光。当然，帕森斯医生做的这些都不着痕迹，以免化验室的同事觉得我在搞特殊。他真的是位绅士。

我们会探讨今后研究的潜在方向，比如在心肺搭桥术中引入脉动流的重要性。心脏手术过程中，使用机器维持血液循环，但机器无法达到身体正常循环那样的稳定脉搏。我们觉得需要开展研究，比较机器循环和机体自身循环的优劣。在帕森斯医生的影响下,我还一度考虑是否要放弃血管外科,改为从事整形外科工作。帕森斯医生需要接受手术,其中有植皮环节,即从身体某处取皮肤植入其他部位;他的手术需要取一部分头皮,移植到鼻子上,很显眼的两个部位。整个手术引人入胜,为此我阅读学习了整形外科的大部头著作,深入了解了这类让人惊叹的手术。不过,我对整形外科的热爱只是一段"风流佳话"。我依然坚定地想要拯救生命、挽救四肢、预防中风,但整形手术的技术对外科的所有分支都大有裨益。

我在旧金山花时间学习化验技术非常值得。我搞明白了开具验血单或其他实验室检测单时,到底是在检测什么;学到了如何与化验员合作,也对这些完成医生和外科医生监测要求的幕后英雄心怀敬意;还了解了化验室运行流程,对我日后职业生涯的每个阶段都大有帮助,我开始做研究之后尤其如此。

化验员最不喜欢的一项工作是观察可能含有抗酸杆菌的涂片,代表涂片样本来自肺结核病人。这种属于杂活儿,只会分配给低年资化验员。抗酸杆菌在染色后呈红色,能在涂片中突出显示出来;但抗酸杆菌数量稀少,我观察很久也没有看到。有天,我经过几个小时的无聊搜寻，终于在涂片上看到了一条抗酸杆菌。我兴奋异常，赶紧跑去向上司炫耀。结果，他只是淡定地回应说那条杆菌是他故意放进去的，因为他想知道我到底会不会看涂片，有没有专心观察。

我还负责交叉配血。如果手术患者有可能需要输血，就要事先配好合适的血型，以备使用。交叉配血时至今日都是大手术前的常规准备。偶尔还会有急诊病例，需要紧急交叉配血。还有一次，突然有一份大量输血申请，申请单上只写着"GSW"三个字母（gun shot wound的缩写，代表枪伤）。我很迷惑，就去问同事是什么意思。

她看着我，一脸不可思议的表情："你真的不知道吗？"

"不知道。"我回答。

这位同事转身对其他人大声说："她不知道GSW是什么意思。"所有人哄堂大笑。

当时，我除了几年前接诊过一位开枪自杀的患者，伤口很隐蔽，再没见过其他枪伤。但可悲的是，枪伤在美国可不少见。这次的大量输血申请就是一例。一位配枪警长带着几名犯人来我工作的医院看病，据说他产生了幻听，让他开枪射击最先碰到的人。这位警长后来去自首了。枪击发生后，医院里一片混乱，伤者需要大量输血。处理伤者的医生非常感激能有充分了解事态迫切性的人提供协助，我努力为他们提供所需用血。

我恰巧是在1962年古巴导弹危机发生当天（10月15日）参加的ECFMG考试。我开着自己的小车去考试，后备箱里放着一件厚重的冬衣，以备有核尘埃落下。和当时面临的威胁比起来，我的这个考试似乎变得无足轻重。来自全球的几百名医生参加了这次考试。我和其他几名英国医生只在乎赶紧找台收音机，听一下是否已经开战。笔试中包括英语考试。我记得当时想着应该让我去读考试问题，因为那个读题人的美国口音太重了，特别难懂。最终并没有开战，我也通过了考试，可以说是双喜临门。

获得ECFMG证书后，我在旧金山从事血管外科工作，我爱上了这门新兴学科。我经验有限，但我喜爱这份工作的严谨精准。我发现自己格外喜欢紧急手术，对急诊充满热情。血管外科医生擅长控制出血，以此挽救生命。而且，他们可以替换掉堵塞、受伤或病变的血管，挽救生命或肢体，还能清除动脉堵塞，阻止死亡、保全肢体、避免中风发生。所有这一切都在我眼前发生、发展，我很享受融入新专业学科前沿的感觉。

我们住在伯克利，乔纳森在那里攻读研究生，因此我们有很多机会认识新朋友、探索新环境。这里景色绝佳，旧金山周围有很多地方可去。我很爱这座城市，爱这里陡峭的山坡、路上跑的无轨电车、标志性的金门大桥。这里环境优美，附近的乡村地区山丘环绕，点缀着成片的红木林。

哈克尼斯奖学金基金会建议我们尽量四处看看，多了解美国。我们很快发现，在这里有辆车，绝对不是奢侈的享受，而是生活必需。我们最初开的是大众汽车。后来，基金会为我们准备了一辆车子，这样我们就能按照基金会的要求，在美国旅行三个月，全面了解这个国家。基金会提供的是辆雪佛兰Bel Air，是截止到那时我见过的最大的车子，也是我迄今为止开过的最大的车子。这辆车子就像艾莎·凯特（Eartha Kitt）在《只是个老式姑娘》（*Just an Old-Fashioned Girl*）里唱的那样，"后备箱铺得下保龄球道"。我必须得通过驾驶考试。在考入库时，我跟考官说，感觉车位只有我的车子一半长。考官就只说了一个词——"入库"。所幸，我还是想办法把车停进了那个车位。

在美国的第二年，我们搬去了费城。这里和旧金山相比，更有欧洲风格，但也还是个高楼林立、街道纵横的大城市，很多街道都用树木命名，比如栗树、云杉、雪松。我很开心找到了一个能与约翰·霍华德医生共事的职位。霍华德医生是哈尼曼医院（Hahnemann Hospital）知名的胰腺外科医生。我先飞去费城。乔纳森则和我们在赴美航行中认识的朋友马克斯韦尔一起，开车数周横穿美国。我很享受自己的第一次乘飞机旅行，惊叹于横跨美国的飞行时间之短。我抵达费城时，天气正热，湿度在95%左右。因此，我在那里的基督教女青年会度过的第一晚极度不适，让人刻骨铭心。我很快想办法找到了一套公寓。

我的科室同事来自世界各地。在这里，我与之建立了长久的友谊，也学到了很多东西。外科实习医生伊恩·麦克拉伦来自爱丁堡，擅长演讲，是个很棒的伙伴。他当时还是单身汉，自己不开火做饭。他想组织彭斯之夜（Burns Night，纪念苏格兰诗人罗伯特·彭斯的苏格兰传统节日）时，问我能不能帮忙在我家举办小聚会。麦克拉伦是位出色的风笛手，伴着苏格兰传统的羊杂布丁演奏了风笛，令人难忘。我的邻居们很爱这次聚会，再三表示难以忘怀。

我在哈尼曼医院开始做研究，约翰·肯尼迪被刺杀当天我正在实验室。消息传来，大家都不敢相信，全都停下手里的工作，默默关注事态发展。谁都不知道该怎么办或者接下来会怎样。整个费城陷入寂静。

我有太多喜欢费城的理由，这里的人是最主要的原因。排在第一位的是我的化验员同事罗莫瑟夫人。她来参加面试的穿着让人印象深刻：一袭黑色套装配一顶大大的粉色帽子。罗莫瑟夫人最终通过面试，成为我的同事。她比来参加面试的其他人年长差不多30岁。她结婚生子后重返大学，攻读生物化学学位。这就像一切从头再来，毕竟已经发生了太多变化。但她是我们化验室的主心骨，年轻化验员对她甚是仰慕。她也是第一个觉得我的婚姻不太对头的人，也是我的密友。

我的上司霍华德医生领导的这个科室氛围良好、成绩斐然。他对我们这些外国访问医生很友善，经常邀请我们去他家做客，他妻子和六个孩子负责招待我们。他有次跟我说他有两批孩子，我以为他当时说的是"三个孩子，工作，三个孩子"（three, career, three），但其实是"三个孩子，朝鲜（就是朝鲜战争的朝鲜），三个孩子"（three, Korea, three）。霍华德是著名的战地外科医生，在战地手术中形成的技术长期造福外科发展。他们夫妇二人老家都在美国南方，说起话来软软糯糯，拖着好听的尾音，身上自带松弛感。霍华德医生参加了我的美国外科学院（American College of Surgeons）院士授衔典礼（我是首位女性荣誉院士）和美国外科学会（American Surgical Association）会士授衔典礼。后来，他还到伦敦参加了我的退休晚宴。

我们的公寓在一家杂货店楼上。这家杂货店在费城就相当于伦敦的哈罗德百货食品大厅。杂货店临街，店面很大，出售的食物品质一流，服务上乘，跟我在加利福尼亚州去的那些超市大不相同。老板科斯特洛先生也是我们的房东，是个慷慨大方的热心肠。我搬进公寓那天，冰箱塞得满满当当，都是老板送来的好东西。我当时正学做饭，老板给的建议和他的杂货店都是我的宝藏。我每两周会从图书馆借烹饪书回来，照着上面的菜谱做饭。那时我没有夜班，有大把时间精进厨艺。一年后，我买了一本我觉得对我帮助最大的烹饪书《烹饪的乐趣》(*The Joy of Cooking*)。这本由龙鲍尔（Rombauer）编写、她女儿贝克尔（Becker）绘制插图的烹饪书，至今仍是我家厨房的必备单品。

有次我打算给来做客的客人做惠灵顿牛排，在科斯特洛先生店里买了菲力牛排。"你要用这个做什么菜？"他问。我说要做惠灵顿牛排，结果把他吓到了，坚持认为我是在"画蛇添足"。

我住的地方靠近费城美术馆，走路上班距离合适，还能路过罗丹博物馆。便道上经常只有我一个人，步行的人很少见。在加利福尼亚州的时候，我家里没有钢琴。搬到费城之后，我想办法买到了一台旧钢琴。这台铁架立式钢琴非常笨重，搬运工人得把它扛上三楼。他们直截了当地跟我吐槽，觉得这个活儿实在恐怖。

费城的好馆子不少，我们最喜欢的一家叫"Old Original Bookbinder's"。我们只能点得起一份前菜，外加一份甜点，当然我们会把随餐的小面包吃得干干净净。我们常点蛤蜊杂烩汤和奶酪蛋糕。我们要离开费城的时候，科里在这个餐馆为我举行了告别晚宴。当晚，餐馆最后关掉了空调，我们才离开。费城的夏天湿热难当。

我要离开美国时很难过，我在这里学到了很多东西，特别是从罗伯特·帕森斯和约翰·霍华德二位身上，学到了科室管理的精髓。虽然他们两人风格不同，但都是出色的团队领导者，让团队中的每个人都感到受到重视和关心。美国信奉"努力工作，尽情娱乐"的生活准则，与当时英国人的思想颇为不同；"娱乐"在英国无足轻重。

我们离开费城的时候，从U-Haul租车公司租了一辆拖车，才装下两年来积攒起来的家当，一路开到纽约。我们从纽约登船，乘坐希尔瓦尼亚号（RMS *Sylvania*）回英国。我尝试把拖车倒车开到纽约港码头边上，让码头工人大开眼界。我们沿着默西河，最终抵达利物浦，感觉就像进入了微缩的玩具小镇。但我很开心回到了家乡，特别是又能跟父母团聚。过去分开的这两年，他们很不好过。

其实，在从美国回来之前，我和乔纳森都拿到了不错的工作机会。但签证条例要求我们必须回到英国两年，然后才能在美国工作。不过，两年之后在美国有新的工作机会时，我已经在家乡安顿下来，生活工作都很稳定，也就不想再离开了。

能有去美国学习的这段经历当然不错，但回到英国后，我必须接受正式培训、通过考试。皇家外科学院制定了对合格外科医生的要求。培训结束后必须参加考试，成功通过考试的医生成为皇家外科学院院士（Fellow of the Royal College of Surgeons，FRCS）。大部分年轻受培医生需要8—10年完成这项培训。岗位要求包括在事故急诊部工作一段时间。我在利物浦皇家南部医院（Royal Southern Hospital）完成了这项岗位要求。

南部医院靠近默西河，服务老港区和大片本地居民区，附近的居民生活贫困，捉襟见肘。

医院的事故急诊部基本就由我执掌。虽然名义上由一位顾问医生负责，但他是普外科医生，对事故急诊部的具体工作没什么兴趣。我的搭档是经验丰富的爱尔兰护士基蒂·奥赖利，她教给我这个新手很多知识，给出了很多建议。患者都彬彬有礼。我在那里工作的一年中，只有一次碰到一个醉汉踉踉跄跄地朝我走过来，基蒂及时把他赶了出去。

我们偶尔会跟着救护车出诊，处理严重病例，因此总会准备好器械药物包，随时待命。有次出诊是因为有个男人掉进粮船的底舱，摔断了腿。我得顺着一根杆子滑下去，先给伤员止疼，然后他才能被救出来。围观的船员很开心地逗我说，粮食堆里的老鼠有狗那么大。还有个问题就是，当时流行超短裙，所以你们应该不难想象出当时的情景吧。这次出诊结束后，我就着手购买了"救护人员应急工作服"，作为急救包的额外补充。

这一年，也是我在英国从医生涯中没有夜班的唯一一年。我把时间好好利用起来，努力学习，为要求参加的第一批考试做准备。首先参加的是FRCS初选考试，也是最难的部分，主要考查解剖学和生理学。考试的不合格率很高，在80%左右。我开始也属于大多数，考了几次都以失败告终。我几乎已经不抱希望，想要放弃。我决定休假六周，心无旁骛地学习，然后又参加了一次考试。这次终于成功通过，我长舒了一口气。后来我才知道，最明智的做法是休假一年，专门用来学习，并且教授解剖学课程，借此备考。我下定决心要尽快参加下一个阶段的FRCS最终考试，彻底摆脱考试的压力。

我的目标是成为外科专科住院医，如果能够成功，就有很大希望完成培训，成为外科顾问医生。1966年，我成功申请到专科住院医职位，在利物浦几家医院不同的外科分支轮转。成功拿到这个职位值得庆贺，但我也很害怕，毕竟我要直接面对各位顾问医生，而且还被寄予能胜任各项工作的厚望。

成为专科住院医后，我有一年的时间都在完成儿科手术。我猜想这是不是上级医生有意为之，认为儿科手术更适合女医生。高年资医生负责决定、分配手术的主刀医生，而我不在决策圈子之内。我是儿童医院（Children's Hospital）唯一的外科专科住院医，所以一周有六个晚上可能都要接诊。工作很辛苦，但获得的丰富经验异常宝贵，是我外科职业生涯的良好开端。

利物浦有不少出色的小儿外科医生，伊莎贝拉·福绍尔小姐是个中翘楚。她可以说是位女强人，总是提着一个大号手提包（抑或是让我们帮她提着）。我上学的时候，每次见到福绍尔小姐都特别害怕。那时，她会在门诊工作开始时给我们简短地上一下课。我们工作小组八个学生，其中有位叫皮特的金发小伙子，很讨人喜欢，也很害羞，特别容易脸红。

有一次门诊上课前，福绍尔小姐说："今天咱们讲包皮环切术。"

然后，她转头对皮特说："给我搭把手……"

可怜的皮特当场呆住，过了好一会儿，尴尬得脸通红。这时，福绍尔小姐开开心心地用皮特的大拇指演示起了手术步骤。情况本来可能会更糟。

利物浦有两家医院能做儿科手术。我在"下城区"的皇家利物浦儿童医院（Royal Liverpool Children's Hospital）担任专科住院医。另外一家就是福绍尔小姐一般会在的奥尔德海儿童医院（Alder Hey Children's Hospital）。两家医院的外科团队同样出色，也很了不起。彼得·里克姆是我的上司里年资最高的一位，说话有浓重的中欧口音。说实话，我觉得他很可怕。我上班第一天，就有手术室的护士问我："你应该不会哭吧？"

"我从来没哭过。怎么这么问？"

"因为以前的专科住院医都哭过。"

里克姆先生很爱吓唬我,但我没那么容易受到干扰。如果我们给孩子的术前准备做得有些慢,里克姆先生就会威胁说要打电话叫救护车,把孩子转去奥尔德海,说那边比我们有效率。我打赌,他在奥尔德海做手术的时候,肯定会说要把孩子送来我们这边。

里克姆医生睡觉的时候,有时很难叫起来。有天晚上,我打电话请他来医院做手术,电话那边沉默了很久。我以为他又睡着了,就大声地咳嗽了一声。他说:"亲爱的,我没睡着,我在思考。"所幸,他最后还是来了医院,救了患者,也帮了我大忙。

当时,食管闭锁是儿科手术的一大难题,婴儿出生时食管发育不全,食管未与胃部连接。彼得·里克姆是这方面的专家。但他总是一心想着手术,听不到妻子跟他说话。他妻子后来发现了一个诀窍,只要在说话的时候加上"食管闭锁"这个词,就能引起里克姆先生的注意。

里克姆先生对尿道下裂这种先天性阴茎缺陷格外感兴趣。患有这种先天性疾病的患儿,在小便时,尿液会四散溅开。里克姆先生说他的目标就是让患儿在接受手术后,能在小便的时候,用尿液在雪地上"滋出"自己的名字。

他也希望通过手术治疗脑积水和脊柱裂。在当时，这是两种相对频发的先天畸形。孕妇服用叶酸可以预防畸形发生，防止胎儿出现神经管缺陷。某些患有此类先天畸形的婴儿，外貌畸形严重，头部过大、脊椎畸形，遭到父母遗弃。看到这些，我非常痛苦，决定以后决不从事这个专业。我妈妈有时会看望弃儿，我特别喜欢听到孩子们自豪地说"我妈妈今天来看我了"。

我们医院的小儿外科医生尼尔·弗里曼来自南非，是我见过的技术最好、最温柔、最严谨的小儿外科医生，他教会了我很多东西。我总是会去模仿他精湛的手术技巧，日后还运用到了成人手术当中。

利物浦的女外科医生，除了我自己，我只知道还有一位。艾琳·欧文温柔和蔼，总是笑意盈盈，是位真正出色的外科医生。她因为结婚生子，牺牲了自己的职业道路，但后来又重返职场，我们再次有了交集。我在利物浦成为顾问医生后若干年，艾琳向我请教透析通路手术的操作。这是我定期会做的手术，但她需要从头练起。这类手术需要将两条小血管接合。艾琳是小儿外科医生，她需要接合的血管比我日常处理的成人血管要细小得多。指导自己曾经的老师，让我觉得非常紧张。但艾琳还是那么和蔼可亲、热情友好，一如往日。那天可真是让我难忘。

当时的小儿外科中，新发展出泌尿外科。英国最初只有两位小儿外科医生治疗肾脏、输尿管、膀胱疾病，他们的高超医术极大推动了小儿泌尿外科专业的发展。这两位专家，一位是在利物浦两家儿童医院出诊的约翰斯顿先生，另外一位在伦敦大奥蒙德街医院（Great Ormond Street Hospital）工作。约翰斯顿先生每周六下午都要去球场看球，所以我们尽量不在那个时候给他打电话。但某个周六下午，我接诊了一个大面积创伤的小姑娘，整个尿路都受到了影响；我需要帮助。约翰斯顿先生很不情愿地被从球场"拖到"了医院，为小姑娘实施了尿路重建术；这台手术堪称壮举。这个小姑娘除了身上的疤痕，其他都恢复如常。

我们要处理大量的创伤。有天晚上10点，有个五岁的孩子因为车祸导致结肠破裂来就诊。我问他妈妈事故发生的情况。这位妈妈回答："大夫，他不熟悉路况。"

高年资麻醉医生杰克逊·里斯，是我那时认识的给力的医生之一。和他搭档工作非常快乐。我一辈子见过的儿科手术都没有他当时见过的多。他的睿智和建议，都像是天籁福音。他每次晚上出门后路过医院，如果在停车场看到我的名爵跑车，经常会进医院来看看是否一切顺利。里斯医生教给我很多外科学的东西，有他在，总能让人感到安心。我还记得他刷手准备协助我完成我的第一台婴儿气管切开术。我需要在患儿的气管中直接插入导管。儿童或成人气道受损时，必须紧急实施气管插管。如果患者是婴儿，情况尤其严重。尽管手术刀拿在我的手中，但很明显掌控大局的另有其人。通常使用牵开器确保主刀医生能够清楚看到手术操作区域。当时里斯医生手持两个微型朗根贝克（Langenbeck）牵开器，给我指明正确的位置——这个场景，现在依然历历在目。

我主刀第一台幽门狭窄手术时，操作起来特别缓慢。患儿的胃部出口狭窄。里斯医生观察了一会儿，最后还是对我说："看到刀口那里突出来的部分了吗？那是网膜。轻轻拽住它，横结肠就露出来了。轻轻拉住横结肠，幽门就露出来了。"果然有效。

某天，我收治了一个急性阑尾炎的八岁小姑娘。我跟他们一家三口沟通病情，说明需要进行手术，切除阑尾。小姑娘精神十足，说起话来利物浦口音很重。

"谁给我做手术？"她问。

我担心她会对我的答案不满意,于是小心翼翼地告诉她:"其实,是我。"

"不错啊,"她说,"我可不想让那些男医生看见我没穿内裤的样子。"

虽然我决定不要从事小儿外科专业,但在那里的培训经历,对我日后的职业道路大有帮助。儿科患者的体型很小,手术中需要格外精准和轻柔,这些都为我的外科之路打下了良好基础。

我在小儿外科工作的一年中,学习良多,做了很多手术,锻炼了技术。但最终我还是回归到最初的志向:我要从事成人普外科的工作以及方兴未艾的血管外科工作。我回到了布罗德格林医院,1960年时我曾在这里担任低年资住院医。时间来到1967年,我已经像当年的戴维·格伦一样,升级为专科住院医,所有责任都压到了我肩头。

我接任的外科专科住院医罗杰·毛德斯利是位大受欢迎的高才生。所以,我接任之后,真是路漫漫其修远兮。大家都不愿看到他离开这里。凑巧的是,格外受欢迎的秘书格拉迪丝也在同一时间离职,接替她的伊莱恩也十分明白自己任重道远。于是我们两个"新来的姑娘"，毫无意外地成了同一个战壕的战友、朋友。假以时日，大家不再把我们和之前的人作比较，我们两个也成了"能干的好姑娘"。我从来没觉得因为自己的性别受到区别对待。我很清楚，工作质量才是唯一要务。不过我必须承认，从医路上工作艰苦，幸好我有大把体力。

我在学习掌握血管外科基础知识的过程中，有种新仪器开始崭露头角，听上去会对诊断颇有帮助。奥地利物理学家克里斯蒂安·多普勒（Christian Doppler）在1842年发现了多普勒效应。简言之，多普勒效应类似于在火车鸣笛进站和出站时，观测者会发现笛声音调有所变化。这一现象后来被应用于超声波测量血流，最终成为对血管外科医生和心内科医生大有帮助的仪器。

我最初了解这种仪器，是有位销售代表来布罗德格林医院推销。我看到了这台仪器在测量动、静脉血流方面的潜力。其实，我更看重的是这台仪器能够检测到静脉血流。毕竟，静脉不像动脉那样有脉搏，而通过脉搏检测动脉血流要容易得多。我也十分清楚这台仪器能够大大推进我们对所有血管中血流的认知。这台仪器除了价格高昂，没有其他缺点。当时的标价是300英镑，相当于现在的4000英镑，完全超出了我们的承受范围。我只能告诉销售代表,抱歉没能让他签下这单生意,而我们也很遗憾没能买到这台仪器。

看过这台仪器令人惊叹的性能展示之后,我的午饭时间比平时要晚。等我到食堂的时候,只有医院的几位高管在用餐,正在讨论医院还有一笔几百英镑的预算,不知道在规定时间内怎么花掉。他们说要是花不掉,这笔钱就只能被收回去了。我鼓起勇气走到了他们的桌边。

"我刚好听到你们的谈话,我刚刚见了……"

出乎我的意料,他们很乐意花钱购买我提到的那台仪器,而不想看着这笔钱被国家医疗服务体系收回国库。运气太好了。那个小小的黑箱子稳定工作了很多年,毫无疑问,保住了很多患者的腿脚,挽救了不少人的生命。

当年,我在爱丁堡通过了FRCS考试。在我看来,利物浦到爱丁堡的距离和到伦敦一样。我们医院有不少外科顾问医生(不是教授)都是爱丁堡皇家外科学院院士。我的FRCS初试就是在爱丁堡参加的,所以在那里完成最后的考试,感觉也是顺理成章。我决心一次通过考试,所以考试前先在爱丁堡参加了一个短期培训课。我租住了一个单间,夜以继日地学习。通过考试后,就不再被称为"某某医生",男医生会变成"某某先生",女医生则被称为"某某小姐/夫人/女士"。我如愿一次就通过了考试,改称"曼斯菲尔德夫人"。我对这个称谓的变化倍感自豪,这毕竟象征着我的一大进步。

我告诉医院的高年资顾问医生谢泼德先生,我通过了爱丁堡皇家外科学院的院士筛选考试,他只回了我一句:"爱丁堡的这个院士考试,在及格线边缘的,他们也会给通过的。"我其实是高分通过的,但我太拘谨了,就没有跟他提起。教授的反应很友好,问我:"那你什么时候去拿那个院士资格?"他说的"那个"当然是指英国皇家外科学院的院士头衔。毫无疑问,我最爱的还是来自海伦·斯图尔特的回应。海伦是少见的女外科实习医生,我们在苏格兰相识。她给我寄来了贺卡,简简单单地写着:"嗨,院士朋友。"但我也还是听从了医院前辈的建议,几周后在伦敦参加了考试,成为英国皇家外科学院院士。

布罗德格林医院外科最特别、最出色的一点,是同事之间关系融洽;我们甚至还会一起查房。当时,我以为所有的科室都是如此,但很可惜,这样的科室实际上凤毛麟角。全科室会先一起完成总共约60位患者的查房工作,然后回到办公室,边喝咖啡边确定手术排班表。

专科住院医必须能够完美掌控这个工作分配流程，所以这也是个有实权的职位。理论上说，我能完美规划自己的培训节奏，但实际上，事情并非总能如愿以偿。

有天，高年资外科医生跟我说："有台胆囊手术。你之前上过胆囊手术是吧？"

"没有呀，我没上过胆囊手术。"

"嗯，好吧。胆囊切除术确实有点儿难，危险比较大。我会告诉你怎么做的。其实吧，开始的12台胆囊切除术，我都会指导你怎么做。这台就你上吧，我在旁边帮你。"

这可真是个不错的提议。

第二天早上，病人已经睡着，躺在手术台上等着手术。我也完成刷手了。但是，我上司去哪里了呢？我发现他正在隔壁手术室上手术。于是我就让护士过去告诉他，这边的病人已经躺上手术台了。

"她知道怎么切刀口吧？"这是上司给我的回答。

所以我就跟护士描述了我打算怎么切开，得到了上司的首肯："跟她说，就这么切开。"

过了一会儿，我打开了病人的腹腔——腹部器官的大本营，又要麻烦护士再去告诉我上司。

这次，我上司的口信是："让她去找胆囊动脉和胆囊导管。"

这是手术的关键部分，也是容易出问题的地方。真是"虎狼环伺"的境地。我小心翼翼地开始按照上司的指令工作。几分钟后，我找到了这两个极度重要的管状结构。

我跟护士说："还得麻烦您去趟隔壁，就说我已经找到胆囊动脉和胆囊导管了。"

护士回来跟我说："他说'问问她在等什么呢'。"

于是我就自己继续手术，成功完成了我的第一台胆囊切除术。这之后，只要有胆囊切除术，我都会听到："她上过胆囊手术。让她上就行。"别说12次，我连一次帮手都没看到。

好在我不是经常碰到这种情况。因为由我来负责安排手术，所以如果我觉得哪台手术最好由哪位医生主刀，我就可以这样安排起来。如果我希望能在哪台手术上得到指导，而且有医生愿意指导我，我就会把自己的名字写在手术排班表上。

顾问医生埃德加·帕里年纪比较轻，是位格外出色的外科医生。他后来成了我的导师。我一直希望自己能像他那样出色。就像我不愿意让爸爸失望那样，埃德加的哪怕一个失望的表情，都能鞭策我继续努力精进。他沉着冷静、技艺精湛。无论一台手术多么困难，我都觉得他一定能找到办法，顺利完成。就算情况极为糟糕的时候，我也只听他说过一句"见鬼"，还带着柔和的威尔士口音。很少有高年资外科医生会像埃德加这样谦逊。我很开心能和他的儿孙辈一直保持联系。

和埃德加这样出色的外科医生共事，困难之一就是，我觉得自己无论如何都达不到他的高度。他看着我工作的时候，我会被尴尬的感觉淹没。我希望他能教我如何达到他的水平；但矛盾的是，我又不希望他看到我难以企及。尽管如此，我还是尽可能在制订手术排班表时，能有机会让埃德加指导我；因此，也就是在进一步地挑战我的自尊。但实际上，我一直在进步，学到了更多技术，获得了更多经验。能有埃德加这样优秀的榜样指导我，我无比幸运。我在日后的职业生涯中，也在不断模仿埃德加的手术技术，大受其益。

当时我们科室处理的病例，现在来讲分属几个独立的专科，包括泌尿外科、头颈外科、上/下胃肠外科、胸外科、肝胆外科，当然还有新近发展的血管外科；真是一个能够接受全面训练的地方，而且不断有紧急情况要处理。我是科里唯一的实习医生，所以基本没有时间休班。不过，迅速积累的经验足以抵消工作的辛苦。当时没有有关工作时间的规章制度,《欧洲工作时间指令》尚未出台。我那两年的工作日志相当于现在十年的工作量。人是需要复原力和活力的,但也会从工作中大有收获。我可能每晚都会被叫回医院,我的车子似乎自己就能认识从家到医院的路。乔纳森颇以我是外科医生为豪,坦然接受我们的社交生活因此受到的影响。我们是住在一起的两个人,沉浸于各自的事业,分享对音乐的热爱。

外科医生能提供的最重要的医疗服务,可能就是在紧急情况下,能够救助患者,无论白天黑夜。但一般来说,医疗是通过干预手段,阻止急症发生。比如,修复疝气问题,总要比处理绞窄疝安全性高。在结石进入胆管前切除胆囊也是更安全的做法。在结肠癌扩散至整个肠道前就准确诊断,能够预防病变向下扩散导致患者需要接受更危险的紧急医疗干预。

但在我还是低年资医生的时候,没有任何筛查手段,很多疾病一经诊断即已是晚期,通常来不及采取救治措施。因此,在我接受培训的过程中,应对突发事件,尤其是应对生死情况的能力,极其重要。但即便在筛查技术已经非常先进的今天,仍然有紧急情况发生。紧急情况不是总能化险为夷、皆大欢喜。因此,外科医生还必须学会面对死亡及其带来的负面情绪。当你尽力挽救生命，却没能成功，肯定会反躬自问：我是不是还有什么没做到？别人会比我做得更好吗？我应该从中学到什么经验教训？患者去世，最难过的肯定是患者亲属。外科医生要完成的最艰巨的一个任务，就是在顶着自身巨大压力的情况下，去面对逝者的亲属，告诉他们发生的不幸。

在担任外科专科住院医的两年间，我在各个方面都成长为合格的外科医生。尽管我日后专注于血管外科手术，但我对曾经熟练完成所有器官手术的经历心怀感激，这样的经历对我的血管外科手术影响深远。我对后来经历的一次血管手术记忆尤深：这次手术需要摘除腹部后方的血管肿瘤，涉及泌尿、妇科、直肠结肠外科。早年间的实习经历让我对应对此类复杂情况充满信心。

担任专科住院医时，我并不住在医院里。有天晚上，我正准备从家出发去爱乐音乐厅欣赏音乐会，却接到医院电话要我立即赶过去。我催促乔纳森加速出门，希望能尽快一气呵成完成工作，还能赶得及去听音乐会。结果，他刮胡子的时候，划了一道口子，流了一些血。我们开到环路上的时候，乔纳森用手帕捂着下巴。我开得略微超速，有辆警车让我们靠边停车。我放下车窗，冲着警察挥了挥听诊器。他们也朝我挥了挥手铐，作为回敬。我大声告诉他们我要去急诊。我感觉警察应该是把我那位脸上带血的老公当成了急诊病人，他们尽职尽责地把我们一路护送到医院。当时，接线员是坐在医院正门入口那里的。幸好他们能迅速判断形势。"医生，谢天谢地，你终于来了。他们等着你呢，快快快……"护送我们的警察就这样离开了。

工作早年间，我对静脉栓塞这个部分的血管手术很感兴趣。我刚刚走上外科从医之路的时候，避孕药碰巧刚刚面世。避孕药大受欢迎，使用广泛，但雌激素用量非常高，引发了女性各类深层静脉栓塞问题，非常严重。

之前我看到的都是老年患者在接受大手术后，腿部静脉会出现血栓；但服用避孕药的都是年轻的健康女性。如果腿部静脉都出现栓塞，后果将极为严重。腿部静脉血栓有可能移动到肺部，形成肺栓塞，危及生命。此外，静脉栓塞会造成腿部肿胀，导致腿部供血减少，在当前和将来都会产生严重后果。我自然希望能够消除此类栓塞，避免前述严重后果发生。

20世纪50年代，年轻的美国医学生汤姆·福格蒂发明了用于清除动脉血栓的球囊导管。这是我比较熟悉的领域，也有专门用来清除静脉血栓的球囊导管。导管进入静脉，穿过血栓部分时，球囊充气。导管从静脉抽出时，将血栓一并带出。

我记得在1967年时，我对放射科顾问医生说，如果在手术中能观察到导管沿静脉移动的情况，会大有裨益。于是，他把X光影像增强器搬到了手术室，在屏幕上给我指明导管的位置。我用造影剂（在某些X光检查中会用到的特殊染料）标记球囊导管，这样就能看到球囊从静脉中抽出的情况。然后再通过术中血管造影，检查球囊溶栓术的效果。我为许多年轻女性施行了这种静脉溶栓术，在60年代末发表了手术结果和方法。

我收治过情况最糟的一个病例是位容貌姣好的年轻女性，腿部静脉栓塞极为严重，引发了肺栓塞。她否认使用过避孕药，看似完全没有发病原因。后来发现，她的妈妈担心女儿在与异性交往中出现不必要的麻烦，一直偷偷在这位患者的茶中加避孕药。经过治疗，这位姑娘恢复得不错。

我只是在避孕药开始流行的时候，碰巧从事外科专科住院医的工作，但相关手术的发展，无论是对我的职业发展还是对患者的生命，都至关重要。我在发表、汇报此类手术的结果之后，成了外科领域各类重要会议的常客。我当然是牢牢抓住了这样的宝贵机会。

在外科领域取得职业进步，仰仗多方因素。手术能力当然非常重要，但也有很多其他同样重要的因素。比如，外科医生需要知道施行手术的时机，同样，也必须了解不能手术的情况；在情况困难，甚至是生死攸关的紧急时刻，依然保持头脑冷静；能与患者、患者亲属、医院同事良好沟通。

与这些始终相伴的，是参与到学科专业的发展当中，我认为就是要始终"在最前沿"。由此，各个领域的年轻医生有机会展示他们的工作和研究，分享成果，同时让更多的人认识自己，在培训体系中不断晋升。我已经完成了这样的展示汇报。在接下来的外科培训中，我成为外科讲师，又向前迈出了一大步。

第六章

培 训 结 束

我工作早年间,必须在一个职位刚刚入职的时候,就开始考虑下一个职位的问题。在我接受培训的年代,现代的通业培训(run-through training)体制尚未出现,我们必须自己谋求培训岗位。所以我完成专科住院医阶段后,自然要考虑下一步的行动。

我接下来需要在普外科找到一个高年资专科住院医的岗位,最好是能包括血管外科在内的科室,这样我就能在自己感兴趣的领域继续深造。我在担任专科住院医的时候,已经进行了一些血管手术,最开始由我的上司陪同指导，慢慢变成我带着低年资实习医生上手术，做我的手术助理。我可以在无须高年资医生的协助下，处理破裂的主动脉瘤；完成阻塞动脉搭桥术；还开发、使用深层静脉血栓消除术，并针对此课题发表了论文。

我在担任专科住院医期间完成的大部分手术都属于普外科手术，包括胃切除、肠切除、胆囊切除等。布罗德格林医院外科还包括内分泌外科（主要诊治激素分泌甲状腺、甲状旁腺、肾上腺相关疾病），因此我还能完成甲状腺切除术。当时的普外科还包括泌尿外科，所以切除癌变前列腺和肾脏的手术也很常见。胸外科也是我们科室的一部分，因此我经常完成胸部肿瘤切除术和乳房切除术。

此外，还有各类相对较小的手术，比如疝气、痔疮、静脉曲张手术，以及各种疙瘩肿块。我认为，手术无论大小，对患者都是一样重要，必须好好完成。

我们的很多工作都是针对切除癌症病灶。当外科手段治疗是治疗某癌症病例的最佳方案时，都会是大手术。肿瘤学当时仍在起步阶段，虽然也有一些药物治疗，但癌症的核心治疗仍是切除癌变部分。

20世纪60年代的急诊手术基本就是处理"栓塞、破裂和出血"。大部分晚上，我都会被叫去处理至少一种前述情况，还有相当数量的创伤急诊病例。虽然大部分创伤是骨外科医生的管辖范畴，但仍有一些伤者得交由普外科医生处理。当时，人们并不是一定会系安全带，安全气囊也还没有问世，因此车祸导致的腹部、胸部、头部、面部外伤很常见。

此类形形色色的病情伤情是当时的常态，外科医生需要处理的问题非常庞杂。经受过内容如此宽广的培训洗礼之后，我已经做好充分准备在培训体系阶梯中再上一层楼，进入拿到顾问医生职位申请资格的最后环节。

1969年，我决定申请利物浦大学的讲师职位。这个职位相当于高年资专科住院医，能让我获得更丰富的经验。我本来也可以申请医院里的职位，但当时还没有血管外科高年资专科住院医的职位设置，所以申请大学教职是我能继续专注学科研究的最佳途径。

我之前已经自己出资在布罗德格林医院建起了一个小小的实验室，研究深层静脉栓塞相关的血栓问题。如果能申请到讲师职位，我就可以使用更好的实验室，与他人合作，同时完成我的外科硕士学位论文；利物浦大学的外科硕士称为ChM学位。我也喜欢教书；除了讲课这个中心工作，讲师还要安排学生考试，也是我很喜欢的部分。教学医院的医护人员比普通医院更多，除了外科手术、护理，还要负责教学、考试、研究等活动。

我提交了申请，顺利通过了面试，备受鼓舞。大部分成功申请到高年资专科住院医职位或同等职位的人，最终都很有可能获得顾问医生职位。

系里的另外一位讲师是教授艾尔弗雷德·库什瑞爵士，他希望走学术路线，而我不是。我是个彻头彻尾的实干派外科医生。虽然我一直也从事研究，但我不想让教授职务的其他职责占去我为患者实施手术的时间。我和艾尔弗雷德爵士成了好朋友，可以守望相助，通知对方可能的工作机会。

1969年，我在正式开始讲师工作前，先去见了我的教授上司，花了半个小时了解工作要求。我走路回家的路上，秘书追上来，在后面叫我："你还没去见高级讲师呢。"

我赶紧回到系里，去见被我无意间忽略掉的高级讲师，结果发现他给我的要求和教授说的完全相反。我后来发现，这两个人关系一般。我当然是要听教授的指示，而不是按教授下属的意思来。这是我第一次面对同事间的龃龉，而且糟糕的是，远不是最后一次。

我在布罗德格林医院担任专科住院医期间，大家已经习惯了我在血管手术中的角色。我换到皇家医院工作之后，第一次跟教授上司一起查房时，就被叫走接电话。电话是布罗德格林医院的一位麻醉医生打来的，只说了一句"现在快来，我们需要你"。

电话里就这么一句话，别的都没多说。我不知道该怎么跟新上司解释这个事情，但我肯定得去布罗德格林医院帮忙。他们打电话找我是因为有位患者在血管手术后发生了出血，当时在场的医生都没有处置经验。出血危及患者生命，还好最后干预成功，患者脱离了危险。我的新上司当然是不高兴，明确表示布罗德格林医院不能再想当然地认为我能"随叫随到"。

斯托克教授很快就退休了。接任他职位的希尔兹教授非常年轻，面相看着更年轻，最初很难说服别人相信他真是教授。他是出色的研究人员，简历优秀，传授给我很多开展、汇报研究的经验。不过，我志在成为优秀的外科医生，而且，当时我的实际手术经验可能比他要多。

虽然我们对病人管理的看法时有相左，但他对我的帮助仍然很大，总是鼓励我去做一些对职业发展有益的额外工作，比如在外科会议上发表论文、为外科文献撰写文章。我迈出的重要一步就是申请成为英国皇家外科学院亨特教授（Hunterian Professor）。这一头衔声望极高，但实际上只需要在伦敦的皇家外科学院做一次讲座。

我被授予亨特教授头衔，演讲《肺栓塞的源头管理》(*Management of the Source of Pulmonary Embolism*)，探讨深层静脉血栓及其向心脏方向移动形成肺栓塞的可能性问题。在准备演讲稿的过程中，我在皇家外科学院待了一整天，查阅约翰·亨特（John Hunter，英国外科医生、英国病理解剖学奠基人）的档案，希望在他的教学经历中找到相关病例。我可以查阅亨特的手写记录原件，而且真的找到了与我的演讲内容有关的材料。除了之前参加的FRCS考试，这是我第一次与外科学院产生联系。

我在演讲最后引用了约翰·斯凯尔顿（John Skelton）的诗句："当你以为一切危险都已过去，却发现蜥蜴在草丛中潜伏环伺。"

或许，这句诗也适合所有政治家，装裱起来挂在墙上。在我看来，这句诗是对深层静脉血栓的精确描绘：深层静脉血栓一直在暗中潜伏，伺机而动，毫无先兆。我很幸运，有不少支持我的人专门从利物浦赶来伦敦参加这场演讲。演讲之后我们共进晚餐，再一起坐火车回到利物浦。

讲师职位的工作包括担任教授的助手，另外要兼顾医院里的手术。我主要在利物浦皇家医院工作，但也参加布罗德格林医院教授科室的活动；我此前在这个科室担任低年资住院医和专科住院医期间，积累了丰富经验。

虽然这个职位基本上还是以普外科为主，但有机会完成一些血管外科手术，让我能在血管外科领域施展抱负。我之前只在布罗德格林医院做过血管手术，现在也要参加皇家医院的急诊工作了。

我在皇家医院接手的第一个病例就很棘手，但我必须借此机会证明自己的能力。患者是70岁左右的男性，从大约30公里外的医院转诊过来。那家医院的专科住院医诊断患者为阑尾炎。但当患者上了手术台，医生才发现阑尾一切正常，同时发现腹腔后方有出血。这个部位的出血通常是主动脉出血，因此，那位医生意识到患者其实是动脉瘤渗漏。他的上司让他做"填塞"；这是临时止血的办法，但无法解决根本问题。这位上司没做过血管手术，或许觉得无论患者是否接受手术治疗都无法存活。实际上，此类患者也确实少有生还。

可是过了一两天，这位患者仍然活着，此时就需要实施手术；于是患者就被转诊到了我这里。外科医生在患者体内植入或者置入异物时，最担心的就是发生感染。患者腹腔里已经置入的填塞物很可能引发感染，要给这样的患者实施手术，简直就是外科医生的噩梦。在新岗位上接诊的第一例患者就是这个情况，和我之前设想的良好开端真是天壤之别。幸好，这位患者没有发生感染；他和我都如释重负。

讲师职位任期接近尾声的时候，我受邀去奥姆斯柯克地区综合医院（Ormskirk District General Hospital）代班数周顾问医生，因为原本的顾问医生自己要去接受胆囊切除手术。主要的手术排班从周五早上九点开始，我被告知最好能在中午过后结束。排班表上一般有六台手术，包括结肠、胆囊或胃切除；要在医院希望的时间段内完成这些手术，工作量相当大。因此，手术室护士会在上午九点就把六台手术需要的所有器械都准备好，分别放在六辆手术室推车上。如果我需要的器械没在对应的推车上，护士就会去排在后边的推车上找，然后递给我。考虑到可能出现器械丢失和交叉感染问题，手术室现已不再使用这种方法准备器械。我直到后来才发现，如果是常班医生来上手术，排班表通常会一直排到下午，就会耽误后面的医生使用手术室。我肯定是没有时间休息一下，喝杯咖啡，但我一般都能在中午左右就结束排班表上的手术。我在这里的代班工作快结束时，才发现排班表里的"小猫腻"。

在我代班期间，某次，一位专科住院医上了一台急诊的开腹手术，发现是主动脉瘤渗漏，于是来找我寻求帮助。我评估了手术的可能性，却发现整个医院找不出一个合适的主动脉夹，也没有合适的替代器械或材料。当时，只有几家中心医院能够实施动脉手术。我们别无选择，只能用救护车把患者运送到布罗德格林医院。当时的情况就是，已经完成麻醉的患者在麻醉医生陪护下，由救护车转运，一路上警车开道。我没有一起乘坐救护车，而是自己开车跟在后面，这样一来，我做完手术还能开上自己的车。那是我在利物浦经历过的最惊心动魄的路程。因为一路开车飞奔，到达布罗德格林医院之后，我还在发抖，花了一些时间平静下来之后才能上手术。还好手术很成功，病人后来也出院回到了家中。

人类登月是1972年发生的国际大事。家里没有电视，但我实在想亲眼见证整个过程。于是我在关门前的最后一分钟冲进店里，买了一台电视回家。店员开始以为我在开玩笑，明显觉得我买不起。我买了一台小小的索尼黑白电视搬回家，整晚都目不转睛地观看登月过程；沉醉其中。

为期四年的高年资专科住院医阶段即将结束时，需要着手申请永久职位。虽然我的讲师职位相当于高年资专科住院医，但职位任期只有三年。我起初并不知道这个时长差异，等发现的时候，震惊又焦虑，不知道如果我晋级失败，会有什么后果。我很清楚不少外科医生都是40多岁时才拿到了顾问医生的职位。而我当时准备申请的时候不过才32岁，所以很可能要等上很多年才能如愿。

况且我是女性。这有什么关系吗？我倒是觉得没什么，而且我一直觉得性别对我的职业发展没有任何负面影响。但同时我也清楚地看到，默西塞德郡根本没有女外科医生，就算在整个英国也找不出几个。我训练有素、经验丰富、技术精湛、吃苦耐劳，所以我认为女性身份不会是我前进路上的阻碍。其实，女性身份对我来说，根本毫无关系。

我向伦敦的西米德尔塞克斯医院（West Middlesex Hospital）提交了第一份顾问医生申请，没有成功。面试当天上午，我在房产中介那里走马观花地看了看伦敦的房价，越看越悲观。伦敦的房价和利物浦相比，简直就是天价。我在面试中肯定流露出了对房价的担忧。我想起刚刚通过执业医师考试之后，寿险推销员跟我说过:"再找工作的话,就去伦敦。用手里的钱买套尽可能好的房子。等你找到顾问医生的工作,就搬进利物浦的别墅住。"我当时觉得这个建议真是聪明透顶。1960年,我才刚刚拿到执业医师资格,哪里有钱买得起一栋房子。西米德尔塞克斯医院的那份工作最终给了医院当时在职的高年资专科住院医。我很为他感到开心(当然也放下心来,至少不用再担心在伦敦找房子的问题了)。

让我没想到的是,委任小组的一位高年资外科医生主动给我打来电话,让我不要因为这次的失败就灰心,因为"总会有柳暗花明的一天"。这通电话给了我莫大鼓励。

我的第二份申请居然成功了。之所以用到"居然",是因为我知道有很多高年资专科住院医要提交多次求职申请才能拿到面试机会,更别说直接获得职位。我的职位是在利物浦的皇家南部医院和戴维·刘易斯北部医院这两家教学医院担任普外科顾问医生。有不少本地和外地医生也在申请这个职位,但竞争主要来自威尔·劳埃德·琼斯。他是特别优秀的外科医生,人很可爱,也是我的好朋友。据说,评审委员会因为我们俩,分成了"他"阵营和"她"阵营。不过委员会不知道的是,我们两人在面试那天共进了午餐,而且不管结果如何，我们两个都会心甘情愿地支持对方。

我最后胜出，获得了这个职位，我喜出望外。自我通过执业医师考试已经过去了十年。十年间，我一直接受各种培训，就是为这一刻做准备。三个月后，我就要成为外科顾问医生，多年努力，得偿所愿。回家路上，我去加油，加油站刚好在赠送火柴盒小汽车。我还沉浸在成功获得职位的喜悦中，雀跃地说："给我一辆兰博基尼，谢谢。"这个玩具小汽车我一直保存到现在。乔纳森也很开心。成功既属于我，也属于他。外科医生的另一半，真的是要有宽广的胸怀。爸爸妈妈也为我高兴万分。

1972年接下来的一件大事，是我成功申请到了莫伊尼汉旅行奖学金（Moynihan Travelling Fellow）。这是英国和爱尔兰外科医师协会（Association of Surgeons of Great Britain and Ireland）颁发的荣誉奖学金，对申请者择优发放。奖学金获得者有机会前往技术卓越的外科中心学习数周；大家通常会选择去美国。这笔奖学金对我来说真是及时雨，这样我就可以在美国完成讲师任期内最后三个月的工作。

奖学金的申请面试在伦敦林肯因河广场的皇家外科学院举行，由英国和爱尔兰外科医师协会理事会负责最终筛选。这次的面试比顾问医生申请面试轻松得多。我受邀坐在主席旁边,不像在顾问医生申请面试中那样,要坐在房间的另一头。

专门给各位申请者准备了一间等候室,还提供茶点。我们都是在各类遴选流程中摸爬滚打过的"老手",十分清楚委员会开会结束后才会宣布最终结果;大家就坐在小小的等候室里,等了又等。最后,我们选派了最年长的一位候选人出去看看情况。谁都没想到,遴选委员会居然早已散会回家,而且整个医学院也下班了。我坐上火车回利物浦,车次比之前想坐的那班晚了不少。我到家就听说,其实在我回家的路上,遴选委员会主席就已经打了好几个电话过来报喜。

有了750英镑的资助费用,我就可以前往美国十家血管外科中心学习十周时间。机会难得,我可以借此认真思考未来的工作实践。我一直认为,必须亲自观摩世界各国的外科手术实施和组织过程。

我出发前,教授提出了一条非常有用的建议,让我每次更换学习地点的时候,一定跟接待方说明是周六离开上一家,周日抵达下一家。这样一来,我就能在两段学习之间,为自己赢得宝贵的休息时间。我在各家外科中心学习的时候,还要做讲座和病房教学,不过大部分时间是在向接待单位学习。

我在波士顿入境美国，学习之旅也由此开始；沿着东部各州一路南下，穿过南部各州，最后北上到美国西部，在旧金山结束旅程。在这次学习旅行中，我见到了所到各地大部分的知名血管外科医生，饶有兴趣地观摩了他们的手术。

我很快意识到奖学金可能坚持不到学习行程结束，因为美国的食宿价格比我预期的高出很多。结果有几周我只能严格控制花销，出行也都是乘坐公共交通。我没想到在接待方医院做讲座会有报酬，所以当我第一次拿到讲座酬劳的时候，真是意外之喜。而且，接待方医院有时还会帮我支付酒店的费用。我发现这样的话，我的经费就很充裕了，感到如释重负。

公平来说，美国当时的血管外科水平领先于英国。美国的大部分血管外科专家都是术业有专攻，而在那之后的若干年内，英国的情况一直都还是普外科医生兼顾血管手术。不过我也体会到，正是因为英国外科医生在各类手术中训练有素、经验丰富、解剖知识扎实，才打下了雄厚的技术基础。

很多时候，我在美国的接待方医院看来，属于"独树一帜"。这趟学习之旅中，我没有遇到一位女外科医生或是女实习医生。有些科室其实从来就没有过女实习医生。我对此没有感到忐忑不安，毕竟我知道英国的女外科医生也很少；而我的美国同行们对此也都是泰然处之。当时，英国的外科顾问医生中，女性大约只占2%，美国的情况与此相仿。不过，美国的住院医，也就是相当于英国的专科住院医，思想就没有那么包容。有次，我应要求在纽约的哥伦比亚长老会医院（Columbia Presbyterian Hospital）带着几位住院医查房。他们从没见过女外科实习医生，毫不掩饰地对我冷嘲热讽。我只觉得这个场景很好笑。

有一位患者做了所有能做的检查，但还没有得出最后的诊断。我对一起查房的几位说："在我们那儿，很看重患者的病史和体格检查。"我坐在患者床边，问了他一连串问题："什么时候开始疼的？哪里疼？别的地方也疼吗？"患者的回答都指向了阑尾炎。征得患者同意后，我检查了他的腹部，让大家都看到痛点是集中在右下腹部，说明是阑尾囊肿。我在帮到了患者的同时，也获得了年轻实习医生们的尊重。

针对病态肥胖患者的减肥手术当时还只是雏形。虽然这类手术对于新晋的血管外科医生来说没有特殊意义，但我依然很想了解此类新型手术会给医院提出什么样的挑战：医院需要置备更宽大的椅子、更结实的手术台、型号更大的器械。

我在得克萨斯州休斯敦拜访了世界知名的外科医生迈克尔·德贝基，惊叹于可供他使用的手术设备数量之多。他是心外科和血管外科医生，他的开创性工作在美国和欧洲的媒体中都有报道。德贝基医生的手术中心有八间手术室，可以同时使用，还有多达40张重症监护床位。而我在利物浦工作的医院根本没有重症监护设备。

我的最后一站是旧金山，意味着我能故地重游年轻时去过的地方。和住酒店比起来，我更开心住在第一次来美国时结识的朋友家里。很多朋友的孩子都已经十几岁了，我很惊讶家长在孩子出门聚会时立下的严格规矩：出门聚会，不能喝杯子里的东西；必须是自己亲手打开的瓶子，里面的东西才能进嘴，而且喝完之前绝对不能把瓶子放下。我此前对这样的要求闻所未闻；然而若干年后，英国的情形也大同小异。

我回到了旧金山的血管外科，和20世纪60年代初我在那里就结识的同事团聚。手术的魅力如故，但推进速度实在太慢。我一直教导跟着我的实习医生，上复杂手术要学会掌控速度。手术中有些部分确实需要慢慢处理，格外细致，但常规的简单部分就可以加快速度。不过在旧金山,似乎就只有一档速度。

那一年,我还迎来了另外一个重要时刻,我成为血管外科学会(Vascular Surgical Society)史上首位女性会员。学会由教学医院中涉足血管外科这一新课题的外科精英团队组建,规模相对较小。学会有自己的筛选流程;最初,地区综合医院的外科医生很难通过审查,获得入会资格。到1972年我加入学会的时候,成员构成已经略为多样化,但在我加入前,会员均为男性。当然,这也不能都归咎于学会;毕竟,我也是第一个提出入会申请的女性。我是教学医院的顾问医生,这点完全符合入会要求。我理所当然地认为自己会通过审查,实际上也确实如此。后来,学会会员调侃我说,他们当时开会讨论的全部注意力都放在到底是否要接受女性会员这个问题上,接受女性会员不啻于开天辟地。我觉得只要他们按要求流程接纳我入会,这些我都不在乎。过了很多年,我们学会才迎来了第二位女性会员。好在从那之后,情况已经大为好转。

就这样,我正式成为外科顾问医生,达成了人生理想。工作时间在我供职的两家医院间分配,他们都热烈欢迎我的入职。各位外科医生对我帮助尤大,鼓励我向他们寻求建议，遇到问题与他们多加探讨。顾问医生初来乍到总会有太多需要了解的东西。我很幸运能遇到经验丰富、善于沟通的同事，他们希望我能工作舒心、为患者排忧解难。约翰·麦克法兰是我在南部医院关系最近的同事，时常给我鼓励，也对我从事的血管外科这个新兴领域表现出兴趣。他经常走进手术室，观摩我上手术。我记得约翰把他从没见过的主动脉分叉移植片叫作裤袜移植片，而不是我们常说的裤子移植片。我觉得他的这个叫法非常有趣。

手术室护士长琼斯小姐总是很开心地把新护士带来我的手术室，用很大声的"耳语"说："曼斯菲尔德夫人正在做一台很难、很危险的手术。"经常让我差点儿手抖。

我们对同事来手术室观摩一直持欢迎态度，大家可以借此相互学习。每次观摩其他同事的手术，我都受益匪浅。在观摩中，通常会发现解决老问题的新办法，有时也会认识到有哪些不要去做。无论如何，总会有收获。所以，我涉足的新领域总会有人来观摩，而且人数不少，也就不足为奇了。

我在皇家南部医院完成了成为顾问医生后的第一台主动脉瘤手术。这是南部医院的新创之举，所有细节都要仔细落实到位，包括为手术购置一些新器械。这台手术的麻醉医生约翰·克鲁克是我的挚友。我早在实习阶段就已经认识他，他见证了我早年的尝试，一路看着我的每一个进步。他对血管外科这个新领域心驰神往，渴望参与其中。

这第一个动脉瘤充分体现了我们自此后在血管外科领域的进步。1972年时，鲜有术前影像检查，超声、CT、核磁共振等都尚未出现。当时最先进的影像检查只是对肾脏和输尿管做静脉尿路造影，看清主动脉的大小、位置，但还是靠触诊（用手摸）预估大小。我在看静脉尿路造影的片子时，惊讶地发现患者有一个肾在盆腔里；正常情况下，双肾位于腰部。大部分动脉瘤位于肾动脉下，因此夹住主动脉不会影响肾脏的血液循环。而患者的一个肾位于盆腔，就意味着这个肾的动脉中会暂时没有血流通过，可能导致肾脏损伤。尽管我知道确实会有这样独特的解剖学特征存在，但在实践中还是第一次碰到。这是我在新医院、新职位上的第一台动脉瘤手术，我必须在一个晚上的时间内确定手术方案，把位置异常肾脏的缺血时间控制在绝对最小值。这是一大挑战，但外科本身就充满了挑战，也是这个领域的魅力所在。手术最终取得成功，我深感欣喜。

有天晚上，我听说有位患者刚被送进手术室接受腹股沟排脓术。我从手术室门缝里探头进去，看看是否一切顺利。手术即将开始，我站在手术室门口都能看到患者腹股沟那里的巨大肿块在搏动。于是我第一次对同事们大喊"脉动暂停"；这句话后来在同事们间成了我的专属标志语。触诊的时候，如果双手不断移动，就很难发现肿块出现的搏动；必须保持手部静止，才能明显感受到脉动。如果对这个肿块直接"排脓"，肯定就是重大事故，因为这个所谓的"肿块"其实是股动脉瘤。

医务委员会每个月召开例会，所有的在职顾问医生都要参加，会后一起聚餐。会上提出最多的是停车问题。但是，医院停车问题现在还没解决。董事会会议有时需要着晚礼服出席。我在皇家南部医院参加的第一次正式活动在阿德尔菲酒店举行。我觉得有必要为这次活动添置一件新礼服，有把握自己缝制礼服的时间，顶多和完成一台动脉瘤手术的时间不相上下。缝制礼服要简单得多，没有出血，还有缝纫机帮忙。活动前的周日，我用了四个小时缝制礼服，大功告成。这件就是我的"梦中情服"——样式简单但不失优雅的长裙。

我在戴维·刘易斯北部医院的前辈比尔·贝蒂，是位经验丰富、值得信赖的外科医生，他总是对我这个新人慷慨相助。我永远可以向他求教，从他那里得到中肯的建议，不带丝毫贬损。多年前他接受职位任命的时候，有两个选择。他选择了前往几年后才落成使用的新医院工作。结果，这家医院在他退休后才建成。

当年，圣诞节的时候病房通常都是满员状态。按传统，医院厨房会烤制火鸡，在圣诞节当天早晨由一名外科医生在病房切分火鸡。1972年的这个圣诞任务落到了我身上。我穿上得体的手术服，开始仪式。我对整个过程毫无概念，很快就露出了马脚。深受喜爱的高年资内科医生桑德森医生恰巧路过病房，跟大家说："幸亏病人让你给他们做手术前，没见识过你切火鸡的样子。"

就这样，我作为顾问医生的最初几个月，还有波澜壮阔的1972年，临近尾声。我知道自己已经达成了目标，但也清楚未来还会有，也应该有更高的目标。成为顾问医生，不过是一切才刚刚开始。

第七章

顾问医生初体验

我很快适应了顾问医生这个新角色。我供职的两家医院规模相当,位于利物浦市中心的两侧,都靠近港区。两家医院的同事都很出色,大家都心甘情愿共同努力,让血管外科这个全新领域快速步入正轨。

新顾问医生的患者都是由其他同事和当地全科医生转诊过来的。有的顾问医生可能还会到私人诊所出诊。医院给我预留了两段固定时间,可以去私人诊所出诊。每周的工作时间分为11个部分,每半天算一个部分;如果是像我这样的"最长兼职时间"医生,每周就需要在国家医疗服务体系内工作9个半天。但实际上的工作时间远不止于此。我的两段预留固定时间在工资上就能体现出来：我只拿全职顾问医生工资的十一分之九。我的年收入涨到了4000—5000英镑。急诊也算在每周工作时间内，没有额外报酬。大部分外科医生是"二进一"倒班制，即隔天值夜班、隔周周末值班。如果专科方向没有其他人可以替班，就只能随时待命。我是唯一一个血管外科专业的顾问医生，因此实际上我必须随叫随到。此外，我是新人，还要负责南部医院的急诊室。尽管我不需要一定要在急诊室上班，但我是科室的负责人。我提出了各种新的规程，比如首个"重大事故规程"，以备不时之需。幸好，我在南部医院工作期间，我们从来没有遇到过需要动用这个规程的情况。尽管如此，我们依然进行了演练，确保做好充分准备。我在两家医院间的通勤没有任何交通补助，而大部分日子我都需要两头跑，在两家医院出门诊，包括接诊新患者和跟进先前的患者。我还有两整天需要上手术，外加查房和教学。

南部医院周围是贫民区。从病房窗户可以看到医院附近的贫民区公寓大楼街区。我看到大人让小孩子上学路上去街角的商店"弄"片面包、"刮"点儿人造奶油，大为震惊。

这些孩子中有几个还会到医院的露天停车场上，主动提出"帮您看车，小姐"。有的医生会给这些孩子钱，以求心安。我则会告诉这些孩子我是外科医生，希望他们能把"外科医生"和"锋利的刀片"之类联系起来，然后离我的车子远点儿。这个办法似乎奏效。

1972年时，既没有手机，也没有传呼机。经常会出现我刚到一家医院，却发现另一家急需我过去的情况。我曾经请了一位女士在我出门时帮我在家接电话，她清楚我的所有行程细节，包括我去爱乐音乐厅听音乐会时的座位号码。我在音乐会上，不时会被轻拍肩膀，叫回医院。我的工作需要全身心地投入，关于这一点，我始终了然于心、甘愿接受；这是我的初心所在，因此我从不质疑这样的"身不由己"，也没有想去改变这种情况。达成人生目标让我心生欢喜，我也热切渴望能尽最大努力做到极致。

鉴于血管外科仍在起步阶段，其他医院遇到急诊血管手术时，难免要向我寻求帮助。我的汽车后备箱里总是备有一些手术必备的缝合线，以备去不同医院完成各类血管手术的不时之需。

另外，我还要应当地全科医生要求去患者家里"家访"，协助全科医生管理那些有手术需求但身体条件又不允许前往门诊的患者。此类"家访"经常要开车去不熟悉的区域，找到患者住的公寓或是房子，给患者做评估。我通常会带上一名学生一起，既能帮我看路、找地址，也是出于安全考虑。"家访"对学生来说是很好的实践机会，他们总是乐于参加。曾经有次"家访"是位老年男性，因为血管疾病失去了双腿，卧床不起。屋里到处是塞满了烟头的烟灰缸。他身上盖着印有"皇家南部医院"字样的单子。这也不能怪他。在那个年代，吸烟很普遍，经常引发动脉堵塞，最终导致截肢。血管外科的发展能够及时减少晚期患者的人数。但这位患者的情况很明显已经无法挽回。

这时，我也有了自己的工作小组要指导。在我上学时，我们每个工作小组里有八个学生。按照老规矩，工作小组的学生在每学期末要邀请科室的工作人员共进晚餐，当然费用是由各位顾问医生买单。某次这样的晚餐上，负责牵头组织的学生坐在我旁边，一直坐立不安，时不时就突然出去一下。我以为他可能是不想让我看到，所以每次都出去抽烟。最后，我还是问他是不是有什么事儿，他这才承认和同学打赌敢吻我一下，但事到临头又退缩了。这个好办。我让他当着大家的面儿站起来，然后他吻了我一下。周围一下子欢呼声四起。

政客或是记者夸夸其谈说顾问医生要么是在打高尔夫，要么是在私人诊所挣钱，而不是为医疗服务体系工作，这样的辞令真是让人恼火。我确实可以私人接诊，但一开始我甚至没有租房开设私人诊室，因为根本没人要来找我看诊。新人顾问医生能指望的也就是大家口口相传，说这位新人医生有时间接诊，而且医术不错。积累口碑需要时间，没有广告，只能依靠同事，通常是全科医生，把患者转诊过来。我还记得私人接诊的第一位患者。我在新年当天早上为他做了手术，背景音是静音的维也纳新年音乐会。没人跟我说应该收多少诊费，结果我只收了少得可怜的一小笔钱。

我记得有位新入职的外科医生询问一位非常资深的同事，某类手术应收取的费用。前辈同事说了很小的一个数额，年轻后辈颇感惊讶："这么少的钱，您不会去做这个手术的吧？"

"不会啊。但你问的也不是这个啊。"

主刀医生和麻醉医生的配合是手术安全成功的关键。很少有患者了解，他们的生命其实是掌控在麻醉医生手中的。在我看来，最好的麻醉医生会在手术过程中始终关注主刀医生的动作，时刻准备好处理突发情况。

他们不会被外科医生永远乐观的态度迷惑，始终对手术情况了如指掌。比如，根本无须告诉优秀的麻醉医生血管夹是夹在主动脉上还是已经取下，他们自会时刻关注手术进度。

我在戴维·刘易斯北部医院的麻醉医生同事约翰·哈格里夫斯是位经验丰富的前辈，不愿意采用现代技术。那时，大部分麻醉医生已经在大手术中使用动脉插管持续监测患者血压。但我和约翰第一次共事实施主动脉手术时，没看到动脉插管监测设备，甚至连常规的血压计都没看见。

这种手术中，需要使用血管夹夹住主动脉，以便植入移植片。植入后，恢复血流的一瞬间可以说是生死关头。此时会有出血，而且由于血流重新流入腿部，总是会出现血压骤降的情况。对此类状况做出预期、做好应对准备，非常关键。

我转头问约翰："血压怎么样？"

"为什么问这个？你没做会掉血压的操作啊。"

"我要把主动脉夹取下来了，有时候血压会掉得很厉害。"

我听到手术台上传来吱吱嘎嘎的声音，约翰说："我在用那个新鲜玩意儿测血压呢。"

我很快认识到约翰是手术中的好搭档，即便是仅靠手指测量患者脉搏，他也能充分平衡患者的生理需求。

一般情况下，手术室是很轻松的工作场所。手术一切顺利的时候，大家会聊起来。我和约翰搭档上手术的时候，他特别愿意教我怎么侍弄菜园。我记得有一次，他教我怎么给不结果的西葫芦施肥。得知我居然不知道怎么区分雌花和雄花，约翰深感震惊。他说："你看好啊，有这种突出部分的就是雄花。"多年之后，我在约翰的退休晚宴上讲话，送给他一大捧蔬菜"花束"，还有一副滑雪板；菜园和滑雪是约翰的人生两大爱好。

除了约翰，我还有三位定期合作的麻醉医生。他们四位都非常热衷于参与血管手术。主刀医生和麻醉医生是最亲密的搭档。在我对血管手术尚处于探索阶段时，这四位麻醉医生都给了我巨大的支持。我在刚开始顾问医生的工作时，引入了标准血管手术，包括搭桥术、淤堵或狭窄动脉的动脉内膜切除术（移除动脉壁上主要成分为胆固醇和钙的粥样硬化）、主动脉瘤修复。我还希望能够实施颈动脉内膜切除术，疏通通向脑部的颈动脉淤堵，防止发生中风。

尽管之前已有完成类似手术的说法，但英国的首台此类手术是由费利克斯·伊斯特考特于1954年在伦敦圣玛丽医院（St Mary's Hospital）完成的（很巧的是，1982年时，我在圣玛丽医院接替了伊斯特考特的工作）。但1972年我在利物浦入职顾问医生时，从未做过此类手术。那时，埃德加·帕里是利物浦唯一一位掌握这种手术的外科医生。尽管埃德加把他的血管手术经验技术对我倾囊相授，但这个手术完全不同。手术中一旦行差踏错，后果将不堪设想。因此，埃德加也不敢让我这个实习医生参与手术。手术时，患者处于低体温状态。一般认为人体在低体温状态时，即使向大脑供血的颈内动脉被血管夹夹住，大脑也能维持自身功能。我多次担任埃德加的助手，但他从不让我参与暴露颈动脉等任何术前准备。

我获得莫伊尼汉奖学金，前往美国学习时，看到了血管手术的多种新方法，其中就包括颈动脉内膜切除术。这一手术在当时的美国已成气候，接受手术的患者数量比英国国内多得多。美国的颈动脉内膜切除术竟然已经不再需要低体温状态，大大出乎我的意料。更让人惊讶的是，这样的改变也没有出现不良后果。这样一来，手术过程大大缩短，同时也不会出现低体温症引发的严重问题，特别是心脏问题。

当我以顾问医生的身份实施颈动脉内膜切除术时，不仅是第一次实施这个手术，还决定不在患者低体温情况下进行。我感觉整个外科界都在拭目以待。幸好，一切按计划推进，没有出现并发症。我后续实施了多台此类手术。最终，全球外科界都放弃使用低体温环境手术，认识到尽管理论完善，但在手术实操中大可不必，而且自有其并发症问题。

为首个患者实施颈动脉内膜切除术，需要多个科室部门协调。其中一项必要的术前准备即为颈动脉造影，需要向动脉中推入染色剂，便于查看动脉状态。但直到医院新的放射科医生奥斯汀·卡蒂入职，才给患者进行了颈动脉造影。卡蒂非常乐于参与此次手术工作，这次造影也开辟了前进的道路。当时，染色剂直接注射到颈动脉中，具有一定风险。现在，从远端动脉穿刺插管的颈动脉造影风险大大降低。奥斯汀·卡蒂首次进行颈动脉造影时，我也在现场，希望能给他一些支持，同时也是对他欣然接受这项工作表示感谢。

接下来是麻醉的问题。利物浦的麻醉学发展历史悠久，学术实力雄厚。除了约翰·哈格里夫斯，我还和约翰·克鲁克以及雷蒙德·埃亨共事，他们两位也是有创新精神的优秀麻醉医生。南部医院的克鲁克医生欣然担任我主刀的第一台颈动脉内膜切除术的麻醉医生,同意不在患者低体温状态下手术。

最后,我们还需要一位能够在这台全新手术中应对自如的手术室护士,确保所需的手术器械安排到位、万无一失。

术前准备一切就绪,只待有合适的患者就位。承担第一台此类手术需要极大勇气,我还记得当时自己的忐忑不安。

堵塞位于颈总动脉的分岔处,颈总动脉在这里分为颈内动脉和颈外动脉。颈内动脉向脑部供血,颈外动脉向面部供血。我面临的第一个挑战是,有那么一瞬间,我无法区分这两条动脉;此时,解剖学知识一如既往地"救场"。颈外动脉有若干分支,但颈内动脉没有分支。问题解决。接下来是最棘手的部分:用血管夹夹住颈动脉,阻挡血流,以便切开颈动脉,清除堵塞。

首台手术一切顺利。在正常体温下实施手术,并未产生不良后果。最重要的是,避免了患者濒临中风的威胁。我心生喜悦。对我来说,这台手术就像是通往其他此类手术的大门。我经常会想,如果这台手术没有成功,情况将会有多少变数。这台手术是医学界团队合作的经典案例。神经科、放射科、外科、麻醉科各科医生以及护士的合作,是手术成功的关键因素。

通过颈动脉内膜切除术预防中风成为我的主要兴趣领域之一。其实,我完成的所有手术中,预防中风的外科手术毫无疑问是最有价值的。我清楚记得虽然爸爸没有被中风找上麻烦,但总有这种担忧,而我亲眼看见了很多患者受到中风威胁的严重困扰。手术可以消除潜在的中风风险,但患者会被提前告知手术最常见的并发症恰恰也是中风。我们的工作就是要把此种风险控制到最低,最大限度避免其发生。

在利物浦,皇家南部医院的神经科医生对此种手术是否明智,持观望态度,而且我感到也缺乏关系不错的内科医生的热忱支持。多年之后,我转到伦敦圣玛丽医院工作后,与戴维·托马斯医生共事。托马斯医生理解支持颈动脉内膜切除术的手术理念,因此素有"外科医生的神经科医生"的美誉。手术前后,他都会查看所有患者的情况。在圣玛丽医院,我们会开会探讨所有可能需要手术的患者情况,这是现在通行的多学科诊疗的前身。但在利物浦工作的时候,我只能单枪匹马地做出这些决定,没有此类有价值的支持,让我压力倍增。

按照血管手术的标准来看,颈动脉内膜切除术手术时间并不长，但技术必须完美无缺。患者术后从麻醉状态恢复的过程中，我会陪伴在侧，亲自确认没有出现中风这种罕见的并发症。有次，患者在恢复清醒的过程中开始喋喋不休，在我听来像是胡言乱语。我害怕患者这是出现了最糟糕的情况。不过，当我了解到他的母语是威尔士语，就知道他肯定不是在胡说八道。还有一次，患者清醒后说的第一句话是"押芥末水芹"（Mustard and Cress）。这次，我也还是担心患者是不是发生了中风，然而他只是想让我帮他在越野障碍赛马（Grand National，一年一度在利物浦举行的赛马比赛）中，给这匹叫"芥末水芹"的马下注。手术后，一旦患者从麻醉中恢复意识、状态良好，我就会马上去跟患者亲属见面。大手术前后都与患者至亲见面沟通，是我的职业习惯；我认为建立这样的关系，也是良好的病患护理的重要部分。我明白至亲至爱在手术台上，对在手术室外等待的人来说是有多么煎熬。

如果动脉硬化已经导致颈动脉完全堵塞，则不能实施颈动脉内膜切除术。针对此类疾病晚期的情况，可以采用颅内外血管搭桥术绕开已经堵塞的动脉。手术在颅骨开孔，称为毛刺孔或环钻孔，通过开孔将颅外血管（颞浅动脉）搭桥缝合到颅内大脑表层的血管上。微血管手术需要专门的技术，我曾在苏黎世向亚萨吉尔教授（Professor Yaşargil）求教。我知道要实施微血管手术，肯定要从医院费力争取预算购买新的手术器械。可如果因为缺乏合适器械，不能实操，那学习新的技术也就没有任何意义。于是，我没按常理出牌，在苏黎世自费购买了需要的手术器械。缝合材料是比人类毛发还细的尼龙，预先穿在微弯的针上。我购买的器械里有一个昂贵的持针器，专为此类微型缝针设计；不过我另一只手里拿的镊子甚是便宜。这是把钟表镊子，在世界钟表之都唾手可得。

1980年，我前往伦敦的圣巴塞洛缪医院（St Bartholomew's Hospital），跟随颅内外血管搭桥术领域专家约翰·拉姆利教授（Professor John Lumley）学习。乐于与同行分享新手术经验的外科医生之间，自有一种坚固的情谊。我回到利物浦后，在戴维·刘易斯北部医院实施了自己的第一台颅内外血管搭桥术。现在，第一次上手术的医生一般都会有有经验的外科医生陪同，但当年并非如此。新手也是靠自己摸索完成。

有一位在我这里接受颅内外血管搭桥术的患者，转诊过来时，由于动脉堵塞已经完全丧失语言功能。手术后几天的一个早上，我走进病房，这位患者唱了起来：

"若世上只有你一个姑娘,我就是那唯一的男孩……"我当场震惊。但有时候,很久以前学过的歌曲,在语言功能丧失后也会被想起。唱歌,成了这位患者与外界沟通的新方式。

当时,颈动脉手术的发展在各方面都缺乏严格的外科试验。很多手术都没有先例,也没有现在要求具备的统计确定性。无论是患者还是主刀医生,总得有第一个吃螃蟹的人。幼年时在图书馆的书上读到的那些外科领域内重要的第一步,筑起了我要成为外科医生的人生志向。所以,我也会"该出手时就出手"。

神经科医生与我和其他外科医生共同开展了临床测试,最终显示出颈动脉内膜切除术的成效。查尔斯·沃洛教授(Professor Charles Warlow)是知名神经学专家,曾在牛津工作,后前往爱丁堡。当时,大家普遍认为他对颈动脉内膜切除术的价值持怀疑态度。因此,请他来主持第一次临床测试,意义非凡。测试结果显示,手术能有效预防中风发生,而沃洛教授的参与更是成为对测试结果的背书。

由此,第一台颈动脉内膜切除术得到充分证明。我在工作期间甚至是退休之后,实施了多台此类手术,并参与临床测试。2002年,我决定不再上手术,很开心成为卒中协会理事长（Chair of the Council of the Stroke Association）。

20世纪70年代，外科护理的另一大变化是高质量术后管理的发展。大手术后，患者情况不稳，需要数小时甚至数天的医疗护理。虽然重症监护现在是大手术后的常规操作，但在当时仍处于起步阶段，而且没有专门的重症监护专业医生。南部医院的重症监护室规模很小，由麻醉医生托尼·吉尔伯森负责，其他成员包括内科医生龙尼·芬恩，我担任科室外科医生。我们是一支出色的团队，在一起讨论患者的管理问题，各自贡献自己的专业领域意见，这样的团队合作让患者受益匪浅。最终，这个类型的科室交由麻醉医生负责，科室护士全职处理各类复杂情况。

危重患者也会收入重症监护室评估病情。曾有一次，我在晚上被召回重症监护室接诊一名危重患者。当时，我正在一场音乐会上参加钢琴四重奏表演。当晚的演奏者都是身着晚礼服的医生。演奏刚一结束，我就接到要我回医院的消息，怀疑患者是动脉瘤渗漏。我就这样穿着精致的礼服裙到了重症监护室，给患者做了检查，确认是动脉瘤渗漏，告诉患者必须马上手术。我向患者说明手术须知,患者同意手术。我走到手术室,换好刷手服,完成了手术。幸运的是,患者活了下来,恢复一段时间之后,出院回家了。

过了几周,我的好友兼律师德里克·莫里斯在理发店碰到了那位患者。那位患者跟理发店老板说:"我才出院,做了个大手术。我差点儿死了,有个小姑娘过来跟我说'我要给您做手术,希望能救您'。"

德里克很开心地跟我说起这件事。不可否认,即使当时我已经30多岁了,但听到有人叫我"小姑娘",还是有点儿得意。

我的手术工作涉及胃、结肠、胆囊、甲状腺等大部分常见的普外手术。与此同时,我在血管外科方面的经验和名气不断增加。不过,我对主动脉手术还是又敬又怕,一如我第一次遇到主动脉问题时的感觉。

如前所述,大部分动脉瘤都在胆囊和肾脏动脉下。但当时我们只能通过开腹手术才能确定动脉瘤的准确位置,因为现在的各类详细影像手段当时尚未出现。我在给某位主动脉瘤患者手术时才发现,病灶涉及胆囊和肾脏的动脉。这意味着无法手术,我只能再把患者的腹腔缝合起来,别无他法。之后,我向患者说明他的动脉瘤情况过于复杂，无法手术。

这次手术最后其实就是一个简单的开腹—缝合手术。在患者恢复期间，我开始思考不知是否有人能够处理此类复杂病例。于是，我给英国最资深的血管外科医生费利克斯·伊斯特考特打去电话，询问是否可以把这位患者转诊过去。他委婉拒绝了我的要求，但鼓励我去查阅得克萨斯州休斯敦的此类手术报告。伊斯特考特一直关注我上手术的情况，认为我是一名出色的血管外科医生，建议我在阅读了相关手术报告后，自己完成这台手术。

我与患者进行了坦诚沟通，告诉他我们无计可施，我可以给他联系去休斯敦接受手术，或者由我给他手术。我也表明自己从未做过，也没有观摩过此类手术，同时指出无论由谁主刀，都是一台危险的手术。他坚决要求由我主刀，不愿意千里迢迢地到美国手术，也不愿意坐以待毙。

于是，手术开始。约翰·克鲁克负责复杂的麻醉工作，我虽担任主刀医生，却是此类手术的新手。或许是"新手保护机制"发挥了作用，手术一切顺利，患者完全康复。此类手术会出现多种并发症，比如截瘫甚至死亡；此后多年间，我目睹了大部分并发症的发生，但这第一台手术效果良好。

我很清楚,在这台手术中,我和患者都得到了好运的眷顾,因此我决定尽快前往休斯敦,向领域内的专家斯坦利·克劳福德医生(Dr Stanley Crawford)求教,然而数年之后才最终成行。而在这些年中,每当医学会议上有涉及此类胸腹动脉瘤的讨论,费利克斯·伊斯特考特都会指出我是参会者中完成过这类手术的人。当然,我也就完成过那一次。

在此期间,新的皇家利物浦医院(Royal Liverpool Hospital)一直在取代老旧破败的教学医院的路上走走停停。从正式成为顾问医生的那时起,我就知道早晚会有一家新的医院诞生,但是新医院大楼的建设实在太慢,我们一度认为可能永远不会竣工。由于罢工,工地一度完全停工,成本随之增加。

总算有了确切的完工日期,各家医院的合并工作也就要提上日程。包括我任职的两家医院在内,总共有七家医院要合并成为新的皇家利物浦医院。这些医院都拥有悠久的历史,在两次世界大战期间提供了医疗服务,在国家医疗服务体系尚未建立时即已存在。因此,有必要为每家医院设计规划出恰当的停业仪式。大家对新合并而成的医院充满期待,但面对那些备受喜爱的老医院即将消失的现实,也真真切切地惋惜难过。长久的等待之后,新医院终于落成使用,为此将要举办各类宗教仪式和派对,详细的计划也将到位。

第八章

杰克出现在我生命里

1977年年中,我亲爱的爸爸去世了,很可能是吸烟多年导致了冠心病。那个年代还没有针对冠心病的手术或其他干预手段。他的咽痛也一直没有治疗。爸爸在哈罗德叔叔的葬礼上心脏病发作,48个小时后就在奥尔德肖特的剑桥军事医院(Cambridge Military Hospital)永远离开了我们;当时附近只有这家医院有空床位。爸爸去世,是我第一次经历失去亲人的痛苦。虽然身为外科顾问医生,我对死亡司空见惯,但这一次是至亲离世,让人太过震惊。爸爸是我人生中最重要的榜样,我毫无保留地爱着他，他的意外离世对我打击巨大。我只希望自己的性格能与他如出一辙，但实际上根本无法与他相媲美。

尽管我悲伤心碎，日子还要继续，未曾停下脚步。我肩负着诸多责任，现在还要担负起照顾妈妈的重任——她失去了相伴50余载的伴侣，孤身一人，而且不会开车。幸好他们此前已经搬到利物浦，住得离我相当近。于是我开始教妈妈怎么打理花园和温室，这都是爸爸生前的爱好。后来，她也跟我一起搬到了伦敦。

我的婚姻这时候也变得岌岌可危。从一开始，我就清楚意识到我的婚姻不太对头。结婚大概六个月后，我跟闺蜜吐露心声，她建议我"坚持住"。乔纳森和我无怨无悔地支持彼此追寻理想，他为我的职业感到自豪，我们彼此分享对音乐的热爱。但这是兄弟手足般的感情。不知为何，突然没有了爸爸可以依靠，让我重新审视是否还要维持和乔纳森的婚姻。

大约在1977年底时，我出乎意料地接到了一份前往法国滑雪胜地葱仁谷参加欧洲血管外科医生会议的邀请。我记得虽然不停自问"为什么会邀请我"，但这份邀请实在诱人，根本无法拒绝。我是个滑雪迷，自从成为执业医师，每年都会休假去滑雪。没有乔纳森的陪伴独自参加会议，对我来说并不稀奇，但我当时没有料到这次的会议将彻底改变我的人生。

1978年1月25日，我和此次活动的组织者戴维·吉福德以及一群血管外科医生会合，飞往日内瓦。同行者中有我认识的医生，也有一些陌生的同行。我们从日内瓦乘大巴出发前往葱仁谷。那个冬天格外寒冷，道路一侧是高高的积雪。车子在盘山路上转过一个又一个U形弯，我们一车人鸦雀无声。突然路边的积雪击碎了一扇车窗，刺耳的声音打破了车厢里的寂静。幸好没人受伤。车子停在路上，司机下车去查看车辆的受损情况。车上的乘客在震惊之后，如释重负，车厢里满是大家交头接耳的谈话声。

这时，我们耳边响起了那句让我终生难忘的话："我觉得咱们需要来点儿小酒。"这个给大家端来小杯杜松子酒和法国苦艾酒的帅气男人是谁？我和一个朋友坐在一起，但我俩都没见过他。这个男人叫杰克·布拉德利。他沿着过道走过来，我也从他手里接过了一小杯酒。他一头白发，笑容温暖灿烂，让我深深着迷。

充分休整之后，我们很快再次启程。随后的几天中，友谊在我和杰克间悄然萌发，又在后面的数月当中，滋长成我们的人生真爱。直到2013年9月30日我们天人永别，杰克和我始终是彼此的灵魂伴侣。但在初遇之时，我们只是享受在雪道上彼此陪伴，没有任何其他想法。每天的日子都是学术论文和滑雪放松交相辉映。葱仁谷雪场面积广阔，我们结伴同行，而我在的小分队里似乎总能看到杰克的身影。

1月29日，我们像朋友那样亲吻告别，返回英国，回归各自的工作。我回到利物浦。杰克回到伦敦，回归家庭，面对早已支离破碎的婚姻。我们两人保持着缄默，直到4月4日我接到杰克打来的电话："你会去外科医师协会在谢菲尔德的会吗？"

当时，妈妈和我在家，立刻问我："谁打的电话？你看着挺得意。"妈妈可真是慧眼如炬。就这样，杰克和我在谢菲尔德再次相聚，他送给我的第一个礼物是个特别浪漫的废纸篓JWPB，代表"杰克的废纸篓"（Jack, wastepaper basket），说是这样我就能一直记得他："这样你就不会把我忘了。"这个纸篓我一直留到现在。

我要在会上讲话。这个会议是英国和爱尔兰外科医师协会的年度重头戏。在英国工作的普外科医生，大部分都会想办法至少参加三天会议中的部分活动。杰克和我在会议期间大部分时间都在一起，甚至设法重新调整了某天晚宴的座位，以便可以坐在一起。我们只是彼此吸引。杰克为人友好、风趣可爱，散发着正直温暖。我们两人都珍视利他主义价值观。多年后我在接受《荒岛唱片》（Desert Island Discs，BBC广播四台历史最悠久的节目）采访时，问心无愧地告诉所有人，杰克和我在葱仁谷相识时，没有任何越轨的行为。但分别数周后，我们在谢菲尔德再次相见，尽管依然行正坐端，但对彼此的感情已经喷薄而出，马上结成了只有我们两人的"外科医师联盟"。这个"联盟"伴随我们终生。但我们最初肯定没有想到未来会发生如此深刻改变。

我的这位新朋友丝毫没有离开的意思，我们频繁地找机会相聚。我们相距300多公里，又都忙于自己的外科工作，因此见面并不容易。5月8日，我在戴维·刘易斯北部医院首次实施颅内外血管搭桥术，当天来观摩的外科医生中恰巧就有一位叫杰克。

那个星期晚些时候，我们第一次一起去了湖区。杰克开着他的黄色凯旋TR7敞篷车来接我，他管这辆车叫"飞香蕉"（Flying Banana）。在夏洛湾酒店吃了午餐之后，我带杰克去看了我早些年在湖区买下的很棒的老房子"海格特"（Highgate），真正的"爱屋及乌"时刻——杰克看到这栋房子的时候，很可能觉得我是疯了，不过他至少控制住了自己没有表露出来。"海格特"

建于1702年，我带杰克去参观的时候，这栋房子上无屋顶、门前无路、不通水电，其实就是田野中的一处遗迹。我打算花上多年时间来修复"海格特"，所以得看看杰克的态度。

接下来的几个月，生活一如既往地忙忙碌碌，而我还要见缝插针地去和杰克见面，以解思念之情。7月，我们在邓迪举行的外科研究学会（Surgical Research Society）会议上再次见面。在这次会议期间，同事菲利普·斯泰尔告诫我不要对杰克表现得太明显。菲利普和我经常在复杂手术中合作，在职业上相互尊重。他明确表示担心我和杰克的关系会损害我的名誉。菲利普也是第一个能让我坦陈对杰克不只是儿戏的人。

在手机出现之前，打电话都是大难题；何况当时我还要忙着筹备各家教学医院关闭、合并迁入新的皇家利物浦医院的事情。英国广播公司（BBC）的制片人杰拉尔德·哈里森跟我接触，希望能跟我合作拍摄一部有关新医院开业的纪录片《英国日记》（*A Diary of Britain*）。除了情感上的困扰，我要应付的事情还很多。医院开业的相关活动各式各样，比如在默西渡轮"皇室鸢尾花"号（Royal Iris）上举办舞会、多场餐后致辞、为戴维·刘易斯北部医院小教堂的关闭仪式弹奏管风琴等，而且每场活动都要拍摄。

医院停业的各项纪念活动集中在9月份，杰拉尔德和他的拍摄团队形影不离地跟着我。拍摄的主角需要是一位在戴维·刘易斯北部医院接受主动脉手术的患者，并且我还得是手术的主刀医生。身为外科医生，必须习惯从手术室周围的各类活动中自我剥离，专注于手术本身；所幸我能够忘掉周围的摄像机，专心手术。这算是台大手术，但操作简单，一切顺利。

舞会、晚宴、董事会、医院小教堂中的仪式，我都得分身出来去参加。BBC团队不知道的是，在他们看到的忙碌之下，我的内心经历着更大煎熬。摄制组对私人生活的入侵程度相当高，但我设法保住了自己的秘密。他们有次甚至直接来我家拍摄，刚好拍到我在街边洗我的名爵跑车。

在BBC录制的主动脉手术中和我搭档的麻醉医生雷蒙德·埃亨，在手术后几天自己也得了阑尾炎，颇具戏剧性。但我决定不让BBC摄制组知道这件事。那天晚上我睡得正香，突然接到了埃亨的全科医生打来的电话。

"要是我说雷蒙德·埃亨阑尾炎发作，您会相信吗？"全科医生问。

"我信。"我答道。

"要是我帮他联系住院，您信得过我吗？"

"没问题。"我回答。

"那要是我把手术室也联系好呢？"

"那不行。"我直截了当。

全科医生的判断正确，我们很快了解到雷蒙德·埃亨尽管已经患上阑尾炎，但当天一直忍痛坚持工作。他的名字在手术室日志上连续出现了两次，第一次是担任麻醉医生，第二次是以患者的身份接受手术。尽管杰拉尔德·哈里森和我私交甚好，但发现手术在凌晨两点左右开始，而我却没有通知摄制组，他还是不太高兴。

10月2日，戴维·刘易斯北部医院正式迁入新落成的皇家利物浦医院。新院址在建设过程中遭受了各种挫折，直到开始使用时还是有各类问题和不确定因素需要处理解决。尽管如此，此前在戴维·刘易斯北部医院接受手术、全程被BBC跟踪拍摄的那位患者，终于痊愈出院，让我很是开心。只不过这位患者依然是先转到新院址，然后才办理了出院，从始至终都有不少摄像机围在他左右。

与此同时，我还担任了血管外科学会年会的地方秘书。高年资外科医生雷蒙德·赫尔斯比任主席。我需要负责为所有会议、社交活动和晚宴预订场地。雷蒙德不是个容易相处的上司，而且我必须承认自己一直受到家庭和感情问题的困扰，没有全身心投入学会的工作。我努力厘清爱上杰克的后果和与乔纳森离婚的影响。

当时，我在皇家外科学院担任导师，主要负责安排实习医生的教学和讲座。我经常会邀请外科医生到利物浦医学机构（Liverpool Medical Institution）做讲座。

我会在莱姆街火车站接上来做讲座的医生，开车送到利物浦医学机构，准备讲座中要用的幻灯片，在演讲开始前请他们吃晚饭。我从来没想过上年纪的医生要坐进我那辆名爵小跑车里会很困难。某次，来做讲座的外科医生跟我约好直接在机构里见。等我按约定时间到达的时候，这位医生已经在酒吧里小酌，端着一杯金汤力。我们去吃晚饭前，他又点了两杯金汤力，全部下肚。大部分来做讲座的人在晚饭时候最多喝一杯红酒，但是这位先生喝了不止一杯，后面又追加了一杯白兰地。

整场讲座完美无瑕、无懈可击，丝毫看不出讲座人喝了酒。我发现图书馆管理员也在楼座那里听讲座，这很不寻常。后来我问他为什么难得一见去听了讲座。对此，图书馆管理员说因为在我到达前，讲座人就已经喝了好几杯金汤力，所以管理员根本不相信讲座人能站得住，更别说做讲座了。不过，这位讲座人明显已经习惯了。

尽管我在这段时间忙得不可开交，还是挤出时间开车前往阿克斯布里奇的希灵登医院（Hillingdon Hospital），又在当天返回，只为了给某人的第一台，也是唯一一台颈动脉内膜切除手术帮忙。杰克是位颇有名望的外科医生，但这是我第一次有机会观摩他上手术，而且协助他完成手术。手术圆满成功，但他此后再没做过颈动脉手术，而是把此类手术都转诊给我。

11月，血管学会在利物浦开会。情况一时变得难以应付：杰克是参会代表，而乔纳森还是我的配偶，还会在会议上演出。很久之前，他和几个朋友就已经定好了要在会议晚宴后演唱几首理发店男声四重唱。这段时间，我上手术、出门诊、做讲座、参加利物浦手术学会以及西北外科学会等组织的会议、去伦敦参加学院导师会；即便如此忙碌，但我的个人生活依然面临"崩盘"。

尽管日记的内容已经拥挤不堪，我对杰克的爱还是在日记中丝丝缕缕蔓延开来，或许应该说是奔涌而来才更准确。此时，杰克已经搬到一套小公寓中独自生活。所以，我在工作和职责之外，还有一个新家要照顾、有新朋友要认识。我和杰克这时已经公开在一起,在我们本已繁忙的个人生活中又要考虑彼此的家庭、工作,在两地奔波往返。

我的第一段婚姻行将就木。1979年1月12日,我和离婚律师见面。这位律师和蔼高效。不久,我就重回单身。好在我和乔纳森离婚没有任何狗血剧情,毕竟我们的婚姻从结婚第一周开始就磕磕绊绊,我爱上杰克不过是意味着我和乔纳森都要遗憾接受注定无法挽回的结局。

2月10日,我在利物浦度过忙碌的一周后,在伦敦以主人的身份邀请了几位朋友来赴宴,包括杰克的一位麻醉医生同事,这位同事的丈夫,还有杰克非常看重的两位亲友。这几位朋友对我和杰克未来的幸福来说至关重要,但我不知道他们对我俩的关系态度如何。缺乏把握,让我更加紧张。我希望杰克的家人朋友能够喜欢我,当然也希望得到他们的谅解,因为我的出现,加速了杰克家庭破裂。

更要命的是,我们第二天还去拜访了杰克的妈妈丹妮,同行的是杰克的大儿子罗素、小儿子贾森,还有杰克的一个妹妹琼。杰克的二女儿莱斯莉没有和我们一起。丹妮变得对我非常重要,后来也成了我的好朋友。

在这次拜访之前，我们两个其实已经见过面。杰克告诉丹妮希望和我在一起之后，丹妮单独邀请我共进午餐。她后来跟我说，杰克第一次结婚之前，她就感觉心神不宁，所以这一次想要见见我，看我和杰克是否合适，如果她有任何疑虑，一定会毫不犹豫地告诉杰克。后来，我把和丹妮的第一次见面称为面试。还好她对我很满意，并成为我的坚强后盾。我深深地爱着她。

2月12日中午，我已经回到利物浦做讲座。现在回头看看，我那时真是精力旺盛。那年的我异常忙碌，定期往返伦敦和利物浦，人生中第一次带孩子过假期。我在利物浦的房子边上是一片适合帆船运动的湖面，杰克和他的两个儿子会过来驾驶帆船。有时候我们也会去湖区爬山。

当然，我和杰克各自都肩负着繁忙艰苦的工作职责。我在利物浦执业，热爱自己的工作，没有放弃的想法。我非常喜欢新医院，期待把握住那里的众多机会。我经常去看望独自生活的妈妈，我也努力去了解杰克的几个孩子，同时规划我们俩的未来。未来对孩子的影响重大，一想到这点，我的精神压力就相当大。

那段时间，我还担任利物浦医学机构的秘书。作为一家独立图书馆兼研究生教育中心，机构在1979年迎来了两百周年庆典，为此我们打算邀请200名宾客参加庆祝仪式。这场活动颇具规模，我肩上本就不轻的担子变得更重了。某妇女委员会烤制了加冕鸡，准备了各种配菜和堆成小山似的甜品。不管怎么说，最后一切都按部就班，全部到位。

虽然我那时忙得不可开交，但还是特别拿出了一部分精力去设计血管外科学会（此时仍然由我担任秘书）的标志性领带，向其他类似协会的常规做法看齐。我决定为此举办一个设计比赛，邀请设计者提交作品。参赛设计大多是以盾形徽章为基础的传统样式。我把所有参赛作品都做成幻灯片，在年会结尾时播放，大家投票选出最终设计。

绝对胜出的作品以某明信片图案为原型设计。这张寄给费利克斯·伊斯特考特的明信片，寄出人是圣玛丽医院著名的普外科医生阿瑟·迪克森·赖特（Arthur Dickson Wright），他是明星厨师克拉丽莎·迪克森·赖特（Clarissa Dickson Wright）的父亲。阿瑟亲笔绘制的明信片图案是两个人在海边相拥而舞，这两个人的形象是主动脉和腔静脉。

学会男性会员的领带以此图案制作，而我是唯一的女性会员，以此图案制作了胸针。杰克负责寻找领带丝绸材料的货源以及制作金银双材质胸针的工匠。我们坚信学会不久还会迎来其他女性会员，因此制作了不止一枚胸针。几年后的一次晚宴上，我很荣幸地向四名女性会员颁发了这枚胸针。当时的学会主席自己开设了专门治疗静脉曲张的私人诊所，口碑颇佳。在考虑胸针制作的过程中，我问他主动脉和腔静脉哪一条使用黄金打造比较好，他说："嗯，静脉当中有黄金。"

我严格遵循职业道德标准，又没有孩子烦扰，因此总是主动承担此类额外的工作任务。但现在，我的生活略显拥挤。1980年初，虽然我和杰克已经像夫妻一样，但仍然分居两地。杰克的公寓非常简朴，是从要好的同事那里借住的，我们两人对同事的慷慨热心感激不尽。我决定等到在南边找到新工作，再从利物浦辞职。杰克曾经考虑搬到离我近些的地方，但也没有真的付诸行动，毕竟他想离几个孩子近一些。

为了解决我们的两难困境，我申请了伦敦西部的外科顾问医生职位。5月16日对我们来说是个大日子，因为我在这一天正式获得了希灵登医院的外科顾问医生一职。有太多事情发生了改变。我们万分感谢医院当时的高年资外科医生约翰·塞尔斯。我和塞尔斯共事的两年，合作愉快，我们会一起查房，很合得来。他无疑是我在职业生涯中遇到的最佳工作伙伴，希灵登医院也是我体验过的合作氛围最好、最愉快的职场。

同时，新的职位意味着我要离开新的皇家利物浦医院、卖掉老家的房子、离开旧友、结识新人。我只能向在利物浦曾经的领导和同事解释，虽然我热爱工作，但我更爱杰克。尽管如此，我们两人当时仍是"未婚同居"状态，这让我有些许缺乏安全感。我放弃了太多东西，但我又该如何确定这段新关系一定能够走下去呢？我比较老脑筋，觉得缺乏婚姻誓言的关系让人不安。不过我就像所有优秀的外科医生一样，习惯于"凭空断案"。既然木已成舟，我就只能承担所有后果。

我对自己在利物浦"大查房"中做的最后一次汇报记忆犹新。每周一次的"大查房"要求全院各科医生全部参加，轮流汇报一个值得探讨的病例，供全体讨论学习。我汇报的是不久前完成的一台腹膜后肉瘤手术。我当时是普外科医生，但主要开展血管外科手术。腹腔后部的肿瘤周围遍布所有主要血管，自然属于我的专业范畴。肿瘤巨大，导致患者看上去更像是这个肿瘤的附属品。手术需要应对若干严重问题，比如切入、循环系统的变化、失血等。

我的汇报据说让大家印象深刻，因为我说"这时我意识到，我没法把那个肿瘤取出来，但更糟的是，我也放不回去了"。就像是香槟酒的软木塞。可它又不是软木塞，软木塞上可不连着患者的主要血管。找到切入点，把那些血管剥离开来，困难重重。即便如此，除了迎难而上，想办法切除肿瘤，我也别无选择。

我卖掉了利物浦的房子，在白金汉郡的富尔默买了新房子，准备和杰克在这里安家。我是有稳定工作的顾问医生，收入也不错，但因为搬家，也还是需要一笔过渡性贷款。我以为这不是问题，就和银行经理约好了见面。不过银行经理的看法似乎不一样："小姐，您还是对背上贷款理解得不到位。我真的不能给您贷款。"

他的回答让我很震惊。这位经理开门送我出去的时候，突然问我一两周前是不是上了BBC的一档电视节目。我承认确实上过电视，所以他很可能在电视上见过我。这似乎是他需要的某种担保，最后给我办了贷款。整个过程让我有种束手无策之感。要不是我实在需要这笔钱，肯定得跟这位经理好好聊聊他应该怎么管好自己的钱。

我当时养了一只宠物猫。从利物浦开车到我在富尔默的新家，小猫一路都在嚎叫。有天，这只小奶猫出现在我的车库里，我请的保洁阿姨留了一张字条，"车库里有只小猫，觉得是你养的，已经喂过了"。小猫"提基"（Tiki）就这样在我家安顿下来，和我一起南迁，最终适应了新的环境。

我没有立即投入工作。换工作间隙休息了几周，是我整个职业生涯中唯一一段失业的时间，但却是明智之举。这段日子过得并不容易，生活中的变化实在太多：新工作、新房子、新朋友、新伴侣，最重要的是还有孩子。他们当然不是新生儿，却是我人生第一次养育孩子。做继父母本就不容易，当你没有为人父母的经验，一切都要摸索前进，那当真是难上加难。

大部分人都认为搬家是生活中的挑战之一，特别是跨区搬家。如果还是搬去完全陌生的城市，就更加困难重重。我们搬到离杰克以前的家几公里远的地方，他前妻仍然住在之前的家里。很有可能在当地的超市遇见杰克前妻，这样的情况十分不理想。而且他们离婚前的那些朋友也还是我们的邻居，我不知道他们对我和杰克的看法是否友好。但这里上班近便、靠近朋友和杰克之前的家，这对杰克和他的孩子来说，是非常好的安排，减轻了分居和离婚造成的不堪，对孩子更好一些。

最小的贾森当年11岁，大哥罗素和二姐莱斯莉要再大几岁。我们的决定对几个孩子肯定影响巨大，我特别担心会对他们造成伤害。我知道自己不是他们的妈妈，但很多时候要承担起监护人的责任，把握不好这条界限，很难接近孩子。我们都希望被喜欢、被爱，而我不知道能否在几个孩子那里实现这个愿望。

"圣诞节"和"离婚"就是一对难以和谐的怨侣。本应是欢快的家庭团聚反而会变得让人紧张有压力，曾经的海誓山盟如今各奔东西。我搬到南边之后几个月就是圣诞节。杰克有两个妹妹，都是年纪轻轻就守寡，孩子又都还小。杰克在很大程度上是她们的支柱。我们邀请她们两家人来一起过圣诞。此外，还有杰克的妈妈及其兄弟姐妹，以及我妈妈。妈妈这时也已经从利物浦搬到了南方。当然，还有杰克的孩子。我得准备一顿圣诞大餐，以前我从没招待过这么多人。

圣诞节上午，杰克和我总是会去任职的各家医院看望自己负责的患者。当然，我俩出去探访患者的时候，圣诞火鸡就在家里的炉子上烤着。我们的房子很小，招待那么多人颇为拥挤。这一天终于还是来了。每个人都吃得饱饱的，心情大好。看着一大家子人欢聚一堂，共度美好时光，是特别美妙的经历，让我对我们的未来充满了希望。

杰克的两个儿子至少表面上看着还算是能理解、接受他们生活的变故，但我无法了解两人内心深处的感受。可以理解，莱斯莉在父母离婚这件事上，站在了她妈妈那一边。她肯定也爱爸爸，随着时间推移，也能够再次表达对爸爸的爱。多年来，莱斯莉和我也渐渐学会了去爱彼此。我和几个孩子间的关系，在时间的推移中慢慢建立起来。我不是他们的妈妈，但我承担了很多父母的责任。找到让每个人都能接受的平衡关系并不简单。

必须提一下我在富尔默的一位叫凯特的邻居，她和莱斯莉关系很近。因为我和凯特都去当地的一所夜校学吉他，我们两人也成了朋友。凯特发自内心地给予我支持，她比实际年龄成熟很多。我对她心存感激，她也是我的好友。我们从没聊过我的感情问题或家庭问题，但和凯特相处，让我有信心自己终有一天也能和莱斯莉成为朋友。

虽然我是家里的独生女，但堂（表）兄弟姐妹众多，从小就不缺玩伴，不会感到孤独。直到成年之后多年，我才意识到因为家里没有兄弟姐妹，我也就从来没有机会去观察、参与另一个人的成长发展。我从未亲眼看见另一个人成长的神奇过程。亲戚家的孩子和我的朋友大多和我年龄相仿，但除了他们，我能接触到的也就只有父母那辈人。

我经常会想,为什么第一段婚姻存续多年却没有孩子,而我从不认为有何不妥;为此我会回到自己的成长经历中去寻找答案。我和第一任丈夫没能有自己的孩子,但我也只是接受了这个事实。我小时候从没看到过家中有新生儿的到来,也没见过小孩子慢慢长大的过程,所以长大之后也不觉得没有孩子是很严重的问题。我没有能一起聊这个问题的人,肯定也没有专业咨询,而且这也不是适合咨询的问题。今非昔比。我那时只是默默接受了现实,还有父母虽然从未表露,但显而易见的失望。

当然,我的很多亲戚朋友家都有孩子,跟我关系最近的是我第一任丈夫的姐姐,她有三个孩子。我很爱那些孩子,但也接受自己不能身为人母的这个事实。乔纳森和我把精力放在了工作、爱好、朋友和家人身上。我们最后还是一别两宽,他也和我一样有了三个继子女。

杰克跟我说"我有三个孩子"的那一刻,我至今记忆犹新。但我当时并不知道,这三个孩子会成为我生命重要的一部分,弥足珍贵。想象一下,你一下子就有了几个十几岁的孩子,而且还得对他们的人生负责。当然,他们不是我生物学意义上的孩子,但我对他们的爱绝没有因为这一点而有丝毫减损。毕竟，没人会质疑养父母对养子女的爱。但对养子女的爱与对继子女的爱有什么不同呢？

我有很多要学习。当然，继父母和养父母确实不同，因为继父母其实是"第三人"。你的存在或许还是让孩子的生活天翻地覆的原因。抵触和怨怼很正常，也可以理解。

杰克的看法或许过于简单，觉得既然他爱我，我让他生活得更快乐，那么他的孩子也能学会爱我。但没有保证一定如此。这是需要快速掌握的新知识，得投入大量的时间和精力。学会和新的伴侣相处本就不易，更何况还要应付他的几个青春期的孩子。

岁月流逝，我和孩子们间的羁绊越来越深。我学会去爱他们，最终也有勇气表达出来对他们的爱。我曾经希望终有一天他们也会爱我，现在我也体会到了他们的爱。三个孩子也都已经为人父母，而我是唯一还健在的祖辈，我很看重也很享受自己的这种"特殊地位"。三个孩子和他们的伴侣都是出色的父母，我很开心能看着孙辈们好好长大，成为优秀的人。

新生活的另外一大特点就是，我的伴侣也是外科医生。你或许觉得如果伴侣是外科同行,就能格外理解你在生活中的种种不守时,甚至是不能赴约的情况。未必如此。在和杰克的相处中,我人生第一次意识到,作为外科医生的配偶或者伴侣,需要有多么宽广的胸怀。

尤其困难的是我和杰克总有一个人要在岗,安排假期是件难事。从前,我总是避免在学校假期的时候休年假,这样就能让有孩子的同事在学校放假时调休,多陪伴孩子。现在,我和杰克都需要在学校放假的时候休假。

杰克是非常出色的外科医生,备受尊敬。他能完成几乎所有种类的普外科手术,包括标准的血管手术。有次我在希灵登医院上一台主动脉手术时,要求手术室护士递给我一件杰克在此类手术中一般不会用到的器械。这位护士请别人去帮忙拿一下这件器械,手术室总监的答复是:"如果他行,她就行。"杰克说了算。

我们最终发现家里需要两部独立的电话,放在我们俩各自的一侧床边,这样就能保证夜间电话准确找到需要的那个人,而另外一个的睡眠不受打扰。杰克在三家医院工作,有天夜里,他被其中一家叫走出诊。但找他的电话又响起来,我接起了电话。电话那头的住院医似乎有些迟疑,他不知道我也是外科医生。在我的追问下，他不太情愿地说了一些病例的细节，我没想到他居然还把我的建议都记了下来。

我的工作每周会有几个自由时间段，我最后把这些可以自由支配的时间用来在哈默史密斯的皇家研究生医院（Royal Postgraduate Hospital）工作。那里的外科教授是莱斯·布卢姆加特，另外一位血管外科医生是克劳福德·贾米森。我工作的两家医院相距30多公里，往返路上容易堵车，这样的工作安排很辛苦。

我第一天到哈默史密斯的医院上班就去病房查房，一组实习医生在病房里等着我。我在病房办公室门口探头往里看了一下，有位年轻医生坐在桌边，想站起来的时候，椅子也被带了起来。他和椅子已经捆绑为一体了。

"这是怎么了？"我觉得很有意思。

从办公室里传来一个女声，是非常有特点的约克郡口音："他要是写不完出院记录，就不能离开那张椅子。"

病房管理员帕特极具效率，管理精准，她日后成了我的终生挚友。

布卢姆加特教授是肝胰外科专家。我时不时会和他一起查房，20世纪80年代初，还共同见证了我们的第一台胆囊超声扫描。我清楚记得，他当时说这个检查没有太大作用，从那样的照片上没人能看出来胆囊里是否有结石。那些扫描成像其实就是深浅不一的灰色，从这第一次的图片结果来看，确实很难预料到超声检查日后的重要意义。当年那些模模糊糊的颗粒感影像，现在已经进化发展为高精度细节图片，从中可以得到病情的重要信息。

布卢姆加特是个有时候有点儿难搞的上司。有次，我需要和他商讨一些问题，开始前，我请他给我20分钟的时间，并且在这中间不要看表。他不情不愿地回答："你的意思是你也挺忙的？"

克劳福德和我要负责那所医院里所有的血管问题患者，但我们两个一共只有四段可以自由支配的固定时间。最后因为工作量实在应付不过来，我们都放弃了这里的工作，先是克劳福德，然后是我。克劳福德先行离开之后的那段时间，我特别难熬。当时，我已经开始在圣玛丽医院工作，那里是我的主要工作地。我只有几段固定时间可以到哈默史密斯这边的医院工作，不仅要负责所有的血管问题病例，甚至还要承担急诊的工作。

有天夜里，布卢姆加特教授打电话叫我去急诊："我刚在急诊接了个患者。他的问题是你的专长，腹部主动脉瘤渗漏。"我赶紧赶到医院。患者是位非常年轻的成年男性，自己把摩托车头盔挂到了门后的钩子上。动脉瘤破裂或渗漏的患者不可能自己骑摩托车来医院，而且也不可能这么年轻。但是他的腹部确实有个个头不小的肿物，有脉动且触感柔软。患者一点儿没有身体不支的迹象。这些根本说不通。

这种情况下，我会使用一种比较老式的查体方法。如果腹部有肿物，比如主动脉上有较大的囊肿，会表现为有脉动，但实际上只是在传导脉动。如果让患者翻身俯卧呈膝肘位，囊肿就会向前坠，不再传导脉动，这样就能触诊到囊肿。女性患者中，此类大部分为卵巢囊肿，在男性中则为胰腺囊肿。布卢姆加特教授就是胰腺专家。我也证明了患者属于胰腺问题，恰是教授自己的专长领域，而不属于我的特长范畴。所以我径直离开了医院，留下教授自己解决问题。

当时，哈默史密斯医院有位一流的血管放射科医生戴维·阿利森。我在X光检查室度过了不少时光，和戴维探讨各种介入术，观摩他的具体操作。20世纪80年代，导管介入术方兴未艾，开始取代某些开放性手术。戴维可以在任意一条血管中插入导管，进行后续的手术操作。我看到了未来的发展方向。我和戴维共同致力于动静脉畸形的治疗。动静脉畸形是血管异常纠缠，小到胎记，大到其他重要器官问题，更有甚者还会危及生命。

在私人生活方面，杰克和我最终决定卖掉在富尔默的房子，搬到杰罗兹克劳斯一所更大的房子里。不过我们依然没有结婚。杰克清楚这种非婚姻的伴侣关系令我感到不适，所以1987年时，他悄悄地筹备了一场婚礼。

当时，我正要去多伦多和波士顿出差，在多个会议上发表讲话，和我同行的是一位年轻有为的澳大利亚外科医生迈克尔·格里格。去机场的路上，杰克不经意地提起："对了，我已经安排好了，等你回来咱们就结婚。"

杰克只把他的计划告诉了两个人，一个是他的秘书苏·布雷恩，另一个就是那位约克郡口音的病房管理员、现在给我担任秘书的帕特·扬。之所以告诉她们两个，只是因为需要确保我们俩在结婚当天的日程都能空出来。苏和帕特都发誓会守口如瓶。我后来才知道，杰克本来打算婚礼当天才告诉我。幸好，苏斩钉截铁地阻止了他："她也得去买条新裙子啊。"真是太对了。杰克理所当然地认为我会嫁给他，对此，我都没办法对他的想当然假装生气。为了和他在一起，我向他迈出了一步又一步；结婚对于我，就是万事俱备，只欠东风。

就这样，我成了布拉德利太太。我们在伦敦和坎布里亚两地举办了四天妙不可言的婚礼庆祝活动，所有的家人朋友都来到了我们身边。我穿着在波士顿买的蓝色连衣裙,手里的花束来自杰克的挚友克莱夫夫妇。婚礼蛋糕由帕特亲手制作、装裱。我们在韦尔的圣约翰教堂仪式礼成。

婚礼对我有巨大的积极意义,我感到心安,感觉有了依靠,心满意足。杰克和我是毋庸置疑的灵魂伴侣,我认为我们的关系应该获得婚姻的认可。我们从未有过片刻后悔。

杰克和我都是既看重家庭也看重工作,努力寻求二者的平衡。我曾说要在杰克的墓碑上刻上"包容"二字。虽然最终我并没这么做,但杰克无疑是最具包容心的人。

我能专心忙于工作并且事业有成,杰克功不可没。作为配偶,他给了我巨大的支持,同时,他也是我在职业中不可或缺的伙伴。我们相识时,他就已经是一流的外科医生,为国家医疗服务体系下伦敦郊区的三家医院工作,自己的私人诊所工作也十分繁忙。"外科翘楚"是对外科医生特殊专长的肯定,令人引以为荣,杰克正是这样的外科医生。朋友、同事、患者都对他爱戴有加,实习医生对他的教学非常钦佩。如果需要,我们两人有时会共同主刀格外棘手的手术,但这样的情况实属不多。

杰克比我大十岁，所以他退休的时候，我的事业正处在最紧张的阶段，当时我已经获得外科教授职称。我担心这会产生矛盾、问题，但并非如此。杰克接过了我身上的家务担子，还"修炼"成了手艺相当不错的掌勺人。他培养了不少实用的居家爱好，喜爱侍弄花园，是我的坚实后盾。他有时肯定也会恼火我的工作太忙，但从来没表露出来。

只有一次例外。那是一个周六，似乎伦敦附近所有的血管外科医生都去享受夏季假期了。一整天下来，我手里的血管急诊手术一台接着一台。就在我觉得终于可以"逃回家"的时候，有位血管堵塞的医生被送到急诊，必须马上手术。我打电话告诉杰克："手术不会太久，我做完这台就回家。"他很沮丧："你不可能把大伦敦区的动脉手术都做完。"我们本来盼着能一起享受居家的轻松时光，可我忙了整整一天。杰克很生气，但这也是唯一一次。而我也早已体会到等待抢手的外科医生回家，是多么难熬。

杰克后来出现了健康问题，很难再侍弄花园，走路也出现困难。因此，我们最终从郊区搬到了伦敦市中心的一所小房子里，街坊邻里亲切友爱，就像是生活在充满人情味的乡村里。

第九章

圣玛丽医院

1982年,费利克斯·伊斯特考特即将从位于伦敦帕丁顿的圣玛丽医院退休。他是知名的杰出血管外科医生,我一直向往能像他一样在大学教学医院里首屈一指的血管科室任职。于是,我申请了伊斯特考特即将空出来的职位,最后入围,进入与医院顾问医生小组见面的环节。也就是说,如果成功获选的话,我最终总会以某种方式与这些小组成员共事。

当年7月20日,我上午在哈默史密斯的医院出诊,下午要去圣玛丽医院与医院顾问医生小组见面。我清楚记得当天的情景。我像往常一样着急忙慌地坐进车里，启动车子，自动打开的收音机里传来播报："爱尔兰共和军（IRA）在海德公园引爆炸弹，受伤人员正在送往圣玛丽医院途中。"显然，那天不再适合去跟未来有可能与我共事的各位同行见面，而且估计他们也不乐意有个陌生人过去帮忙。所以，我就只是远远地看着当天的可怕情景。

最终，我见到了这份工作的所有相关人员，大部分人都只是谈论职位职责，绕过不问我为何会在这个阶段选择更换顾问医生供职的医院。我当时虽然只有40多岁，但已经在顾问医生的职位上工作了十年，而有些和我年纪相仿的申请人，仍然只是高年资专科住院医。那时候，伦敦的医院圈子流行在某科室长期工作，一路晋升到顾问医生。经验极其丰富的高年资专科住院医在科室管理运行方面，自然具有无与伦比的价值。顾问医生跳槽到其他医院的情况非常少见，所以大家或许觉得我的做法背后有些潜台词。圣玛丽医院是公认的血管问题转诊中心，我热切希望能够进入这家医院工作。而且，虽然我当时仍然在普外科工作，但已经做好准备逐步专攻血管手术。我也有私人方面的考虑。如果我和杰克在不同的医院工作，就能调整我俩的轮值值班表安排，甚至能做到同时调班休假。

由于我对中风预防手术领域的专业兴趣,我还与圣玛丽医院的神经科顾问医生见了面,其中包括罗杰·班尼斯特爵士。此前,我与他素未谋面,但他的杰出才干我早已如雷贯耳;同时,我对这位大人物心存敬畏。当时我也算是有声望的顾问医生,遇到的人一般都是彬彬有礼、一团和气,没人问让人尴尬的问题。但罗杰·班尼斯特是个例外。他咄咄逼人,问我如果被录取了,到底会如何诊治患者。我其实觉得这种深入探究的提问方式很不错。日后,我和罗杰也成了关系不错的同事。

我入职几个月后,再次见识了罗杰打破砂锅问到底的样子。这次是在帝国理工学院的一个会议上。我从圣玛丽医院穿过海德公园,去帝国理工学院开会。因为时间已经来不及,我一路急匆匆地赶过去,那天天气又很热。

"你看上去很热,还挺累的。"罗杰一针见血。

"是的,我走得有点儿快。"

"你从哪儿过来的?"

"圣玛丽医院。"

"走了多久?"

"差不多20分钟。"

"才2公里左右而已。"

那时候有个很奇怪的规矩，顾问医生面试前一晚会安排一场活动，候选人和医院的顾问医生小组都受邀出席，被称为"雪莉酒大考验"（trial by sherry）。对我来说是人生头一遭。也就是从这次活动之后，我经常提醒家里人，只要杯中酒还满，就可以避免有人不停给你续酒。我在那次活动上就是这样，端着手中的雪莉酒，一口未喝，整晚四处走动，希望给遇见我的人留下一个好印象。当时，有六位候选人竞争这个职位。最后，我们都被要求离场。顾问医生小组肯定是留下来慢慢讨论各位候选人的表现。

当晚，活动结束几个小时之后，我在家接到了顾问医生小组一位成员打来的电话。这位外科医生建议我最好放弃面试，因为我不会获选。"如果你参加了面试，又落选了，以后的简历可不好看。"他告诫我。

这样的插手干涉完全出乎意料，让我措手不及。"谢谢您，我会考虑一下的。"我礼貌地答复了他。我肯定不会退出竞争，而且恰恰相反，要迎难而上。至于这个电话背后的动机，我只能靠自己猜测。

每位候选人自己的面试环节结束后，就去医院对面的小酒吧等待最终结果。我是四号候选人。我面试结束后，轮到五号候选人进去，外面就只有六号候选人还在等待面试。我和他一直聊到他的面试开始,这样一来,在最终结果公布之前,我就只需要等待很短的一段时间。最后,我又被请回面试室,获得了这个职位。能够再次回到教学环境中任职,而且是在如此权威的科室,让我喜出望外。我同样庆幸直接忽略了面试前一晚的那个"建议"。直到今天,我还在好奇那个电话背后到底是何动机。我决定一旦我在医院有了足够的话语权,就立即叫停"雪莉酒大考验"这个活动。

我去圣玛丽医院入职前,杰克和我带着贾森一起来了一次游船假期。我们在阿克斯布里奇登船,一路慢慢荡到帕丁顿内港,然后掉头回来。我们从独特视角看到了西伦敦的小街偏巷,也见识了肮脏混浊的河道,在圣玛丽这座重要的教学医院脚下流过。但不管怎么说,这个假日都是轻松惬意的,对我们三个来说也都是新的生命体验。

新工作刚开始肯定是压力巨大。而以籍籍无名的身份,接替德高望重的国际知名外科医生,更加重了我的紧张。我甚至还去观摩了伊斯特考特先生做的最后一台颈动脉内膜切除术。幸好我当时已经有了十年的顾问医生经验,因为我的这位前任医生其实从未真正离开岗位,甚至在退休后,每周大部分时间依然参加查房和会议。我凭借自己的经验，既能认真听取吸收伊斯特考特先生的建议和意见，在我认为必要的时候，也有勇气做出改变。此前和我同时竞聘这一职位的两名落选候选人，是我们科室的高年资专科住院医。我上任之后，在和这两位同事的相处中尤其尽心，直到他们两位后来都晋升到了新的职位。

我入职后的第一次手术排班是在圣玛丽医院的哈罗路分部。我开车到达的时候，转了好几圈，才在自行车棚边上找到了写着伊斯特考特先生名字的车位。我在圣玛丽医院本部实施第一台动脉搭桥术时，具体手术方法与我前任医生的方式差异颇大，让我很有压力。第一次在全新的环境中上手术，不熟悉一起工作的助手和使用的设备，难免让人胆怯。每位外科医生都有特定喜爱的某些器械，如果确信手术过程中这些器械都在手边，会让人感到心安。当这台手术终于完成的时候，有位护士过来同情地说："我猜您肯定松了一口气。"我确实如此，也十分感激这位护士的细腻。

第二天早起查房时，我问患者走路感觉怎么样。病房护士是位很直率的澳大利亚人，她死死盯着我说："其实，术后一周，我们不许患者下床。"

"我们允许的，护士小姐。"我毫不动摇地回答，然后过去帮着患者从床上站到地上。我现在依然记得那位护士当时惊恐万分的样子。我肯定，她当时觉得动脉搭桥会原地散架。这是我需要对科室做出的一项改革。随着时间的推移，那位护士也发现，改变做法之后，并没有产生不良后果。

我是个"急事缓处"的人，但我在那个职位上需要着手改变的事情实在太多，容不得我慢慢来。不过，圣玛丽医院的教学工作和学生体验，确实无须改变。我一直认为利物浦的临床教学已经近乎完美，圣玛丽医院的情形与利物浦不分伯仲。医院的员工都乐于教学，充分了解每一个学生。圣玛丽医院的规模不大，与利物浦大学医学院相仿，特别适合学习临床医学。

在利物浦时，我和各位麻醉医生从我实习时就已经相识，大家彼此尊重。而圣玛丽医院的麻醉科同事最开始时，与我相处得比较谨慎。他们肯定觉得我是"从北边来的某个女人"。但我和他们都在自己的专业领域深耕，因此，我们之间的坚冰迅速被打破。

圣玛丽医院当时的外科教授偶尔会对他人表现出轻蔑之态。某天的外科组会格外剑拔弩张，令人不快。会后，我直接找去他的办公室理论。他没想到我会去办公室找他，请我进去。而当我对他刚刚在会上的草率失礼明确表示不满时，教授更加惊讶。

面对我的抗议，教授拉开了办公桌抽屉，拿出一瓶威士忌和两个杯子，倒了两小杯酒。我并不喜欢威士忌，但还是接过杯子，一饮而尽。好在后来只要我在场，他再没有那么唐突失礼过。

整个职业生涯中，我一直直面各种困境和刁难，但只要情况允许，我都是选择私下解决。幸运的是，我从来没有遇到过性骚扰的问题。要把恶劣行为公之于众，并不容易；而且我得承认，有时候我确实应该当场揭露，但遗憾的是，我没能做到。

不过，在两件事情上，我应该感激这位教授。首先，他能够看清专业化的未来发展，看到应由我来领头并专注成为血管外科医生。我很喜欢普外科手术的广度，因此接过领头接力棒的时候还颇为不情愿；但事实证明，这是正确的抉择。其次，后来我成为教授之后，他给了我大力支持。当他联系我说，认为我成为教授是适得其所、善莫大焉，这让我既惊又喜。

我决定听从教授的建议，转型成为血管外科医生，由此也扩展了我们科室能够接诊的血管手术范围。科室接到的转诊数量惊人，而我专注于血管外科手术，创造了大量机会，让科室能够在专业领域内进一步发展壮大。当其他外科同行希望把疑难病例转诊给你，既是一种赞许，也是一份责任。我在来伦敦工作前，曾希望把手中的一个疑难病例从利物浦转诊给圣玛丽医院的伊斯特考特先生，但遭到了拒绝。因此，我在进入圣玛丽医院工作之后，决心要为更多的复杂病例提供转诊服务。为了进一步提高自己处理疑难病例的专业能力，我拜访了领域内多位专家。最初，我在血管外科的同事是伊恩·凯尼恩和安德鲁·尼古拉德斯。伊恩是血管学会主席，而我和他搭档，担任学会伦敦年会的地方牵头人。伊恩不久就退休了，但他没有像费利克斯·伊斯特考特那样继续工作。约翰·沃尔夫接替了伊恩的工作，他工作勤奋，特别关心患者的护理标准问题。我们两人性格差异巨大。我认为在利物浦和希灵登医院工作中采用的联合查房制度非常不错，但在沃尔夫这里行不通。尽管如此，我们依然携手打造了一个优秀的科室。我们科室总有年轻的实习医生加入，像西蒙·史密斯、戴维·赖利，还有其他很多人，与我们分享在其他科室学习到的技术，让我们体会到什么是教学相长。学习始终是双向奔赴的过程。

我在新岗位上的另一项任务是建立自己的私人诊所。像在利物浦工作时一样，我依然是"最长兼职时间"医生,即每周有两段固定时间不用到医院上班,可以私人出诊、手术。当然,每周的这两段时间,医院也不给我支付工资。伦敦能够开展复杂外科手术的设施齐全。我和同事一起在哈利大街租下了几间诊室,我也会去附近的私人医院做手术。我们这种联合诊室的方式就相当于现在的团体执业,即专科知识密切相关的医生在同一地点共同执业,在需要时,可以相互寻求专业建议和帮助。我们租下的房间面积虽大,但比较老式,需要相当规模的现代化改造。改造后的联合诊室可以承担某些辅助检查,为就诊患者提供了便利。我喜欢这种远离官僚主义的职场环境,很开心有各类转诊患者被介绍过来,在接诊过程中也遇到了不少有趣的人。

如我所说,外科医生总能在观摩同行的过程中有所收获。我会特意去拜访几位同行,观摩他们做手术。比如,我会去曼彻斯特拜访戴维·查尔斯沃思(David Charlesworth),他被誉为全英国,甚至是全世界手术速度最快的血管外科医生。虽然速度并不是血管手术追求的目标,但浪费时间也不可取。观摩查尔斯沃思的手术之后,我找到了一些让手术更有效率的方法,去除了手术中某些徒劳无益的环节。

我尤其想精进胸腹动脉瘤手术的实施操作。英国总得有医生能解决这样的手术难题。我在利物浦成为顾问医生的时候，已经精通肾下动脉瘤手术，决心将此类手术推广应用于更广泛、更复杂的病例。此领域最权威的外科医生是美国得克萨斯州休斯敦的斯坦利·克劳福德，他接诊了大量转诊过去的胸腹主动脉瘤患者。我询问他我是否可以观摩他的工作，克劳福德医生欣然同意。

于是在1982年的时候，我第二次前往休斯敦，开始了为期十天的学习之旅。在我逗留期间，斯坦利完成了九台此类复杂的动脉瘤手术，对我来说是学习手术处置的大好机会。斯坦利温文尔雅、彬彬有礼、为人幽默。他尽力回避公开宣传，这与他的某些同事形成鲜明对比。我问他手术过程中是否可以拍照，他说："当然可以，只要你别把照片寄给报社就行。"

有一次清早查房，我们到了一位主动脉瘤术后恢复的女性患者的房间。斯坦利小声对我说："埃夫丽尔，这是'公爵一号'（Duke I）动脉瘤。"

我当时没明白。我很熟悉结肠癌的杜克斯分期（Dukes classification），但斯坦利说的显然与此无关。这里的说法，其实源自温莎公爵（Duke of Windsor）。温莎公爵此前曾在休斯敦接受了主动脉瘤手术。动脉瘤的大小与破裂风险正相关，因此是手术与否的决定因素。斯坦利解释说，有观点认为温莎公爵的动脉瘤或许算是比较小的那一类。

患者也听到了我们的谈话，她问斯坦利："克劳福德医生，这么说我这个动脉瘤算是比较小，对吧？"

"是算小的，而且是真的很危险的那类。"他这样回答。

这下我又迷惑了。等我们到了走廊里，斯坦利才悄悄对我说："因为你不做这台手术，别人肯定就做了。"

我在休斯敦的那些日子，工作时间很长。我住的那家酒店里有不少过来准备接受手术的患者，还有术后恢复的患者。斯坦利去医院的路上经常会到酒店看一下这些患者的情况。当时他正在写书，来酒店的时候会给我留下其中的一个章节。等我八点钟到手术室的时候，他就会问我觉得那个章节写得怎么样。只要我说还没看完，他就惊呼："要不你多待几个月，这样就能看完我的书了。"

斯坦利能动用的手术条件让我惊叹，可以与我在1972年拜访的迈克尔·德贝基的手术中心相媛美。斯坦利这里也有八间手术室，一个40张床位的重症监护室。手术期间，一位血液科医生全程待命。此外，外科医生团队中的每位成员都精通此类高难度手术。另外还有精明强干的麻醉医生队伍，在美国称之为麻醉师，能应对复杂手术中出现的生理剧变。

需要学习的内容极多，对我来说是个绝好的机会。有大批医生来到斯坦利这里访问学习，但出于某些原因，我的待遇与众不同。在手术过程中，斯坦利总是确保我能看到手术的每个细节。

除了外科同行，我也非常重视与麻醉医生交流学习。手术中，患者会出现巨大的血流动力学（血液循环动力）变化，血液化学和血液凝结也可能有巨大变化，因此会有一名血液科医生在手术过程中全程待命。我最关心的就是回到伦敦后，能否全盘复刻休斯敦这边的手术室设置和人员配备。

我在休斯敦的时候，还学了一个有用的小技巧。一台耗时耗力的手术结束后，主刀医生只想喝杯茶，休息一下。但总会有人想过来问这问那，主刀医生会不胜其烦。我工作的这些年间，总是会抽空打盹儿，通常是忙里偷闲地在椅子上坐着睡上五分钟，最多十分钟。斯坦利也有这个习惯。为了能不受打扰，他会把手术帽拉下来盖住眼睛，这样就没人敢来打搅他了。我很感激斯坦利让我学到了这个小妙招。

在伦敦时，抢着预订重症监护床位就是家常便饭。没有重症监护床位，根本不可能实施动脉瘤这样的手术。在休斯敦，似乎总有空闲的重症监护床位。不过我记得确实有过一次例外。有天，护士进来说："克劳福德医生，您不能再做第三台手术了。"斯坦利当时满脸是不可思议的震惊，追问原因。

"重症监护室满了。"

显然他跟我面对的是两个世界。这种情况对他来说实属罕见，或许还是空前绝后。

回到伦敦后，我开始为能够实施同样的疑难手术着手做各类准备。此时我意识到，当初应该带上一位麻醉医生一同前往休斯敦，这样麻醉医生方面的准备就能更加轻松。为了取得进展，我只能采取比较强硬的立场，尤其是与跟我搭档的高年资麻醉医生彼得·奈特沟通的时候。如果不是迫不得已，我也不会这样，我一直都更喜欢温和一些的劝说方式。彼得是出色的麻醉医生，是可靠的工作搭档。如果当初我们两人一起前往美国，情况会好得多。可惜的是，只有我一人前往。因此，我只能大着胆子指导彼得的麻醉工作。尽管他起初不大情愿，但最终还是完美应对了挑战。

不久之后，我们一切就绪，准备接收第一个手术病例。不只是彼得和我，我们整个团队都是首次涉足这一全新领域。手术室的各位护士也贡献了宝贵的力量。主刀医生和手术助理护士之间的关系非常特别，但至关重要。多年来，我始终有幸和众多优秀的手术室护士共事，比如特里西娅、格洛丽亚、米丽娅姆、迪、玛奇等，我们关系密切，我特别感恩能有她们在我左右。虽然这是我在圣玛丽医院主刀的第一台此类手术，但其实是我个人完成的第二台。多年前在利物浦，我和那位情况危急的患者携手勇敢尝试了第一台动脉瘤手术。

通常，动脉瘤的大小（以及如果不实施手术会产生的死亡风险）是手术与否的决定因素，但不是唯一因素。还要考虑患者的身体状况是否能够承受这种大手术。此类复杂的动脉瘤手术本身就很危险，容易引发并发症。很难确保手术是绝对有利的方式，也不能只在确保手术万无一失的时候才开始手术。

曾经有位需要我接诊的胸腹动脉瘤患者，是位80多岁的老太太。在去医院的路上，我想着患者已经这个年纪，无须再冒风险接受手术。等我到了医院，看到这位老太太体态匀称，身穿皇家紫色金丝绒晨袍。问诊结束后，我刚准备说出我的想法，她就说："姑娘，如果你没问题，我就赌一把。"有些患者就是这样，宁愿冒着风险接受手术,也不能忍受在动脉瘤破裂的威胁下生活。我接受了挑战。事实证明,老太太做出了正确的选择。必须记住,永远有可以选择的余地,我们要做的就是用清晰连贯、易于理解的方式,向患者解释清楚。

近些年,又出现了新的选项:某些血管问题可以通过侵入性更小的手术解决,即通过远端动脉将移植片引向病变部分,本质上就像是放入一条新的内胎。不过,这种手术相对较新,接受手术的病例也较少,因此要做这个决定并不是件容易的事。我曾经让一位患者回家考虑一下这种新的手术方式,自主决定。两周后他回来找我:"这两个礼拜我都在网上查这种手术的资料,简直太累了。还是您来拿主意吧。"

此类讨论会花不少时间,而且还要有患者的亲属共同参加,因此实际接诊时间很难与预约时间相吻合。我曾经陪一个朋友去看医生,好在她做决定的时候给她提供一些帮助。门诊前台非常抱歉地跟我们说,前面的患者还没有看完。我说:"别担心,没关系的。"

"从来没人这么说过。"门诊前台感叹。

"嗯,这说明医生认真对待了每位病人啊。"我回答。

有的外科医生觉得出门诊是苦差事,但我很喜欢去门诊,因为在那里可以遇到各种病症的患者。没有完全相同的门诊,也不会有完全相同的患者。

有次门诊,我接诊了一位男性患者,主动脉瘤已经相当大了。他从威尔士南部某地转诊到圣玛丽医院,威尔士口音明显。我向他解释了病情,告诉他必须马上手术,并做了一些手术的细节说明和风险告知。

"谁来做手术?"他听上去满怀疑虑。

"嗯,我来做。"我回答得略显底气不足。

"见鬼,是个女的。"

我笑了笑。虽然他开始很是震惊,但我们还是建立起了不错的关系;一切只是因为不熟悉,这一点我非常理解。我还记得飞机起飞前听到广播里传来女声说"今天由我执飞此次航班",当时我是多么惊讶。令人鼓舞的是,现在女飞行员或是女外科医生都不再罕见。

不过,我的女医生身份偶尔还是会引来侧目。有天,我在等医院的员工专用梯。电梯来了,我请在等患者专用梯的患者上电梯。他问我:"你怎么能用员工专用梯?"

"我在这儿上班。"我说。

"你做什么工作?"他问。

"我是外科医生。"

"外科怎么可能有女医生?"

"嗯,不过我就是外科医生。"

"那你肯定了不得。"

身为少数群体也不总是坏事,我很少觉得受到了冒犯。我一般会用小幽默去化解可能的尴尬。我觉得那比自命不凡要强多了,有时候还能交到新朋友。

还有一次遇到的事情,我也是举重若轻地处理过去了。有位外科同行(我很了解这个人,但我们从没共事过)在一份全国性报纸上发文说女性不能成为外科医生,因为女性在面对困难的时候,会"心里发慌"。

为了回敬他,我找到一家杂货商店,问了一下是否还有老式的女士衬裤,而且要长裤。他们居然还有库存。我当即买了一条。当时已经是12月,我在裤腿的花边上缝上圣诞丝带,然后把裤腿松松地挽了一个结(前文的"心里发慌"在英文中的字面意思是"把衬裤的裤腿扭在一起",所以作者才有此做法。——译者注)。我还在包裹里放上了一张字条,写上"来自圣诞老奶奶的礼物",然后寄给那位在报纸上大放厥词的外科同行,确保他收到之后是在大庭广众之下打开,周围有其他医生和护士共同见证。他当然猜得出是谁寄的包裹。我的甜蜜复仇大功告成。

我在圣玛丽医院工作的前几年,英国广播公司再次找到我,这次是参加BBC纪录片《命握他手》(*Your Life in Their Hands*)中主动脉瘤手术的摄制单元。我很难下决心同意拍摄,始终不确定向观众展示手术过程是否是明智之举。虽然"手术室"一词中确实有"剧场"一词,但我们并非为娱乐而存在("手术室"的英文operating theatre中的theatre,有"剧场"之意。——译者注)。即便是为医学受众拍摄的影片,有时也会引起我的担忧。我必须绝对确定,我们在手术室中的行为丝毫不受在场旁观者的影响。手术中难免遇到困难、出现问题,我们必须确保在拍摄环境中做出的反应和处理,能像正常的私密情况下一样,不出现任何偏差。通常,允许拍摄的理由就是影片具有教育价值,而这次的影片是为公众教育之用。

不可否认,受邀参加影片的拍摄,让我确有荣幸之感。但患者始终处于绝对优先级别,拍摄绝不能损害患者的利益。最后,我还是决定参加拍摄,需要挑选一位符合条件的患者,事先做好沟通。这位患者欣然同意,还向我提出了建议:"或许可以和我儿子聊聊这件事。他是律师。"我当然同意,而且和患者儿子的沟通非常顺利。

罗伯特·温斯顿教授（Professor Robert Winston）担任解说，他当时初涉媒体，日后受勋成为温斯顿勋爵（Lord Winston）。他嗓音浑厚，偶尔会向我提问，对我其实有着莫大的帮助。我只是埋头工作，而他会提示我发言，做出解释说明。

BBC摄制组是个很好的搭档团队，患者本人似乎也很享受拍摄过程。几周后，杰克和我在家组织了派对，邀请了参加拍摄的全体人员，患者夫妇是派对上的关注焦点。这位患者术后又享受了人生很多年。总有一些患者，出于这样或那样的原因让我铭记，这位参加拍摄的患者就是其中一位。

琳达是另一位让我犹记于心的患者。她患有马方氏综合征。这种严重的遗传性主动脉疾病已经严重威胁到琳达的生命。教授马吉迪·雅各布爵士（Professor Sir Magdi Yacoub）此前为琳达治疗了心脏问题，后来把她转诊到我这里处置其余的主动脉问题。主动脉由心脏的主动脉瓣延伸穿过胸部和腹部。我是血管外科医生，但不是心外科医生。在美国，有外科医生可以兼顾这两个专业领域，但在英国是独立的专业。也就是说，从主动脉瓣开始到在下腹部出现分支之前的这一段主动脉，如果出现病变，需要由两位不同专业外科医生分别实施手术。

雅各布教授提前知会我,琳达就诊时会带一台录音机录音,便于日后回顾就诊过程。我觉得这个做法非常聪明。琳达到我这里来就诊时,大面积动脉瘤已经影响到了整条主动脉,导致她行动严重受阻。动脉瘤引发的动脉异常搏动不断撞击琳达的脊柱,引起剧痛,导致严重的脊柱问题。琳达年纪尚轻,显然需要动用一切可能手段进行治疗。幸好她挺过了这次大手术,至今健在。

自从我为琳达实施第一台手术起,我们就建立了经久的特殊友谊,她为我的团队研究作出了巨大贡献。我曾经沿着从坎布里亚圣比斯到约克郡罗宾汉湾300多公里的"横穿英国步道"(Coast to Coast Path)徒步,为皇家外科学院筹款。某天早上,琳达陪我一起走了2公里左右的路程。这于她而言可谓壮举,是手术前根本不可能实现的事情,也让我心潮澎湃。

20世纪80年代时,我的工作压力来源之一就是无法确保像琳达这样的患者,在术后能住进重症监护室,而且这个问题一直到我退休时都没能解决。当时,大家已经认识到术后重症监护的必要性,通常会等到有重症监护床位时才会实施手术。我们想尽办法增加重症监护床位,可惜永远是资金、人员都无法到位。就算是好几位外科医生为了各自的患者，同时争抢一张重症监护床位的情况，也不是新鲜事儿。我实在厌恶这个过程，有时候会让搭班的麻醉医生替我去抢床位。这种争抢劳神费力，因为只要没有抢到重症监护床位，整个手术团队就无法为患者实施手术。我们当然不能在最后关头变出一台简单一些的手术。如果因为术后重症监护床位不足，就在有床位的时候匆忙把患者送上手术台，也不人道。

血管外科手术的刀口比较长，会从上胸部一直延续到下腹部。如果手术需要暴露心脏，则通常沿着胸骨切开，称为正中胸骨切开术。有位接受正中胸骨切开术的患者，胸前是一个巨大的耶稣受难十字架文身。当我沿着患者胸骨切开，把十字架上的耶稣从正中一劈两半的时候，有一种亵渎神灵之感。但事出无奈，我也只能如此。手术缝合时，我格外紧张，得确保耶稣图案完全校准。这台手术的缝合，我没有交给助手来做，而是由自己亲手完成。

另一位让我记忆深刻的患者是个叫史蒂夫的年轻人。他因为睾丸癌，十几岁时就接受了放疗。虽然睾丸癌已经治愈，但放疗严重损伤了史蒂夫的主动脉。放疗对动脉确实会有负面影响，但史蒂夫的情况极为严重。主动脉已经基本闭锁，血流只能经由绕过堵塞的旁支小血管流向下半身，尽管有一定的作用，但无法完全解决问题。史蒂夫不仅是双腿受到影响，肾脏、胰脏、胆囊等器官中的血流也严重减少。他当时只有36岁。

手术异常复杂，分多次完成。我和杰克共同参与了其中的一次手术。术后初期，看似一切正常，但史蒂夫仍然需要在重症监护室住院多日。我一度担心史蒂夫可能挺不过来。某个周六清晨，我接到重症监护室打来的电话，他们觉得我有可能需要过去签署死亡证明。我感到已经无能为力，就只能打发时间，有种坐以待毙的宿命感。一直到上午11点，重症监护室都没有电话打过来。我想着如果史蒂夫已经熬过了三个小时，或许还能再多坚持一段时间。我直接去了重症监护室，和工作团队一起采取了我认为可能有效的所有措施，我开始暗自有了一点点希望。慢慢地，我们看到史蒂夫一点点地有了反应，血压逐渐有了起色，他总算是熬过了这一关。

从史蒂夫这里，我学会了只要有一线希望，就一定继续努力，不放弃。每一位医生都曾以希波克拉底誓言宣誓，"不可妄自尊大，致人苟延残喘"，时刻提醒我们切莫因为想要炫技，而不顾患者的生命质量去施救，必须把患者的健康福祉放在首位。史蒂夫还那么年轻，从癌症中幸存，还有人生的种种要去体会。而他也确实做到了，在手术后又享受了26年的人生。史蒂夫甚至还来参加了我的退休庆典。像以上提到的这类患者在我的生命中留下了真真切切、不可抹去的印记。我和史蒂夫的遗孀一直保持着友谊。

我在接诊过程中，有时也会遇到一些名人。但我对名人了解不多。电影明星等属于我的知识盲区。之前有位秘书对我的这种知识盲点感到惆怅又绝望，因此会给我买来新近电影的光碟，让我"补课"。

比如，当约翰·莫蒂默（John Mortimer）来就诊时，我一如既往地没有认出他是个名人。我严格遵循自己的工作习惯，会全面了解每位患者的病史，给他们做全面的体格检查。这次，我也是像平时一样询问患者的职业。

"我是个作家。"

"很有意思呀。莫蒂默先生，您写些什么呢？"

"《法庭上的鲁波尔》（*Rumpole of the Bailey*）。"

即便我对名人再不了解，这个回答也足够让我明白眼前的这位患者到底是谁。

"您就是那位莫蒂默先生！"

还有一次，我接收另外一位名人住院，问他在选择医院时有何标准。他的回答居然是完全看酒单怎么样。

我记得雅诗·兰黛（Estée Lauder）曾经来我这里看过一次病，同行的保镖在等候室里等她。问诊结束后，我陪她一起往等候室走，这时她"反客为主"，告诉我应该怎么护肤。

"到底谁给谁看病呀？"她的保镖问。第二天，就有一大袋子护肤品送到了我的诊室。绝对算是"外快"了。

此时，我在工作中，与皇家外科学院的交集开始增多。费利克斯·伊斯特考特建议我申请成为医学院的考官。我一开始没有这个想法，毕竟我刚刚开始在圣玛丽医院工作，本职工作繁忙，没有太多时间顾及其他。"第一次申请的人，他们不会通过的，"费利克斯·伊斯特考特跟我说，"所以，你也不用失望。"但出于某些原因，我第一次申请就获得通过。或许是因为像我这样的女外科医生实属罕见，所以我才脱颖而出；不管原因究竟如何，我对申请结果都非常惊讶，当然也很开心。

1986年，我正式成为皇家外科学院考试院（Court of Examiners）的一员。入职仪式相当隆重。詹姆斯·汤姆森和我同时加入这个历史悠久的权威机构，我们在理事会上宣誓、拍照，随后大家纷纷表示祝贺。不过，摄像机当天很不凑巧地"罢工"了。一个月之后，我们只好又把当天的仪式重来了一遍。

我在皇家外科学院主要就是在考试院工作。考试院负责考查准外科医生，保证其外科水平。考试院成员人数不多，都是从全国所有外科专业中精选而来的兢兢业业的外科医生。我们编写考题、评判试卷，举行口头考试和临床考试。我们是一个团结友爱的团队，力求公平。

在我看来，考试体系的主要缺陷在于要在伦敦的女王广场举行临床考试。多年前，我自己就是在这里参加的考试。也就是说，需要把患者从伦敦周围的各家医院集中到女王广场。运送工作负担不轻。当然，只有符合转运条件，而且同意转运的患者，才能参与到考试当中。像是手部腱鞘囊肿这样的患者，活动不成问题，会非常乐于定期出现在考试现场，获得提供的报酬和餐食。大部分参与的患者都觉得这样的经历非常不错，而且对受试的准外科医生们有着敏锐的感知。但是，在伦敦地区工作的考官承担了额外的工作，需要不停地提供符合条件的患者参与到考试中来。

考试院院长担任高级考官，通常几个月一轮换。我们认为各位考官应该在皇家外科学院中享有更大的话语权，决定投票选出任期两年的考试院院长。出乎意料的是，我当选了首位任期两年的考试院院长。感受到同事的大力支持，格外令人激动。我认为，当务之急是改变临床考试的方式，应该让受试者前往各家医院，在更"真实的"场景中考试，而不是像此前多年那样，把患者集中到一地。其他考官也为考试体系变革投入了大量的时间和精力，尤其是来自惠普斯十字医院（Whipps Cross）的麦克·彼得罗尼医生，他辛勤敬业、眼光长远。

我们着手宣传实施新的考试体系，需要找到愿意合作的医院，取得管理层的同意。不出所料，我自己工作的圣玛丽医院成了"小白鼠"，在那里举行了第一次医院实地皇家外科学院院士临床考试。新的考试方式获得全数同意，女王广场的考试大厅由此成为历史。

我很幸运能和圣玛丽医院这样的团队共事。医院管理层看好新的考试体系和方式，病房护士长非常出色，各位医生乐于做出新的尝试。有位成功心切的受试者，在考试前一天的晚上去了病房，想和护士聊聊，好让他提前熟悉一下患者的情况。可他碰到的是梅·赫德，真是棋逢对手。梅真的与众不同，一心为患者着想，为了能够一直从事患者护理工作，她甚至拒绝升职。我对她的选择，感同身受。

用不同以往的新方式进行传统意义上的考试，势必会有造成不利变化的风险。但我们坚信必须做出改变，同时尽力保留旧有考试中的某些方面。比如，我们会在考试通过仪式上身着长袍，在当天考试结束后为参加考试的准外科医生送上一杯雪莉酒或类似的酒类（当然，这和我当初在圣玛丽医院面试时的那个"雪莉酒大考验"毫无关系）。我们还保留了另外一项历史悠久、不知出处的传统——在考试当天早上，为来参加考试的医生送上果酱甜甜圈，用来搭配咖啡。第一次参加考试的医生，一整天都得小心翼翼地别让果酱弄脏了身上的白大褂。

第一次医院现场考试获得成功之后，我们继续在全国推广这个考试模式，前往大部分地区考官供职的医院，确保这个模式不只限于伦敦区域。这样的机会非常难得，考试院的各位外科医生成员由此能够了解各类临床问题。

不列颠群岛上的普外科医生有属于自己的组织——英国和爱尔兰外科医师协会。该协会于1920年由利兹的莫伊尼汉勋爵（Lord Moynihan of Leeds）创立。虽然他没有担任首任主席，但他无疑是协会的灵魂。莫伊尼汉勋爵非常在意不同地区间的外科医生互不了解。外科医师协会的创立有助于提高英国外科医生的整体水平。我们作为皇家外科学院的考官，也以自己的方式为提高英国外科的整体水平发挥着作用。我来自英国北部，尤有切身体会。我亲眼看见了在伦敦地区以外的地方，外科医生同样具有高超的医术。

1990年的某个晚上，我正和杰克在伦敦的家中吃饭，接到了同事马尔科姆·高夫的电话。他告诉我，我刚刚当选了英国和爱尔兰外科医师协会的主席。我都不知道自己参选这回事，当选的消息让我又惊又喜。我对协会一直抱有一些特殊的感情。1972年，我曾荣获协会的莫伊尼汉奖学金。多年来，我定期出席协会组织的会议，在谢菲尔德的那次会议让我终身铭记，因为就是在那次会议上，我和杰克两人首次表明了心迹。协会做到了各家医学院无法做到的事情，特别是它将不列颠群岛上外科医生聚集在一起，还包括了整个爱尔兰岛上的外科医生。当选协会主席对我来说是莫大的喜悦，而且有幸是在某些专科外科脱离协会、独立成立专科学会之前当选。

在泽西岛举办的协会年会结束时，我被授予协会主席的礼仪勋章。勋章和挂链以黄金制作，非常精美，价值不菲。我要在第二天午饭后才乘坐返程航班，显然，第二天上午我不可能把勋章放在行李中自己出门。于是，我就把勋章挂在脖子上，放在两层T恤中间，戴着它去环岛健步走。

我当选主席后参加的第一次活动，是汤姆·亨尼西教授在都柏林组织的会议。如我所想，这次活动非常有趣。然而，我们在都柏林的第一个晚上就出了状况。凌晨三点，杰克把我叫醒。杰克的肘关节因为最近滑雪受伤，发生急性感染，让他苦不堪言。我打电话询问夜班服务员最近的急诊在哪里。服务员极为慌张："您别去那儿，得花几个小时。我帮您叫医生过来。"

我请夜班服务员先联系了全科医生。结果，这位全科医生是临时代班医生，他的本职是骨科高年资专科住院医。可真是再好不过了。这位骨科医生马上接手，收治杰克入院治疗。可怜的杰克彻底错过了都柏林的这次活动，不过幸好他的肘关节感染得到了良好治疗。

1993年，我在协会的主要会议是一次大型年会，规模堪比多年前的谢菲尔德年会。这一次的会议是在伯明翰新的会议中心举行。凑巧的是，有位伯明翰的患者差不多也是那个时候转诊到我这里接受比较复杂的主动脉手术。他出院时得知我不久后要去他的家乡城市主办会议，就主动提出派车和专属司机负责我在伯明翰的交通出行。奢华待遇。

此类会议是医生进修的重要环节。医生希望，也必须不断获取最新的知识。但组织或是出席此类活动，对外科医生来说，是日常工作之外的额外行程。团队中必须有人完成日常工作，因此我们会轮流去参加会议，分享进修机会。尽管如此，我每次开会回来，还是会有堆积如山的工作需要加班处理。

我的职业生活以患者为中心，但我也十分清楚，作为一种职业，医生需要有指导和管理，这也就是皇家外科学院的职责所在。而我此时已经是医学院的一名考官。

我首次担任考试院主席时已经是皇家外科学院理事会的特邀成员。1990年时，我当选为理事会正式成员，当年七月履职。此前，理事会只有菲莉斯·乔治一位女性理事。菲莉斯是皇家自由医院（Royal Free Hospital）的外科医生，正是她鼓励我去参加理事选拔的。

理事会向现有理事介绍新入选理事的传统颇不寻常。理事会每年举办三次晚宴，新理事要从中选择一次，在晚宴后发表讲话，在20分钟的时间里，用自己喜欢的方式向大家介绍自己。这样的发言，能让大家充分了解新理事的经历和个性。

我决定做一个配乐的自我介绍，所以带上了一台电子琴，配合弹奏对应我人生重要阶段的乐曲片段。我事先录好了最开始的两段音乐，以防现场太紧张，无法演奏；到了现场，这两段录音真的派上了用场。从某个意义上来说，这次讲话就像是迷你版的《荒岛唱片》节目。

我在理事会工作的这段时光非常愉快，其间主持了若干董事会和委员会的工作。最终，我当选了理事会副理事长，是第二位坐上这个职位的女性。老实说，我希望能成为理事会首位女性理事长，但未能如愿。多年以后，克莱尔·马克思（Clare Marx）实现了这一荣耀，我非常欣喜；克莱尔后来受勋成为克莱尔女爵士。

理事会的会议非常正式，我们必须身着长袍出席，而且要起立发言。会议都是持续一整天。散会之后，在伦敦工作的外科医生会赶回各自工作的医院，比如我就是赶回圣玛丽医院，补上这一天落下的"真"工作。我总是有处理不完的事情。

皇家外科学院也需要在其他机构中占有席位。我作为代表，参加了皇家麻醉师学院理事会（Council of the Royal College of Anaesthetists）和英国医学总会。尤其是在参加英国医学总会后，我越发意识到外科学院的欠缺之处，我们未能承担起责任，确保医生在职业生涯内始终为患者提供合格的护理。我们全权负责实习医生的培训、考试，为成为皇家外科学院院士的医生提供课程，但对于这个阶段之后，医生提供的医疗服务标准和水平没有任何作为。1984年至1995年在布里斯托尔心外科发生的各类事件，引发了公众调查，其中有不少经验教训。我认为，我们对外科护理标准的关注不能再止步于医生通过医学院考试，而是需要在外科医生的职业生涯中，始终保持对外科手术标准的关注。

理事会理事打算提出新提案时，需要准备好我们称之为"小粉纸"的提案材料，充分说明新提案的优点。我提议建立一个标准委员会（Standards Board），我的提案"小粉纸"最终获得通过并付诸实施。此后，我们也负责监督、确保外科医生在执业期间全程提供高标准的外科护理。成功推动这项变革，是我在理事会工作期间最引以为傲的成绩。

我在成为理事会正式成员之前，建立了"外科培训中的女性"（Women in Surgical Training）项目，这是我的另外一项主要贡献。似乎总是这样，我在进入舒适区之后，就会去找寻下一个蛰伏一隅的挑战。我在职业道路的每一个阶段，都被公平以待。因此，我始终认为，如果我能做到，那么其他有同样职业抱负的女性也可以。但我也看到仍有其他问题需要面对。

针对医学院中的女生比例快速增长的现状，我们提出成立"外科培训中的女性"项目。如果医学院毕业生中有一半都是女生，我们就需要鼓励她们至少把外科纳入职业选择当中，而不是像当时流行的看法那样，认为外科是男性的专属职业。

卫生部成立了工作组，研讨伊索贝尔·阿伦（Isobel Allen）提出的若干问题。阿伦担任政策研究所（Policy Studies Institute）高级研究员，研究了对各科别女医生本身和职业产生影响的问题。女外科医生面临的问题尤其明显，而且外科顾问医生中仅有2%为女性，人数根本不足以维持女性在这个学科的发展，遑论受到公平待遇。

我受邀参加了前述工作组，由此，皇家外科学院最终承认需要有所作为。时任卫生大臣弗吉尼亚·博顿利议员（Virginia Bottomley MP, Health Secretary）、英格兰副首席医疗官戴安娜·沃尔福德医生（Dr Diana Walford, Deputy Chief Medical Officer for England，和我同为利物浦大学医学院校友）、牛津地区医疗官罗斯玛丽·鲁女爵士（Dame Rosemary Rue, Oxford Regional

Medical Officer）三人对皇家外科学院的影响尤大。医学院时任院长、知名心外科医生特伦斯·英格利希爵士（Sir Terence English）也给予了大力支持。

罗斯玛丽·鲁对皇家外科学院在此方面的疏忽怠慢直言不讳，直陈医学院对有意从事外科职业的女医生待遇不佳，认为医学院的成员应为此感到汗颜。她认为，鼓励女性从事外科职业，我们能做的事情还有很多，而且也应该为此付出更多努力。罗斯玛丽女爵士是一位很了不起的女性，我对她颇为敬重，也深受她的影响。她于1928年生人，因为结婚，只得放弃在医学院的学习。但她毫不气馁，设法转到另一所学校继续学业，最终成为一名执业医生。她疾病缠身，脊髓灰质炎导致的小儿麻痹症与她如影相随。最初，她无法行走，而且曾被告知会终生如此。为了表彰她对皇家外科学院的贡献，我们为她授予了荣誉院士头衔。授予仪式后的晚宴上，我坐在她旁边，询问她当晚的住处。她回答："我不在伦敦住，我要坐夜班车回牛津去。"她是"坚韧"一词的典范，让我受益匪浅。

我和其他人争论医学院该采取何种措施来切实提升女医生的待遇，最终成立了"外科培训中的女性"组织，我担任主席。我当时撰写的组织章程申明，组织旨在确保女性将外科视为现实的职业选择，确保她们可以获得恰当的支持和建议。我写下了皇家外科学院需要对女性说的话：

——没错，我们希望你能将外科纳入自己的职业选择。

——没错，这样的考虑和选择合情合理。性别不应该是选择从事外科职业的障碍。

——没错，我们知道你会结婚生子，但这是人之常情。

——没错，你可以灵活安排自己的实习培训。

如果是今天，我会选择不同的措辞表达上面的感受，但当时是1989年。

我们决定邀请对外科感兴趣的女性来医学院一日游。我真心以为第一次会议的参加人数不会太多，未承想，有将近200人出席。此类会议自此持续举办，时至今日，参会人数逐年增加。组织后来更名为"外科女性"，但初心如故，蓬勃发展，目前有大约6000名成员。不久前，我参加了组织成立30周年的庆典，欣慰地看到有诸多女性真心热爱、享受从事外科，一如我当年。

我们始终欢迎学生来参加此类活动，加入组织当中，与已经实现自己职业理想的医生交流。我最近读到了有关顶级网球女运动员孤独感的文章。网球运动员就像是独行侠，不像足球或其他团队运动那样，运动员之间能够建立起更衣室情谊。我有时也会有那种更衣室孤独感，而"外科女性"组织在某种程度上缓解了这种孤单。记得在我快要退休之前，有次我在更衣室换手术服，听到了两位实习医生间的暖心对话。那是我第一次看到两位女同事相互鼓励，这个看上去毫不起眼的小插曲却带给我真心的感动。

最初我希望这个为女医生而建的组织能够很快成为多余之物，希望女外科医生彻底成为不足挂齿的常态，希望女医生不再需要所谓的支持。然而，这个组织目前看来仍然大受欢迎、大有必要。医学院最近的歧视问题工作组认为，"外科女性"组织的作用仍然至关重要。

我有幸在外科管理组织中工作数年，参与推动了外科培训和考试的改革。但令我尤为自豪的是，我为推动有志从事外科的女性的职业地位，贡献了绵薄之力。

第十章

何谓教授？

我在从医过程中遇到过很多位外科教授，但从未想过自己也要加入其中。而且，我一直坚持认为自己不适合做教授。我想做临床医生，病人至上，手术技术精湛。与此同时，我也希望始终处于学科的最前沿，因此我自从业以来就一直坚持研究。1964年，我在《解剖记录》(*The Anatomical Record*)上发表了第一篇文章，此后定期为医学期刊撰文。我发表的首篇文章探讨了四分叉主动脉，而非二分叉主动脉，我也由此开始了更深入的研究。我确实也在自问，为什么不转向学术，成为教授呢？毕竟，我也曾以讲师的身份在学校院系中工作过，而且很享受这个过程。即便我成为教授，在内心深处也还是一名临床医生，而且临床工作始终会排在首位。

此前，我曾经认为外科教授不可能面面俱到、样样精通。遗憾的是，在我看来至高无上的外科手术，似乎并非外科教授们的重要动力。我在利物浦求学和担任低年资医生期间，查尔斯·韦尔斯教授首先是一位外科医生，其次才是拥有教授头衔的学者。尽管如此，也并没有多少人觉得外科教授也可以是为疑难病例"兜底"的外科翘楚。

我认为最重要的原因还在于，各大学都期待自己的教授能拿出大量研究成果，希望教授的收入能够支持研究，同时研究成果能在文献引用排行榜上居于高位。教学虽有一席之地，但不属于教授工作的优先级别，而实施手术，特别是复杂困难又耗时的手术，可能根本就是被教授们视为侵占了处理重要事务的时间。

我遇到的一些教授似乎觉得，让学生例行丢脸才是培养未来外科医生的最好手段。外科研究学会是这些教授的"狩猎场"，他们在这里经常不加掩饰地彼此较量，对在会上宣读的每篇论文都大肆贬低。我会问自己，年轻外科医生宣读论文的能力，对研究质量真的有影响吗？出席会议却只为了听取自己精通领域内的论文，真的算好的"医学继续教育"吗？

我刚到圣玛丽医院工作时，医院的外科教授是休·达德利，后由皮埃尔·吉尤接任。皮埃尔来自利兹，是位颇有魅力的外科医生，术艺皆精。但我始终担心一旦有合适的机会，他就会回到北方去，事实上也正如我所料。他离开的时候，我非常难过，我觉得他具备胜任原来职位工作的所有条件。显然，圣玛丽医院需要找到接替皮埃尔的外科教授，为此需要召集任命委员会。

当时，我已经参与过多位外科教授的"聘用"流程。1993年，我进入圣玛丽医院的教授任命委员会，参与选拔任命皮埃尔·吉尤的接任者。这个时间节点颇为特殊，当时，独立的圣玛丽医学院（St Mary's Medical School）即将转为帝国科学技术与医学院（Imperial College of Science, Technology and Medicine），即帝国理工学院的医学部。我们是第一家并入帝国理工学院的医学院，属于重大的变革性举措。我们从孤立自决的专门性医学院，变为国际知名大学内拥有自属管理机构的院系。

合并过程包含诸多方面,所有专业的领导都要面临繁忙棘手的调整期。并非人人都看好这次合并。我完全支持迈出合并的一步,因为我确信若非如此,我们作为医学院迟早会消失不见。圣玛丽医院的员工都是敬业爱岗的教师,我希望看到这份敬业能够成为帝国理工学院新建医学部的基石。我很清楚需要一位略有年纪、熟悉交涉磋商的人来担任外科教授一职。可惜两位入围候选人都鲜有主持委员会工作的经验,更不用说履险如夷。

经过数小时的讨论,委员会休会,没有做出任命决定。我们都已宣誓保密。我在傍晚时回到办公室,心情压抑,但必须加班处理当天落下的工作。我大概工作了两个小时,接到电话,询问我是否愿意接受任命,出任新的外科教授。我当时可以说是惊恐万分,解释说我没想过当教授,从来没当过教授职位的候选人,甚至连候选资格申请表都没填过。我刚刚搬到伦敦,认为自己终于可以心无旁骛地投入外科手术。这个电话邀请完全出乎意料,感觉像是从天而降。

尽管感慨万千,但我很清楚这个提议背后的逻辑,也明白我为何是最佳人选。我试着从医学院的角度出发看待这个问题,也思考我在这个职位上能作何贡献。在经过很长一段时间的各种推脱之后,我最终不太情愿地接受了任命邀请。不过，接下来的几个月非常曲折。

不久前，我碰巧翻到了当年的日记，记录了1993年时的情形。日记开头如下：

9月1日，天清气朗，湖区。理论上，今天是我成为外科教授的第一天，我为何身在湖区呢？我应该写上一段序言。想象一下用弗兰基·霍华德的声音读出这段序言，就一定能明了每一个字背后的深意。这是投身学术探险的必要环节。

我的这篇序言要追溯到1993年4月14日。当天，我以英国和爱尔兰外科医师协会主席身份，为参加协会主席会议的圣玛丽医院外科医生举办了晚宴。我邀请了院长出席，晚宴中，他告诉我新任外科教授遴选小组成员中，没有圣玛丽医院的外科医生。我觉得这是非常严重的疏忽，毕竟是要为圣玛丽医院选择新任外科教授，而新任教授要与圣玛丽医院的外科医生每日共事。我表达了自己的忧虑，并且在适当的时候受邀加入遴选小组。

初步讨论围绕受任命者的专业背景展开，探讨哪个专业的受任命者能够适配科室现有的专业结构和工作量。比如，如果医院没有移植手术，就不适合任命移植外科医生来担任外科教授。伦敦当时的前瞻性专业规划是将主要的外科专业集中到一地，由审议小组研讨相关问题，本地外科医生不参与决策讨论。

1993年5月26日，遴选委员会召开会议。

今天是个大日子。上午在院长办公室讨论了各位候选人的情况。吃午饭。饭后，遴选委员会开了四个小时的会，讨论最终入围的两位候选人的情况：一位名不见经传，有待培训；另外那位出了名的"难搞"。没有最终任命。下午六点，我们宣誓保密，散会。和信托首席执行官尼尔·古德温（Neil Goodwin）一起在我办公室喝了杯茶。我们两人都闷闷不乐。

两个小时后，院长问我是否愿意接受任命。我完全不敢相信。虽然答应考虑一下，但已经下定决心（不接受）。

我向在利物浦的老上司罗伯特·希尔兹教授（Professor Robert Shields）寻求建议。他比较支持我接受任命，但同时提醒我要做好接受批评的准备，因为据他所知，当时已经有了批评的声音。有位教授就明确表示反对我的任命。大家一致同意的保密原则到此为止。

此处有必要解释一下,为何有些人反对任命我为新任教授。并不是因为我的女性身份,而是因为那个时候,大部分想在本专业成为教授的医生都要走学术路线晋升,首先要积累高级讲师的工作年限。这不能算是清晰的职业道路,也无法阻挡像我这样"半路杀出的程咬金",但这种做法却在学术界产生了负面影响。此外,国家医疗服务体系内的顾问医生可能对学术职务的要求没有充分了解,肯定不会熟知全部要求。

在我看来,这些担忧,通过努力都易于消除,何况我的优势领域还略有不同。我一直从事研究,热爱教学,医术精湛。此外,我熟知外科医生的实习培训与考核,了解外科学院的工作方式。这些技能都有助于与帝国理工学院合并后的医学院更好地面对未知。

1993年5月27日

第二天早起。我被说通了,答应再考虑一下。出于遴选委员会的保密原则,我不能对外谈及这件事情。时间拖得越久,保密就越难。皮埃尔·吉尤或许给了最大的支持。

不过，我这时候还没想通，甚至一想到我的业余时间都花在了权衡这个任命的利弊上，就感到心烦意乱。我清楚记得皮埃尔曾在皇家医学会（Royal Society of Medicine）的一次讲话中说，外科教授这个工作棘手得很，需要顾及太多方面。他的这个看法让我陡生不安。

经过数小时的深思熟虑和讨论权衡，我最终还是致信帝国理工学院校长和圣玛丽医院院长，婉拒了对我的任命。随后，我去格拉斯哥参加会议，回来之后又一头扎进日常的工作当中。然而，校长和院长两人显然认定我就是理想人选，于是我迫不得已又回到教授任命的问题上。我热爱外科顾问医生的工作，抵触做出改变。我没有意识到成为外科的女性领导者会对其他人产生积极影响；更没有意识到，如果我接受任命，就会成为英国首位女外科教授并担任外科主任。回看来时路，我现在看到了接受任命的非凡意义，尤其是对未来从事外科职业的女性所产生的重要作用。我承认，看到女性担任此类领导职务，意义重大。

争论始终暗流汹涌，我躲进自己喜爱的事情中寻求慰藉。6月28日这天过得很开心。

今天是"为中风而歌"活动周第一天。乔西和我一起组织好了学生，准备了一台钢琴，还有音乐。我在医院大厅给点歌的人伴奏（有偿点歌，收入全部捐献），整整两个小时，非常开心。

但在幕后，反对声依然不绝于耳。尽管看似院长和校长一直在劝我接受任命，但外科学界仍有不少大人物持反对意见。我在无意中就成了众矢之的。我最失望的是，最初遴选委员会的三位教授没有一个人来和我讨论这个问题。

我找到其中一位聊了聊。我把他当作朋友，跟他说起大家在这件事情上的做法让我很失望。我跟他也没说客气话，他显然听进去了。过了一些时候，他设法解决了比较棘手的问题，反对我出任外科教授的声音开始减弱。他资历深、受敬重，其他教授肯定听取了他的意见。整个过程中，校长和院长不断支持我参选。8月5日，我收到了口头任命。此时，我已经学会要谨慎从事，因此拒绝搬入新办公室，直到后来正式任命下来，我才搬进教授办公室。

已经9月18日了，还没收到（正式）任命。皮埃尔已经走了。我得顶上工作，但没去十层的办公室。没接到任命前，我是不会去教授办公室工作的。

与此同时，皮埃尔已经去了利兹，我需要任命学校里其他职位的任职者。我实际上已经接手了工作。

任命格雷厄姆·萨顿和西蒙·佩特森-布朗为临时高级讲师。他们两位都很出色。热心、勤勉，坚决厘清工作要点、教学方面等。

解决了秘书问题。瓦尔担任我的学术秘书。之前的教授秘书瓦里那现在负责高级讲师的秘书事务。

见了不少在十层的员工，努力提供帮助，了解他们的难题和研究内容。

阿拉·达尔孜帮了大忙，任劳任怨。

也有轻松的时刻。

我在医院的诺福克广场分部碰见的一位护士，祝贺我上任，然后问我："您怎么有时间做这么多事？"

"总得放弃点儿什么才行。"

"那倒是，只要不是杰克，别的都行。"

这个对话让我开心了一整天。

1993年9月19日的日记:

探望新患者,其中一位住在医院的林多私人院区。看见一位可爱的马来护士站在梯子上,把我的头衔换成教授。我说我得努力忽视成为教授这件事,她回答:"绝对不行,您这是实至名归。"坐在丹妮(我婆婆,这时已经时日无多)床边一整天,担心我可能再也见不到她了,特别难过。护士的话让我开心了不少。

直到10月13日,我才接到正式的任命函。

正式任命。接到任命函,还有两条新闻。乔西(我的研究助理)总结了一下。
"我觉得你一直干得不错。"
"怎么这么说?"
"因为你要是不好,他们肯定早就发现了。"

接下来的几天格外忙碌,媒体、摄影师、朋友都想从我这里分得一点点时间。《卫报》的一位记者让我谈谈实习期间遇到的歧视。我告诉她,一直以来我没有感到受过任何歧视。她说:"主编可不会喜欢这种说法。"

我说服她这一次要写个正面报道，公平地说，她确实做到了。

有一个重要的变化是，我得放弃在哈利大街诊所的工作，我明显没有时间再去兼顾那里。有天晚上，我参加了园景女子美食俱乐部（Parkside Women's Dining Club）的活动，度过了轻松愉快的一晚。这个俱乐部有大约30名成员，她们是当地多家医院的女性顾问医生，来自不同科室。我们开怀大笑。她们举杯祝贺我成为外科教授。我则向新闻报道中被用来和我做参照对比的3400名男性顾问医生致意。

杰克和我定好了当年秋天的西班牙之旅。尽管留在伦敦的话，我的时间可能更充裕，但去西班牙旅行，有意外之喜——我之前的带教老师埃德加·帕里当时恰巧也在阿利坎特。我给埃德加看了我出任外科教授的新闻报道，他真心实意地为我开心，我深受感动。

在同事、朋友的大力协助下，我在1993年10月25日搬进了医院十层的教授办公室，正式开始工作。

上任第一天，开门迎接大家的到来。连续几个小时都有鲜花送来，拜访的人源源不断。然后开始查房，去门诊和急诊——回归真实世界。彼得·泰勒过来给我看了两个疑难病例,就像是记警钟,提醒我们还有很多未知。但学习总是令人愉快。再次见到彼得真好。

彼得之前是我的实习医生,现在已经是顾问医生,但仍然会酌情向我寻求帮助和建议。他是医术精湛的外科医生,性格开朗,完成了我的夙愿——实习医生要青出于蓝。

1993年10月27日

尽管时间紧张,仍然决定去莱斯特参加颈动脉检查会议。及时赶回来参加杰夫·斯莱尼的维克里讲座。杰克也出席了讲座。在去理发师外科医生协会(Barber Surgeons)的路上,迈尔斯·欧文教授聊起有关我任命的"机密"。他特别支持我,说我肯定会被邀请加入外科教授协会(Association of Professors of Surgery)。一直有传言说不会邀请我加入。

第二天,我出席了外科学院理事会,外科领军人物无一例外地向我表示热烈的欢迎和祝贺。来自外科界代表人物的祝贺,让我感到格外安心。资深外科医生哈罗德·埃利斯的话最让我开心欣慰。他说自己非常看好享有临床声誉的研究型资深临床医生来领导学术部门。

1993年11月16日

手边放了一杯茶，这会儿真是忙得一点儿写东西的时间都没有。怀疑自己能不能胜任。要做的事儿太多。悠长的夏天得用来熟悉工作，不得安宁，糟糕透顶。不过这些想法也没用——加油吧，姑娘。

人声鼎沸中，杰克依然是那个有耐心、包容我的人，给我巨大支持。我接到任命后不久，我们两人就挤出时间去湖区过了一个愉快的周末；我们迫切需要这样的时光。

休·达德利来我的新办公室拜访，给了我莫大支持和鼓励。他告诉我他有多开心看到我出任外科教授："整个医院都在你身后。大家希望你获得成功。"他真的很暖心。

那年中剩余的时间，工作进展迅速。第二年一月初，我第一次参加了外科教授协会的会议，受到热烈欢迎。

第二天或许是我最焦虑的一天，因为我要第一次以教授的身份出席外科研究学会的会议。这个学会是外科界的学术动力源。我很欣慰我们科室提交了至少七篇论文,更开心的是,我们整个团队在晚餐的时候坐在一起。让我精神振奋。

所有新任教授都逃不过就职讲话这个劫难。我们在圣玛丽医院举办了血管外科研讨会,我觉得这是我发表就职讲话的好机会。我故意给讲话起了个神秘莫测的名字。讲话开始前,似乎全世界都挤进了报告厅,可能纯粹是出于对讲话题目的好奇。

1994年2月11日

约翰·曼尼克研讨会、辩论、就职讲话。全天出席人数众多。就职讲话时座无虚席。讲话题为《残破亦可复》,把职业发展和修复湖区的老房子"海格特"联系起来。听众反响热烈。开始前,院长还做了隆重介绍。

鲍勃·威廉森在基因疗法方面享有盛誉,他说这是他听过的最棒的就职讲话。我当然知道他这是夸张了,但还是开心。毕竟他和我不一样,他是真正的学者。

我讲了成为合格外科医生的必经之路,用我在湖区的老房子"海格特"的修复过程做类比说明。我说,鉴于我才刚刚成为一名教授,因此无法谈到自己的成就,我只能说一说我的希望和抱负。

我特别强调了学术科室对打造全能外科医生所需技能的重要作用。我认为，此类科室和外科实习的基本研究内容不应该是唯一的硬性要求。我谈到了沟通的重要意义，特别是跨越传统学科界限的沟通。我希望看到外科与其他学科间的合作，希望我们能给雄心壮志，哪怕是狂野梦想以空间，当然与此同时要确保合理明智的监管控制。我一直认为学术科室应该能够冲破（主要由）可用资金造成的限制。我们同样需要培养年轻医生对意外和绝境的应对能力。

我的最后一张幻灯片用了梅尔·卡尔曼（Mel Calman）的卡通画。

纷纷扰扰中，杰克始终给我莫大的支持，总能帮我发现有趣的一面。我很幸运能有如此幸福平和的家庭生活。他当时已经退休，逐渐放松下来，而我刚刚开始职业生涯中最忙碌的十年。

1994年2月15日（忏悔星期二）

杰克和我一起吃了晚餐和薄饼（忏悔星期二之后的星期三，为期40天的大斋期开始。在英国，人们通常会在忏悔星期二吃薄饼，这一天也称为薄饼日。——译者

注），我喝掉了未来40天的最后一瓶酒。杰克给《泰晤士报》发了一份传真："我急需40瓶半瓶装红酒，有没有读者能帮个忙？"《泰晤士报》居然没有刊登。

我依然保持高速的工作节奏。患者仍是我的工作重心，但我又需要匀出时间履行其他额外的职责。

1994年3月17日
夜里接到电话，皇家马斯登（Royal Marsden）有位重症患者，X光片7点钟由专人送到我手上。今天一天，早上7点开始工作，晚上10点下班。只在早上6点吃了一口东西。太疯狂了。

这是我在那段"峥嵘岁月"的最后一篇日记，然而工作才刚开始。工作始终艰巨，需要在服务患者和管理、领导忙碌的学术科室间找到平衡。

1994年还有一个意外之喜，我接到了利物浦大学发来的荣誉博士学位邀请。拿着邀请函，我不由想起几十年前进入利物浦大学，在陌生新世界中感到若有所失，入学第二年险遭淘汰。可惜当年没人告诉我，日后我会享有如此荣耀。

1960年，我在利物浦爱乐音乐厅正式获颁MBChB学位；1994年我接受利物浦大学的荣誉博士学位时，音乐厅正在整修。因此学位授予仪式改在利物浦两大主教座堂之一的罗马天主教座堂举行。正应了《利物浦，我的家》(*In My Liverpool Home*)中的那句歌词，"总有一座主教座堂，为你而在"。这座天主教座堂原本是由勒琴斯（Lutyens）设计的大教堂，但在地下室建好后，整体工程就停工了。多年后，在原址上加盖了一座现代风格的环形建筑，绰号"爱尔兰帐篷"（Paddy's Wigwam，Paddy是对爱尔兰人的戏称。——译者注）。学位授予仪式盛大精彩，让我开心的是，我们伴着管风琴的演奏，从地下走进教堂。

我到达仪式现场时，引导员把我带到一个挨挨挤挤的房间，里面的人都身着长袍，看上去都是重要角色。但是我找了半天，也没有找到标有我名字的长袍。这时，引导员又突然折返回来，用可爱的利物浦方言向我道歉："太抱歉了，亲爱的，我领错房间了。这是'二级联赛'的房间，您得去'英超'。"

这就是利物浦的灵魂所在——完美。

我的新角色既要承担之前的所有职责，又增加了很多新责任。我负责科室的研究开展，但研究经费更让人挠头。同时，我也全面负责学生的外科教学与考试工作。

医学生成为合格的医生之前，必须经过各类考试的洗礼，临床考试即为其中之一。临床考试需要首先征得患者同意，接受准医生进行问诊和体格检查；考试时，会有顾问医生或教授从旁观察。考试日对于参与其中的患者来说通常是非常愉快的经历，还可以获得一小笔酬劳。临床考试与FRCS考试类似，只不过全国各家医学院都会举行。为考试找到20—30名符合要求的患者，工作量很大，因此我们对主动参与的患者始终心存感激。有些时候，询问患者病史是个很有趣的过程，而患者对新手医生的评价通常无比精准。

我们总是要求患者不要告诉受试学生具体的诊断结果。有位患者严格执行这个要求，连胸痛的症状都没有说，担心会给受试学生做出暗示。但问题在于，这位患者就医的唯一原因就是胸痛。他这样三缄其口，让在场的人一片错愕。

对膝关节的临床检查是考试的标准内容。诸如关节炎、贝克囊肿、动脉瘤等都会造成膝关节肿块，学生应能够正确诊断具体病因。有次考试，共有三位膝关节病患者参与。考试进行一段时间之后，先考完的同学已经把三个患者的诊断告诉给了后面候考的同学。于是，我们调换了三位患者在病房中的床位。调换之后，进来考试的学生检查了8号床的患者，很严肃地看着我说："触诊发现腘窝处有可感知脉动的较大肿物，我认为是动脉瘤。"这位学生当然不知道我们已经把动脉瘤患者从原来的8号床换到了12号床。我让这位学生不要理会他听到的那些"有用的"建议，要敞开心扉从头开始。他也确实通过了考试。

我既要负责自己医学院的学生考试，也要去其他医学院监考，以确保全国的考试标准统一。这也是我的新工作内容之一。我从来都不太擅长把任务分派给他人完成，但此时也不得已而为之，好在同事们给了我莫大支持。瓦尔把我的工作安排得井井有条，其他同事也精诚合作。我任命格里·斯坦斯比（Gerry Stansby）填补某高级讲师的空缺。事实证明，格里勤勉可靠，是位得力助手。

我的前任教授是普外科专家，科室的研究重点放在普外科上。我接任后，出于临床工作支持的考虑，科室研究重点转向血管外科。格里在研究重点转变过程中发挥了关键作用。

我渴望继续从事临床工作，保持技术水平，因此仍然出门诊、上手术。出门诊时，我习惯自己去候诊室接上患者，陪他们走到诊室。有次，患者是位从国外过来的高个子男士，看上去知道我的身份，顺畅地回答了我提出的所有问题。这位患者是因为动脉瘤问题转诊来的，因此我请他脱掉衣服躺在检查床上。他躺好之后，我给他做了体格检查。结束后，我让他穿上衣服，坐回办公桌前。

这时，他问："我什么时候可以见曼斯菲尔德教授？"

很难说他是怎么看待我的角色的，但显然他也没想到教授是女性。

我还碰到过类似的情况。某次，我要在晚宴上讲话，被安排在首席桌，旁边是位男士。他面前的名牌上写着"××夫人"，我对他说："显然，肯定不能用夫人来称呼您。所以，您是……？"他说明了自己的身份，然后以牙还牙："显然，您不是曼斯菲尔德教授。那么，您是……？"

我受邀前往世界各地发表讲话，很喜欢工作的这种国际化。杰克几乎总是陪在我身边，这种陪伴无价。我们时常会见到杰克以前的实习医生。杰克是出色的伙伴，我们的东道主也很开心见到他。出差时，工作之外我们很少有时间四处走走看看，偶尔有这样的几次机会，我们两人都一直铭记于心。我记忆最深的是在贝鲁特发言之后，杰克和我在叙利亚享受了一次特别的假期。

有次去印度出差，在正式会议之后的提问环节，有位男性观众起立发言，说希望"向男性领域（作者姓氏Mansfield——曼斯菲尔德，这位观众将其做了拆分变为man's field——男性领域，在英语中字母写法和读音完全一样，属于英文中的谐音梗。——译者注）中的那位女士提问"。我从没想过自己的姓氏还有这层含义，感到这位观众真的机智又幽默。不过，我的一些同事觉得这个谐音梗一点儿都不好笑。

美国和澳大利亚的几家重要组织和大学也授予了我荣誉头衔，因此我会去参加会议，通常还会发言。有一两个组织没有适合女性会员的礼物，为此感到很不好意思；我有几条领带就属于这种情况，当时这些组织送给我领带的时候，都感到万分抱歉。

我的三个继子女这时已经有了各自的生活。1997年，我们迎来了六个孙辈中的老大。当时，我和杰克正在一位麻醉医生朋友家中过周末。彼得·奈特是麻醉医生，他的妻子乔曾是手术室护士。我们得知莱斯莉生下了女儿，取名波比，马上赶去朴次茅斯，举家欢庆。我们对孙辈一视同仁，都是我们的宝贝，但第一个孩子出生，终归是全家的大事。

每六个月，我会定期接待法国或德国的学习小组，其由20名年轻的血管外科医生组成。学习小组周日晚上抵达，周三晚上离开，中间的三天时间会在手术室观摩我做手术。多年来，我接待了很多来自这两个国家的学习小组，发现这两个国家各有特点，一直如此。德国的学习小组对教授毕恭毕敬，从不质疑我的决定；而来自法国的学习小组随时对我的决策和做法打破砂锅问到底。真是有趣的现象。

学习小组在伦敦期间的夜生活也有一定之规，总会有一个晚上去当地的餐馆吃饭。某次，来访的德国学习小组表示想尝试一下印度菜，于是我们预订了一家非常好的印度餐厅，还准备了私密性比较好的聚会。餐馆名为孟买小馆（Bombay Brasserie），距离学习小组住的酒店走路五分钟就能到，与医院的距离也是一样。我和本土团队准时到达餐馆，但德国的学习小组却不见踪影，让人十分不解。过了一会儿，餐馆老板说："我估计他们去错地方了，那个餐馆名字里也有'孟买'两个字。"当时，附近有三家名字里带"孟买"二字的餐馆。我们一下子就找到了他们。德国学习小组去了埃奇威尔路的孟买唐杜里烧烤店（Bombay Tandoori），已经点了一大单。德国学习小组到那里的时候就问了老板，是不是有个30人的预订。突然有这么一笔大生意从天而降，任谁也不愿错过，老板当然马上回答"没错"。我们还是花了些钱，才把德国学习小组从这个餐馆带出来。

学习小组在伦敦的最后一个晚上，我会邀请大家来我家，由专门请来的餐饮服务人员准备晚餐。尽管已经做了一整天手术，但每次这样的聚会都在我的钢琴声中圆满结束。大合唱能完美拉近大家的距离。

我在教授职位上工作四年后，最终决定是时候着手物色接任人选了。我一直说教授这个工作我只会做五年。我去院长秘书办公室寻求指导，秘书干脆利索地递过来我和前任教授两人的任命文件。简单明了。

最后，任命阿拉·达尔孜接任外科教授一职。达尔孜后来青云直上（现在已经是达尔孜勋爵），充分说明当时选择他来接任是明智之举。达尔孜还在接受高级外科培训时，我们就已经相识，我早已看出他是非常特殊的人才，似乎具备领导外科科室所需的所有才能。而且，他本身就是很可爱的人。

1998年秋，我接到一封意外来信，信中说我即将被授予大英帝国司令勋章（CBE）。杰克和我严格遵循规定，对这封信三缄其口。后来我们得知会公开授勋，就在1999年元旦当天。我们在坎布里亚举办了一场盛大的午餐会，呼朋唤友共同庆贺，开心至极。

1999年3月2日是特别的一天，这是我第一次真正踏入皇宫；之前，我只在担任英国和爱尔兰外科医师协会主席时来参加过一次花园酒会。已经有幸获得了爵位的朋友给我提供了大量指导，最让人意想不到的是，他让我一定要去皇宫的厕所；那里确实值得一去。我们还需要尽早到达，这样我的观礼嘉宾才能找到好位置。

有关授勋典礼，我能记得的主要部分就是组织规格之高。虽然我应该早已料到这一点，但还是惊叹于此。我们学习典礼礼仪的方式轻松愉快，并没有感到紧张害怕。比如，学习如何向女王行礼，整个过程妙趣横生。我邀请了杰克、莱斯莉和贾森做观礼嘉宾。我们听从建议，到场很早，他们三人在非常靠前的位置找到了座位。我至今记得莱斯莉热泪盈眶的样子。

我在排队等候的时候非常开心，和一起接受大英帝国司令勋章的雷尼·亨利相谈甚欢。我有幸由女王陛下亲自授勋。她与每位受勋者都亲切交谈，言辞精当。

给我的授勋评语是，"为外科事业作出了杰出贡献，是医学界女性的楷模"。这个评价很合我心意，因为它肯定了我对医学界女性发展的贡献，而不是仅仅限于我在外科领域的成就。之后，我们邀请了家人、挚友共进午餐，真是与众不同的一天。

我作为英国首位女外科教授和外科主任的五年，即将结束，这五年丰富多彩、挑战颇多。在我任职期间，科室成员为推动外科知识的发展作出了诸多贡献，在医学期刊上发文265篇，为医学书籍撰文105篇，在外科研究学会、血管学会（Vascular Society）、英国和爱尔兰外科医师协会等多个学术外科会议上发言近200次。这些活动大部分我都需要参与其中，我们会在例会上演练会议发言。有些外科医生是第一次有机会公开讲述自己的研究，需要给予他们帮助，建立信心。尽管我卸任之后依然对研究抱有兴趣，积极参与其中，但研究工作确实艰辛，能交接给能力超群的阿拉·达尔孜，确实让我感到肩上一轻。

第十一章

放缓脚步

1999年4月3日,我清空了在圣玛丽医院十层的教授办公室,准备好迎接它的下一位主人。达尔孜两天后搬进办公室,那天恰巧是复活节星期一。杰克和我给达尔孜准备了一把标有他名字的导演椅,当作履职礼物。

我肯定是闲不下来,其实在任期结束之后,我的工作相关活动甚至出现了飙升。尽管我不再担任外科主任,但仍然是血管外科教授和执业外科医生,医学院理事会副理事长、成员,继续担任学生最终考试的考官,在英国和世界各地做报告。但最棒的是,我终于有更多的时间接诊患者、做手术。

徒步是我自年少时就一直喜爱的休闲活动，主要去湖区，偶尔也去其他地方。我修好了坎布里亚的老房子，打造了完美的山地徒步基地。我喜欢一早就出发，穿上徒步靴，元气满满地徒步登山。杰克和几个孩子也喜欢探索山地丘陵，贾森每天都要健步走，还成了颇有实力的山地跑者。我们都热爱户外活动。辛苦徒步一天之后，在炉火熊熊的房子里享受一顿美食，再没有比这更棒的体验了。

卸任外科主任之后，我决定再次去"横穿英国步道"徒步，这次是为皇家外科学院的一项研究奖学金筹款。这一次，杰克因为关节炎已经无法长途步行，但他仍然是我的坚强后盾。

在准备阶段，我决定选择天气最恶劣的一天来"备战"，检验自己是否仍然具备走完全程的能力。这次"备战"给我上了重要一课。杰克开车陪我到出发地帕特代尔，问我是否查看了天气预报。"我看了，天气不错。"我回答。但他看上去有些犹豫："我感觉好像要下雪。"我装备齐全，或者说我觉得自己装备齐全，就不管不顾地出发了。杰克和我约好了徒步之后见面的时间和地点。

但当我爬到海拔600多米的高度,这才意识到杰克的判断是对的。我在山顶遭遇了暴风雪,雪在我脚下迅速堆积。我很担心,当时或许就应该原路返回。但是我想了一下,仍然可以靠指南针辨别方向,于是决定按原定路线继续前进。在狂风中看地图本就困难,戴眼镜的人在暴风雪里就更加艰难。有那么一瞬,我看到一只金雕迫近,这是一生难得一见的景象,不过恍惚间,我也怀疑自己是否头脑清醒。积雪越来越厚,我思考了一下原定路线,意识到坚持走那条陡峭的路,无疑是蛮干。我选择了一条更长、更慢的路线,但更安全。我最后总算到达了和杰克约定的地点,但比约定时间晚了将近三个小时,果然没有看到杰克。我的手机因为进了水,几个小时前就关机了。约定地点那里有一个电话亭,就像是希望的火炬,不过电话上标着"仅可拨打英国汽车协会(AA)或紧急电话"。我选择先打给汽车协会。电话内容如下。

"您的车在哪里?"

"我没车,但是……"

"没有车?但我们这里是汽车协会。"

"我需要您的帮助。"

"好吧,说一下您的会员号。"

就是这样。他们确实按我说的给杰克打了电话，但是当时没有明确告诉我他们会打电话。我在不安中度过了一些时候，最终拨打了紧急电话，说明我情况良好，以防杰克会打电话叫直升机救援。

所幸我最终安全到家，这一天顺利结束，但我得到了一个教训：山中的情况瞬息万变，即便对经验丰富的徒步者来说，也会危险重重。我当然一直知道这样的说法，但这一次的体会千真万确、令人胆寒。

还好，我的身体状态不是问题，于是在1999年一个舒适惬意的夏日，我身穿有医学院标志（外形似鹰，很不合时宜，有过时之感）的T恤衫，从西海岸坎布里亚的圣比斯出发，踏上300多公里的徒步之旅，前往东海岸的罗宾汉湾。这是我走过的最美的长途步道，途中领略了英国的胜景和诸多国家公园的风光。我是独自徒步，但这次为期12天的徒步活动此前已经告知想要给奖学金捐款的各方人士，公开邀请大家加入，在途中陪我一程。所以，每天早上我都会到达约定的见面地点，不知道当天会有谁来参加。多年以前，琳达在我这里接受了主动脉手术，这次也陪我走了一段路，她是所有参与者中让我铭记最深的一位。

有天，另外一位无法行走的患者，不知怎么也出现在约克郡广阔的荒原上，仿佛从天而降，要请我去附近的小酒馆吃午饭。他真的很暖心，但我在徒步时，习惯中午只吃水果蔬菜。所以，我尽量不显突兀地找了个借口尽快离开，继续前进。我刚回到路上就听见雾中的树丛里传来呼救声，能看见有人在向我挥手。我的行程已经落后，需要加快赶路。但是，我完全没办法对呼救声置之不理，于是略有不甘地走过去查看情况……没想到居然是我的朋友——圣玛丽医院的罗宾·图凯教授（Professor Robin Touquet）。而且他也没有受伤，只是拿了一小瓶药用白兰地，挥手叫我过去，以防我会用到。图凯教授是我非常敬重的同事之一，是医院的宝贵财富，也是实习医生的宝藏老师；能在途中见到他真好。

我已经在卡特里克订好了住处，没想到当天徒步结束时，皇家外科学院的一位好朋友突然现身，对我说："你用不着住那里。"当地的一位外科医生请我去他家住，环境舒适优越。碰巧在当天晚上，他妻子还准备聚餐。我只好提醒她，我除了第二天要穿的衣服和鞋子，没有准备其他干净衣服。但她毫不介意。那是我在整个旅途中睡得最好、最舒服的一个晚上。

我很开心按计划完成了徒步之旅。医学院时任院长巴里·杰克逊和杰克一起在终点迎接我,见证我把脚伸进水里,象征徒步之旅胜利收官。当地的外科界同人齐聚酒馆为我大大庆祝了一番。这趟横穿英格兰之旅美妙精彩,我认为是我有生之年最棒的长途徒步旅行。

多年之后,我和几位朋友在旧金山的晨光中,准备参加美国外科学院组织的"清晨一起走"(Wake up and Walk)活动。有位年轻的美国外科医生走过来问我,是否认识了解"横穿英国步道"的人。他不仅找对了人,而且他居然是斯坦利·克劳福德医生的儿子。多年前,我曾前往休斯敦向斯坦利请教胸腹动脉瘤手术。约翰·克劳福德夫妇后来到英国体验了横穿之旅,我们也很开心地尽了地主之谊。

我又沿着哈德良长城徒步,为卒中协会筹集资金。这条路线的长度不及"横穿英国步道"的一半,也没有湖区起伏的山峦和约克郡宽广的荒原。但这里有令人沉醉的历史。可惜我的日程太满,只能匆匆走过,没有时间去慢慢体会历史的厚重。

在坎布里亚,我最喜欢的是布伦卡思拉山,也叫鞍背山,从我湖区小屋的厨房里就能望见。这是我最常爬的一座山,它让我感到内心平静,我对这座山有着深深的眷恋。我的手机里有首歌叫《布伦卡思拉山》

(*Blencathra the Mountain*)，总能让人想起那个充满魔力的地方。坎布里亚的峰峦总能在时日艰难时，让我心生欢喜，给我慰藉。

杰克始终是我的后盾，只要时间允许，他一定会陪我一起出行。我也尽可能给他陪伴，比如陪他一起回到母校。杰克毕业于威斯敏斯特公学，他上了些年纪之后，会在学校主办医学生校友晚宴，有想要进入医学院学习的六年级男生参加（他们确实还是小男生）。这些男孩子当然是想给晚宴上的高年资医生留下好印象，后者说不定能在他们实现抱负的路上助一臂之力。我只不过是"夫人"；但当他们得知我是帝国理工学院的教授，还是外科教授，震惊的样子真的很有趣，帝国理工学院是他们当中很多人的梦中情校。

杰克年轻时在皇家空军服役，当时已经考取了飞行员执照。他一直到晚年，依然对飞行怀有兴趣，格外钟情于协和飞机。从杰克工作的希灵登医院每天都能看到协和飞机起飞。他也想乘坐一次协和飞机，但在高昂的费用面前只能止步。

2002年，杰克陪我一同前往圣迭戈，做最后一次同名演讲。返程时，我们取道纽约。我事先没有让杰克知道，我在纽约当红餐厅格莱姆西酒馆（Gramercy Tavern）预订了晚餐餐位，然后在机场附近的一家酒店过夜，搭乘第二天早上的航班回英国。第二天早上，他才慢慢醒悟，我安排好了一趟不同寻常的旅程：我们要搭乘协和飞机回英国。抵达伦敦之后，我们两人都为这次飞行深深折服，我宣告乘坐协和飞机就是我以后唯一的旅行方式。当然我再没坐过协和飞机，但这个机型真是绝妙。协和飞机彻底停飞时，我和杰克非常难过。

我仍然要去世界各地演讲。尽管我十分乐于结识新朋友，但其实我不是那么热衷于旅行的人。在到达路途遥远的目的地的瞬间，我就会开始惦记归期。总之，我是个恋家的人，家是我最中意的港湾。

不过，我也两次主动前往黎巴嫩。之前在我手下工作的高年资住院医保利娜·卡廷，前往黎巴嫩工作，因此我随时关注当地的局势走向。此外，我在圣玛丽医院非常优秀的同事阿吉亚德·库图比医生，离开圣玛丽医院后前往贝鲁特美国大学，担任放射学教授。我去黎巴嫩时，刚好可以与他见面。阿吉亚德还为我们安排了叙利亚之旅，这次旅行精彩纷呈。他在圣玛丽医院工作时，我们是密友，他不仅专业技术过硬，也独具人格魅力，给了我大力支持。

杰克比我大十岁，退休也比我早十年左右。当时流行一个老说法，"无论怎样，不要一起吃午饭"，不过那十年，我甚至都没有时间回家吃午饭，所以我们两人也就没有机会夫妻反目。但我确实担心过，杰克离开了他挚爱的工作，会给我们两人造成困扰。

我大错特错。他明智地找到了两项退休后的新任务：烹饪和为我俩建一栋房子。在杰克的退休庆祝会上，他的麻醉医生同事比尔·赫加蒂杜撰了一个笑话："杰克和埃夫丽尔约好了，谁先到家谁做晚饭。所以，经常能看见杰克开车转了一圈又一圈，看到埃夫丽尔开车回来了，他才回家。"

杰克退休回家的第一周就宣布周五的晚饭都由他来做，"因为周五很难熬"。这里需要解释一下原因。每周周末临近，外科圈子的人都很有默契地要把没做完的工作赶完，以便在周末好好享受宁静的生活。尽管外科工作可以说是一年到头不舍昼夜，但大家都清楚，周末时医院的人员配置和人手数量都比平时少，因此都希望或者说都下定决心，只要条件允许，就一定要在周五完成所有工作。杰克退休后，就先承担了每周五的做饭任务，慢慢地，家里的烹饪大计全都转移到了他的手上。而且，他的厨艺越发精湛。那个时候，我们两人都已经爱上了烹饪和美食，当然还有搭配美食的沁人心脾的美酒。我们最早在富尔默安家时，那座房子的前主人托尼·莱思韦特是葡萄酒专家。我们搬进去的时候，看到酒架上放满了《星期日泰晤士报》葡萄酒俱乐部推荐的顶级葡萄酒，旁边的纸条上写着"希望你们喜欢这座房子和这些酒"。这个暖心之举还达到了不错的商业效果，杰克此后一直在托尼那里购买葡萄酒。

我曾经错误地认为，杰克的第二个（也是更主要的）退休任务不过就是随意的消遣。我还以为他会把房子建起来卖掉，希望能挣些钱。但并非如此。他想建起这座房子，住进去过日子；他让我挑选厨房和厕所的色调时，我才意识到这一点。这确实是座特别的房子，融入了杰克的心血。房子就建在我们在伦敦郊区的老房子的花园里，杰克每天都会过去和工人碰头，他跟这些工人很熟络。杰克做了很多研究，在房子里加入了不少生态特色。

我的一个儿媳妇最近跟我说，杰克一进房间，整个房间感觉都会生辉。确实如此，而这次，杰克让整座房子光彩照人。海伦是第二个出生的孙辈。她出生时，她的父母刚好和我们住在一起，我们享受到了很多天伦之乐；之后，我们卖掉了房子，搬到离我上班比较近的地方。杰克行动越来越不便，打理花园对他来说不再是乐趣，而成了负担。

我从来不担心搬家。爸爸妈妈搬了很多次家，搬家也许是我们家的家族传统。我觉得搬家是生活的正常组成部分。我从新家走路就能去上班，这样的通勤距离实在方便，当然确实也不时要被叫去医院，比如"我知道不是您值班，但您住得近，能不能麻烦您过来一趟……"

我现在依然住在伦敦市内由以前的马厩改造的小房子里，住在这里，让我们的人生有了新发现。这里是真正有生活气息的社区，大家会经常聚在一起，还有一个读书俱乐部，邻里友好相处，相互关心。这所小房子是我在1982年时花了很小的一笔钱买下的，当时只为了候诊值班时有落脚的地方，方便随叫随到。血管外科经常要上急诊手术，而且手术可能持续数小时，因此说"住得近，是一宝"。妈妈后来搬进这所房子生活，直到她1991年去世为止。虽然她是个彻彻底底的北方人，但也十分享受在伦敦市中心的生活。

我工作的最后几年，担任圣玛丽医院国家医疗服务体系信托机构医务副主任（Associate Medical Director of the St Mary's NHS Trust），确保医生重新审定的过程平稳推进。20世纪90年代中期，对布里斯托尔儿童心外科手术患者死亡人数过多展开调查。对此，英国医学总会坚持对医生进行定期审查，该过程称为重新审定。这个体系始终存在诸多弊端。尽管我说服权力机构建立更加可靠可行的体系，但我们最终得到的就是这个"重新审定"。我的工作是把这个体系引入圣玛丽医院的工作中。

所幸，我挑选的助手很有能力，能在指导下很好地完成大部分工作。面试的时候我问她最喜欢什么工作，她热情满满地回答"写报告"，我立刻就知道她就是我要找的人。

我在这个职位上，和整个医院的医护人员密切接触，很快就发现大家面临的各类问题，小到私人困扰，大到诉讼威胁或是面临的英国医学总会调查。无论是哪种情况，对当事人都会产生巨大压力，涉及的医生常常会感到被朋友、同事抛弃，遗憾的是确实经常如此。我可以在庭审或是英国医学总会调查过程中为他们提供支持和协助。我发现，能够为他们在此类艰难境况下提供帮助和建议非常可贵，这样的帮助无异于雪中送炭。我的优势在于我是资深人士（年长、白发、不构成威胁），还充分了解各家医学院和类似机构的运作情况。我致力于为当事人寻求公平，尽力缓解他们的压力。

我在整个职业生涯中，仅有一次险些遭到起诉，这让我意识到这种威胁的杀伤力到底有多大。我为某患者实施了髂内动脉栓塞手术，髂内动脉负责向盆腔供血。手术后，患者出现并发症，腿部无力；我们之前并没有遇到过此类状况。神经科医生认为，手术后的血管结构发生变化，有可能部分削弱了连接到腿部神经的供血。我向患者做了全面解释说明，表示我和同事此前都没有遇到过这种并发症。尽管以我的能力可能无法阻止该并发症出现，但我真心向患者表示歉意。并发症延缓了患者的恢复进程，但慢慢地，患者的腿部力量恢复，患者痊愈。然而，我还是收到患者的信，说正在走流程起诉我。各位专家迅速达成共识，我无须应诉。但那几周，我完全是在极度焦虑中度过的，担心可能会出现的诉讼。

卸任外科主任之后的两年时间内，我依然坚持在手术一线，不过不再进行急诊排班。血管外科医生有相当大一部分时间是在急诊度过的，我夜里经常要在手术室上急诊手术。终于，在将近40年时刻准备起身工作之后，我突然能拥有整晚不受打扰的睡眠。这样的变化，我当然求之不得，但同时也有一丝遗憾；毕竟，外科医生工作的魅力有很大一部分就来自这些紧急病例。在某种程度上，我还很怀念这样的日子。

2002年，我65岁，已经达到当时的法定退休年龄，决定彻底告别外科生涯。我对最后一次的手术排班表记忆犹新。我想着完成一些简单的手术，为自己的手术室生涯画上句号。但整个团队另有打算，希望我能处理几台复杂的手术。事实也的确如此。彼得·奈特这时已经退休，接替他的马丁·普赖斯是位出色的同事，既是优秀的麻醉医生，也是一位良师。他是当天的"顶级"（负责当天手术的麻醉工作），我们合作得非常愉快。当天工作结束后，我们在外科医生办公室开了一场即兴派对。一大群朋友过来给我送行，我们都不相信那天真的是我最后一天上手术。

我最后一次出门诊时，那里挤满了我熟悉的患者，他们此前了解到这是我最后一次出门诊，所以想尽办法挂上了我的号。有对认识我多年的夫妇，我曾给他们中的一位做过手术，两人在候诊室中坐了一整天。无论我怎样请他们进诊室看病，两人都设法一直往后拖，到我当天门诊结束。他们希望他们是我在门诊接诊的最后患者，而且还带了一瓶冰镇香槟和几个杯子。他们打开香槟说："就算他们现在要取消你的执业资格，也没关系了。"

我的各位同事，特别是约翰·沃尔夫，热心地为我准备了令人难忘的欢送仪式，白天举办了各种讲谈，晚上在伦敦林肯因河广场的皇家外科学院举办了隆重的晚宴。我的朋友和同事，不远万里从世界各地赶来参加我的退休庆典，让我感动万分；杰克和三个孩子，还有一些患者也出席了活动。几位热心的医学院学生还组成了一支乐队，在活动上演出。

显然，我需要讲话。芭芭拉·扬女男爵（Baroness Barbara Young）举杯致辞，作为回应，我背诵了自创版本的《艾伯特和狮子》，每一句话都对应一位对我至关重要的人。在将近一年的时间里，我都会带着一个记事本，随时记下有关各位同事的小细节和灵感闪现时为他们创作的诗句。儿时，我曾经表演过斯坦利·霍洛韦的独角戏《艾伯特和狮子》，而且我来自布莱克浦，因此以这样的方式讲话，似乎再合适不过。开头是这样的：

著名海滨小城布莱克浦

空气清新，乐悠悠

拉尔夫·查尔斯·德林夫妇

还有他们的女儿埃夫丽尔

了不起的小姑娘埃夫丽尔
是家里的独生女儿
但有叔叔婶婶和堂兄妹一大家子人
始终陪伴她快乐成长

我收到了不少惊喜大礼,其中还有一台电子钢琴,但最不走寻常路的礼物是一个震颤派风格的乐谱架。我此前相当不明智地宣称自己退休后要学习大提琴。我记得自己当时的原话是:"我弹钢琴一次能弹十个音符,一次拉出一个音符的话,肯定不难。"我真的要收回这句话。迈克尔·格里格在墨尔本工作,是位出色的血管外科医生。20世纪80年代末,他在圣玛丽医院实习时,曾与我共事。他的妻子雪莉尔·瓦格斯塔夫是耳鼻喉外科医生,也是我的密友。夫妇二人赶来参加我的退休派对,送上了那个精美的震颤派风格乐谱架,对我说"为了你的大提琴手新事业"。

之后的周六,杰克和我在家招待了所有从其他国家赶来的朋友和跟我要好的同事,希望能让他们充分享受这段时光。天色渐晚,大家纷纷告辞离开。尘埃落定。我不再是外科顾问医生的身份,不再需要白天黑夜时刻待命;可以随心品尝美酒,不必担心要随时开车出门。

我解放了。但是，我从未觉得工作是压力，而且真心享受工作中的每一分每一秒，因此我还担心会不会出现"退休综合征"。幸好，并没有；我开开心心地迈向了人生新阶段。

我达成了比学生时代设想的更多的目标。最重要的是，我希望在我的努力下，培养出优秀的年轻外科医生，激励他们前行，也让更多女性坚信自己能够达成目标。我拯救生命，推动领域发展。我想自己会想念以前的患者和同事，但其实很多人都一直和我保持联络。一旦退休，我不想继续流连工作。但我对未来有规划，我可不打算无所事事。

第十二章

退休生活

我告别了为之奋斗40年的工作，从医这些年，我几乎是马不停蹄。工作占据了我生活的大部分时间，但并非全部，而正是"并非全部"间隙中的点点滴滴，格外重要。事后看来，当年忙中偷闲，保留一些爱好，是明智的决定；正是这些爱好，为我打造了美妙的退休时光。

65岁生日这天，我终于有闲暇开始落笔写东西，更确切地说应该是开始敲键盘写东西。2002年6月里这特殊的一天，我敲出了如下文字：

以登上我最喜欢的布伦卡思拉山（有些人喜欢叫它鞍背山）开启一天的生活，当然登顶之后还是要下山。仲夏的天气总是湿热难耐，但丝毫没有削减我要完成夙愿的热情。毕竟，我的身体条件还能支持我去登山，这一点就足够让我欢欣雀跃。

和我一起爬山的还有一位亲密的老朋友，他和杰克事先串通一气，完全把我蒙在鼓里。所以看见他的时候，我彻底惊呆了。我们开开心心地踏上旅途。之后，我们吃了三明治午餐，一起举起香槟庆祝我们三个都顺利步入老年，我65岁，老朋友71岁，杰克75岁。

为什么要记下来？

因为这一天标志着我正式告别国家医疗服务体系的临床生涯。自1960年成为执业医师起，我只有两年时间在国外工作，其余时间都奉献给了国家医疗服务体系，未曾间断。

我是来自工人家庭的孩子，没有医学背景。1955年，考入医学院，希冀成为外科医生。

通过执业医师考试12年之后，我成为顾问医生，此后30年从未间断工作，见证了诸多变化。更重要的是，我一直很满意自己的人生，一定要记录下来。倒不是说每时每刻、每天每夜，但我确实很开心选择了外科职业，乐在其中。

我要记录下自己在职业中获得的快乐和满足，因为似乎年轻医生们对自己的职业选择越来越不满意。如果工作让你感到不快乐，就做不好工作，会心生气馁，或许最后直接放弃，另做尝试。学医需要投入极大精力与专注，弃医改行一定会让人反躬自问，感到若有所失。医学人才流失，也是国家医疗服务体系的重大损失。我们需要正视引发从医人员不满的原因，尽可能治本。

这些话没有任何科学研究为依据，只是我的个人体会。但是在我65岁生日这天，我觉得我能明白为什么医生这个职业越来越没有吸引力。

先说说"乐趣"。不过这个提法需要非常谨慎。患者肯定不乐意听到医生说治病是乐趣。我当然也不是这个意思。但医生这个职业有太多艰难，让人身心俱疲，因此也需要较为轻松的氛围。

在我这里，轻松的氛围就是我感到自己是在造福于人。助人为乐是选择从医背后最普遍的动力。因为怀着助人为乐的诚挚之心，所以在自己的努力不被认可，甚至遭到批判时，受到的打击也就尤为严重。

在我从业之初，大家都默认医生会尽力而为。没有人把医生看成病痛的诱因，医生是诚实可信的中间人，努力解决病患问题。他们可以放手一搏，大胆尝试新的治疗方法；这样的创新局面或许是后无来者。我在血管外科，总得有第一个人来给患者夹上主动脉夹，把病变部分替换上涤纶移植片，但在很多此类高科技外科专科中，最初结果糟糕的手术，现在却要求完美无瑕。

新近取得执业资格的医生，有严格的工作时长限制。这在我工作的年代，肯定会让上司惊掉下巴，因为那个时候，他们会说"你周二晚上可以出去一两个小时，只要你能赶回来夜间查房就行"。我当然不赞成退回到当年的情况，但我认为医生的工作时间缩短，也是造成工作不愉快的一个原因。首先，没有我经历过的那种"一片混乱"，相应地也就没有从中建立起的战友情谊。跟朋友聊天通常可以缓解压力。我们当年工作时，晚上和同事分享一壶热茶、一碟三明治，是特别好的小聚，说说笑笑中就缓解了压力。

夜里接到电话，通常也都是自己的患者的问题，你熟悉他们的情况，可以判断是需要立刻过去给患者打点滴，还是可以不用着急。你了解上司的工作习惯，通常还观摩了手术全过程。现在却不是这样，现在每个值班医生手上都有大量自己不熟悉的患者。他们可能都不认识主治的顾问医生或专科住院医，而且很可能根本没观摩过手术过程。所以无法在电话中给出治疗建议，只能自己到场。这样的情况下，值班医生需要临场阅读病历，经常还要联系自己并不认识的主治医生寻求建议。

看护自己的患者，压力更小，专业性更高，患者也更满意。患者满意的话，投诉就会减少，而患者投诉恰恰是医生工作不愉快的另一大原因。

批评、投诉和媒体控诉，三者联动，以致公众和从医者都形成了刻板印象，认为从医人员力不胜任，无助人之心，无为善之意。但我个人从来没有碰到过故意伤害患者的医生。当然，我知道确实有这样的人存在，但即便是英国医学总会和其他机构调查过的最糟糕的案例中，大部分涉事医生也都是出于善意。错误并非有意为之，大家都会犯错。"不责备"文化最近才被接受，但总有人要付出代价。

如果不可避免的错误会对患者产生严重后果，我们必须一边倒地为患者及其亲属感到难过；然而，同样的事件中，当事医生也是受害者，可现在似乎已经默认，医生是罪魁祸首，其生活和事业必须永世不得翻身。

我想，总体来说，现在的医生依然受人尊敬和信任，很多患者希望我们能替他们做抉择，给他们指导。医生每一天都在为患者的最佳利益作出决定。年轻医生更是如此，我们必须给予他们支持。

65岁之后，我其实也可以继续私人执业，但我决定不这样做。我做的大部分手术都是大手术，必须有团队支持；我并不想在快到古稀之年的时候，还去组织、管理一支医护队伍。也有不少外科医生选择参与医疗诉讼工作。如果医护人员被认为有失职嫌疑，会被诉至法庭。此时，法庭会向有声望的医生征询意见，判断案例中的是非曲直。我也尝试过参与这项工作，但充分认识到，我选择以此作为退休后的一项工作，一定是出于报酬的原因，不是因为我真心喜欢；所以，这个选项也被我排除掉了。

多年前，我在担任利物浦医学机构秘书时，就已经明白退休后绝不能无所事事。我担任秘书时的一项工作内容就是撰写机构终身会员的嘉奖词。为此，我去了他们家中拜访。一共有七位终身会员，其中四位都是穿着拖鞋，独自坐在炉火边。另外三位则都在退休后找到了全新的"赛道"，在新领域中发展个人兴趣和爱好。这三位充满活力，风趣幽默。这才是我希望在退休后达到的状态。

我的第二"职业"始终是音乐。但是，尽管我一直坚持弹钢琴,却始终未能成为乐团钢琴师。我最希望学一种管弦乐器,借此有机会加入业余乐团。我最后选定了大提琴,我为它的音色着迷;不过,我实在应该选择一个更轻巧、不那么笨重的乐器。虽然我选择了琴体最轻的琴,但至少也有10公斤重,而我在开始时甚至没有考虑过这一点。自此,大提琴在我的生活中占据了重要位置,当然,有时候也令我沮丧。我学习新东西的速度,已经不像年轻时那样快。而且,初学者拉琴,发挥得好时,也只能用"差劲"形容;发挥得不好时,简直就是刺耳。这一点,家有琴童的家长都能做证。

杰克的妹妹吉尔当时在舍伯恩公学教书,她请学校的音乐老师帮忙请到了我在伦敦的第一位大提琴老师皮帕·梅森。她还在音乐学院深造,又把学到的新知识教给我。我们成为朋友;多年后,我请她在杰克的葬礼上演奏。

我刚开始接触大提琴时,要去实体商店购买唱片或乐谱,以供学习。而现在在互联网上就可以找到需要的音乐,可算是一个小小奇迹。因为有了互联网,即使在新冠疫情封控期间,我依然可以通过Zoom平台继续上课。

从学习之初,我一直参加牛津大提琴夏校(Oxford

Cello School）的课程。我虽然进步很慢，但真心热爱在那里学习。牛津大提琴夏校建校多年，在夏季开课，面向各年龄阶段、不同水平的大提琴演奏者。我报名参加了大班授课的成人练习班，课程表非常复杂，各种课程相互交错。学员中有在校生，有半专业人士，也有准备冲击专业考试的备考者。我们住在一所男子寄宿学校的宿舍里，只要有时间就用来练琴，夜以继日。我会和老师一起找个小酒馆，享受美食，犒劳自己。我因为大提琴和很多新朋友结缘，尤其享受一天结束后与夏校同学一起小酌的美妙时光。

我总是在后排，但我真的非常感激约翰·拉姆利让我加入了我喜欢的巴特乐团（Bart's Orchestra）。巴特乐团官方全称圣巴塞洛缪学院节日合唱团暨乐团（St Bartholomew's Academic Festival Chorus and Orchestra），我和杰克曾参加过合唱团。我把这个好消息告诉了皮帕，本以为她会惊声尖叫，但她是从心里为我开心。"你就是需要加入乐团才行。我来教你点儿小窍门。要是拉不下来整首曲子，就把每小节的第一个音符拉好拉准，然后做个努力拉琴的样子就行。"至少，我不用再现学读乐谱，而且也能完美跟上节奏。时光荏苒，我的演奏水平不断提高，很享受成为乐团一员、共谱乐章的体验。

除了参加乐团,还有其他很多与业余音乐家同台表演的机会,这些都要归功于热心组织各类活动的主办方。苏·哈德利在伦敦樱草山组织了多场音乐活动。她也是弹奏大提琴,和我年纪相仿,我很钦佩她能组织如此精彩的活动,让我们这些业余音乐家心情振奋。"大提琴·热爱"(Cello Love)是我首次参加的哈德利组织的音乐活动,这场活动是大提琴专场。哈德利组织的乐团定期演出和客场演出,给我带来很多快乐,让我有机会认识志同道合的朋友。

杰克对我拉大提琴这件事一直不是很上心,他反而觉得大提琴在某种程度上,导致我忽略了原本对钢琴的热爱。几个孙辈小时候,每次来我家,我都想方设法激发他们对音乐的热爱。他们还穿着尿不湿的时候,就会坐在我腿上,在钢琴上叮叮当当敲出不成曲调的音符。我希望他们能像我一样,把音乐当作生命的一部分。我在孩子家里庆祝了自己的80岁生日,最期盼的生日礼物是几个孙辈能为我共同演奏一曲;他们果然奉上了精彩的演出。几个孙辈都很优秀,是我晚年中最宝贵的意外之礼。

然而,"业余音乐家"并非我退休后的唯一"职业"，我还被任命为全国医疗慈善组织卒中协会理事长。面试是在参议院内的一个昏暗房间里进行。我被问到如果获得任命，能在这个职位上工作多久。我回答"最多五年"。从暗处传来一个男人的声音，"您的意思是，我在这儿待得太久了？"说话的是前任理事长，后来得知他已经在这个职位上工作了十年。

接手新工作，有很多内容要掌握，工作时间长、出差多。此前，我从未担任过主要慈善机构的领导职务，需要学习的东西很多。首要任务之一就是任命新的首席执行官来接替即将退休的玛格丽特·古斯。她在退休前慷慨地预留出了足够时间，以便在我刚刚上任时，能和我共事一段时间，同时能够监督做好她和接任者乔恩·巴里克间的工作交接。

他们两位都是一心一意、勤勤恳恳为协会的发展贡献力量，也让我看到理事长和首席执行官间的默契配合，意义重大。一定要明了理事会成员和办事管理人员间的界限，充分了解双方关系的敏感性。理事会成员负责指导慈善组织的前进方向，但要依靠办事管理人员付诸实践。

卒中协会是个特别适合我的地方，毕竟我一直认为卒中预防手术是我所有工作中最有意义的方面。担任理事长之前，我已经是卒中协会理事，对协会深有了解。2002年，卒中协会仍与其他众多慈善组织类似，仅有最基本的治理架构。新任首席执行官上任后，我们条分缕析地回顾了协会多年的运作情况，花时间建立起新的治理体系，希望该体系更加健全。

协会的各位创立者，心地善良、无私奉献。协会初始规模很小，随后开始发展壮大。尤其突出的问题在于，由于名为胸部、心脏及卒中慈善机构，协会始终与胸部和心脏医疗领域颇有关联。如果想要进一步发展，协会必须专注于卒中这一专门领域，而且要在英国全境设立分支机构。协会的某些长期理事非常抵触做出改变，乔恩·巴里克和我一起摆事实、讲道理，苦口婆心地劝说他们进行改革。改革之后，有三位理事辞职，我也提交了辞呈，但遭到其他理事驳回。

我花了不少时间走访苏格兰和爱尔兰的卒中医生和科室，为协会的发展探明道路。例如，我拜访了时任苏格兰卫生大臣妮古拉·斯特金（Nicola Sturgeon, Scottish Minister of Health），我认为她是位不断取得成功的女强人。协会改革推进过程中，挑战重重。我记得曾经问过杰克，自己是不是脑子不清醒才会放着好好的退休生活不去享受，却接下这么费力的差事。但事实证明，一切付出都值得。打造出一个专注于卒中问题的慈善机构，显然是正确的出路。

协会的一大难题是公众对"卒中"一词缺乏正确认知。我坐公交车或火车时，总会问邻座的人认为什么是中风，大家几乎无一例外地会手拍胸口；但那其实是心脏病发作，而不是脑卒中，即中风。缩写为FAST（F代表"口眼歪斜"，A代表"手臂麻木"，S代表"口齿不清"，T代表"及时拨打999"）的宣传活动，在中风知识科普方面帮了我们大忙。

我走遍了英国的每个角落，包括泽西岛和马恩岛等国家医疗服务体系覆盖之外的地区，希望能建立一个全国统一、全覆盖的中风护理与研究体系。我在出差过程中，认识了大批全心投入这一领域的人，他们当中有内科医生、理疗师、护士、护理人员、患者，还有协会的工作人员。志愿者尤其值得尊敬，他们需要抽出大量时间参与每周的志愿活动，比如组织中风康复患者的每周聚会。我也很敬重协会的赞助人肯特公爵（Duke of Kent）。即便是医疗专业人士与中风失语患者交谈，也非易事。但公爵一次又一次地到脑卒中病房探访，停下脚步与每位患者交谈。我在公爵身上获得了莫大鼓励。

处于发展阶段的初创慈善组织经常面临资金不足的

问题，我们也不例外，最主要的一大挑战就是资金水平不足以支持我们实现协会的远大目标。一家慈善组织需要有坚实的资金基础，工作人员必须有合理可靠的薪资保障。英国不乏乐于慷慨解囊的慈善人士，但我们必须拿出强有力的行动计划去打动他们。财富的波动起伏会严重影响慈善组织的运作。或许遗产不菲，但对未来规划毫无帮助。因此，我们需要扩展自己的资金基础，确保以负责任的方式使用各类捐款。

乔恩·巴里克是全心投入工作的协会领头人，兢兢业业，竭尽全力支持员工，为协会引入人才，约翰·哈维即为其中之一。哈维为协会找到了大笔捐助资金，确保了协会资金稳定。他既是工作中的得力干将，也是生活中的好友。

我在卒中协会任职的五年，充实而快乐。但当任期即将结束，我依然兴高采烈地把对接任者的任职要求详细告诉给猎头。各家猎头询问我是否愿意进入他们的"人才储备库"备选其他要职。我一一婉拒。就在第二天，我接到了一封邀请信，询问我是否考虑担任英国医学会主席。英国医学会是英国从业医生的行业工会组织。起初，我还误以为是猎头公司寄来的这封信。

我自问，为什么要选我去担任英国医学会主席？虽然我上班的时候一直都是英国医学会会员，但跟它的关联仅限于发款收款而已。我拿不准手上的这封信，是它对潜在候选人"广撒网"的试探，还是向我抛出的职位空缺。

我对英国医学会的印象如何？我对它的政策不是全都认可，那么我希望自己跟它扯上关系吗？由于《欧洲工作时间指令》，英国医学会赞成大幅缩减医生的工作时间。合理缩短工作时间确有益处，但不应以削弱医疗领域的专业性为代价。对我来说，患者有时确实需要我加班加点看护他们，我希望能自主决定自己的工作时长。在我看来，这是专业医疗人员的内在核心。我感觉医学会也愿意考虑将罢工作为一种手段，对此我亦不能认同。

我在长时间认真思考之后，与医学会的首席执行官共进了午餐，以便考虑我的选择。最终，我接受了医学会的邀请，希望如果自己当选，能从内部施加影响。

我如愿被理事会任命为主席，很巧的是，2008年我在利物浦就职。此时，我已经认识到主席没有真正的管理权力，但在幕后或许有机会对医学会产生一些影响，这一点值得关注。

我需要发表主席致辞，也就有机会陈述我对医学会的整体看法。我可以邀请特邀嘉宾到场,彰显他们的影响力,感谢他们给予的支持。我邀请了前夫乔纳森和他的现任妻子。在我仍然是实习医生的年月中,乔纳森给了我莫大支持,我很开心能在公开场合对他表达谢意。

埃德加·帕里夫妇也在特邀嘉宾之列,我同样要感谢埃德加,他在我的职业生涯中具有重要意义。他乐于指导一位年轻女性,引领她一步步实现成为外科医生的"痴心妄想"。才华横溢的外科医生或是任何一位怀有匠心之人,能把技术传承下去,是维持、推动行业或职业发展的法宝。然而,对工作亲力亲为,远比指导发挥水平不稳定的新手要轻松容易。埃德加和利物浦的其他前辈,传授给我的不只是技术,更是态度。我坚信,态度高于一切。走进病房,会看到对人关怀备至的护士长或是管理员,会感受到病房中洋溢的温暖与关爱。然而,并非总是如此;实际上,有时恰恰相反。

女王陛下的外科医生詹姆斯·帕特森·罗斯爵士(Sir James Paterson Ross)曾说过,"外科就像宗教,更多靠领悟,而非靠教导……学生和带教老师间的关系,比教育或培训更加重要"。我在利物浦承蒙前辈教诲,成为专业从医人员,我希望自己也领悟到了从医的态度和真谛,懂得如何成为大家心目中向往、信赖的医生。

就职典礼在圣乔治大厅的音乐厅举行，我借此机会谈到了利物浦的音乐传承及其对我的影响，也谈到了为何我会冲破重重顾虑，出任英国医学会主席。

让我来假设一个场景。

假设：我晚上要给哈米什·梅尔德伦（Hamish Meldrum，时任英国医学会理事会理事长）做动脉瘤手术（据我所知，他没有这个问题），夜里他发生出血，需要再进手术室。如果夜里的主刀医生虽然技术同样出色，但对梅尔德伦的病情完全不了解，患者本人会有什么感觉？他肯定是特别不乐意。专业合同中总有一些方面与商业合同有区别。公众不像政客，一般来说是相信我们的。我要强调的就是这种可信的专业关系。

接下来我提出了两个问题：我们是否仍为专业技术领域？术业有专攻是否意义重大？答案都是肯定的。同时，我回顾了专科化的过程以及维持跨专科交流的重要性；我们不能禁锢在自己的茧房中孤立存在。

我们是独立的专业技术领域，这是我们的先天优势。我们经常深入患者思想的最深处，当然也深入他们的腹腔。他们必须信任我们,他们也别无选择。珍妮特·史密斯女爵士(Dame Janet Smith)曾说,"我想,公众甚至应该无须考虑是否信任医生这个问题,患者信任医生本就是理所当然的事情"。但是这样的信任,必须以诚信、同情、最新知识、坚持符合伦理的研究为基石。

我认为,无私利他是我们在社会中的立足之本,是医生职业坚实的基本理念。尽管要求严苛,也不无争论,但的确是我们当中大多数人最初的出发点,也是我们希望抵达的终点——患者至上。正如一位实习医生在对皇家内科医学院(Royal College of Physicians)工作组的证词中所说,"行医无须谦逊无私,良医必须二者兼备"。

我们希望在人们眼中,我们不只是完成任务。我们希望所做的一切,都能符合奥斯勒的人文理想,德行兼备。有人认为这样的理想过于艰难、不切实际;医生也要有自己的生活。

在我看来,刻意把生活和工作二者剥离开来,会产生无谓的期许。

现在,工作中引入的团队协作概念,保护我们免遭剥削。但把自己负责的患者交接给同组同事,并不代表就能卸掉照顾患者的责任。

职业精神最重要的信条之一就是我们自身的行为方式，以及把正确的行为和价值观传递给下一代医生。我在实习过程中遇到了众多典范榜样，令我受益匪浅。他们对患者和学生都充满了人文关怀，而不是像某些地方默认的所谓外科行为那样，苛责贬损。《医生当家》（*Doctor in the House*）当然是以娱乐为主，但如若我们要保留、传承职业价值，就需要把类似剧中表现的破坏行为永沉史海。

我在致辞中也提到了下面的真实事件：

有次，我站在手术室外的走廊里，等着开始一台胸部动脉瘤渗漏手术。三位已经下班的实习医生过来问我，是否可以观摩手术。我很开心，但他们又问："但我们已经不在工作时间内了，怎么办？"我一脸茫然。他们表示肯定会去查阅一下未经编辑的版本，觉得这是更好的解决方案。他们在工作时间以外观摩手术，不是遭受剥削，而是在进行专业学习。就像我经常会跟实习医生说的，如果我明天要在皇家利物浦爱乐音乐厅演奏协奏曲，是我来决定需要练习多久，而不是哪个政府官员说了算。

我在致辞结尾表达了谢意,以如下的言语结束讲话:

在座的各位中或许有人,也许还是不少人,会不赞成我说的部分内容,甚至对我说的所有话都不认同。但我相信,就像伏尔泰那样,即便你们不认同我说的话,也一定会誓死捍卫我说话的权利。

英国医学会主席的任期只有一年,在这么短的时间内,其实很难有所作为。但这个主席职位却是我后来出任医学会科学委员会主席的契机。虽然科学委员会是英国医学会的下属机构,但基本上单独运作。尽管如此,委员会依然无法与政治脱钩,毕竟委员会的一大作用是发现英国最迫切的卫生健康问题,并尽力推动政府着手应对。我担任科学委员会主席五年,充分享受其间的各类挑战。

英国医学会既是努力推进患者护理最高标准的专业机构,也是与政府交涉、为成员争取最佳待遇的工会组织。一年一度的代表会议实质上就是工会代表大会,会上讨论提交的议案，进行投票。获得通过的提案对英国医学会有政策决策意义，同时，医学会各委员会需确保各项动议有效实施。

科学委员会也受医学会年度会议管辖，但委员会的各项政策基本都是涉及社会福利和患者利益。委员会最主要的任务是应对公众健康问题。领导这个委员会，对我来说也是全新的学习体验。委员会的工作人员可以说是无与伦比；如此一来，工作就能得心应手，进展迅速。尼基·亚伊辛格尤其出色。她拥有法律学位，嫁给了一位全科医生，极有条理，擅长与人相处。英国医学会能请到她，真是明智之举。

尼基是委员会顺畅运作的真正动力源，轻而易举就把委员会的各项工作安排得井井有条，在聘请专家来委员会任职时，更是让每位专家都觉得是莫大的荣耀。没人会对尼基说"不"，她能让每个人都人尽其才。尼基领导的团队氛围融洽，团队成员都是经过精挑细选而来，奋发向上，精明能干。达尔斯纳·戈吉尔就是其中一员。

在委员会成员和部门工作人员的共同努力下，我们就英国国内的各类健康问题开展合作，包括依赖性药物、数据统计、电子香烟、成长问题等，其中大部分问题都已结集出版。同时，我努力引起大家对英国医学会研究基金的关注。为了突出研究基金的重要地位，我们决定设立研究奖项，鼓励研究、向捐资人表示感谢、吸引更多新的捐资。研究人员最大的困难通常是获得研究启动资金。如果在领域内已经有绩可查，解决资金问题会相对容易，但在起步阶段确实艰难。英国医学会主要提供的是研究启动资金，满足实际需求。

我退休后不久，就开始准备皇家外科学院首位女院士的百年庆典。1911年，埃莉诺·戴维斯-科利（Eleanor Davies-Colley）成为皇家外科学院首位女院士；此后，不断有女外科医生跟随戴维斯-科利的脚步，女性院士的人数缓慢增长，但在当时的医学院历史中很少被提及。在医学院大楼中漫步参观，就不难发现为何大家普遍认为历史上的外科医生都是男性。我提议修建以戴维斯-科利名字命名的报告厅，提议获得支持，于是我着手为此筹集资金。在医学院工作的杰奎琳·福勒给予了极大支持，当然还有各位外科同人，特别是女性同人，也热情伸出了援手。时任英国首相托尼·布莱尔的妻子切丽·布思慷慨相助，在唐宁街10号专门举行了招待会。这是一次盛会，也是难得一遇的能迈进唐宁街10

号大门的机会。

报告厅的特色之一是保罗·考克斯绘制的精美壁画，其由一家专门支持艺术作品的慈善基金会资助完成。我将壁画图片收录于此，以供欣赏。

戴维斯-科利曾经工作的医院已被拆除，原址用作修建超市，我们在工地的渣土车中抢救回了医院的黄铜标牌。2011年，我们召开国际会议，庆祝皇家外科学院接纳首位女院士一百周年，同时举行报告厅落成典礼。很可惜，在医学院后来的重建中，报告厅被拆除，但壁画保留了下来，目前放在医学院很显眼的位置展示，上面是医学院各位女性理事的画像。

杰克一如既往地支持我在退休之后的各项工作，但他的日常生活明显日渐困难。之前，他一直有些行动不便，但这个时候，他的思维也开始变得略显迟缓。我出门的时候，有位同样从医的密友会过来陪伴杰克。尽管家里四处都放着茶——这是我最喜欢的饮品，杰克依然无法找到。这位朋友很担心杰克的状态，而杰克也渐渐意识到自己出了问题，很不开心。我于是决定不再担任任何主要职位，而是要全心享受我们的二人世界，包括一起吃午饭。

杰克必须接受大的心脏手术，他甚至做好了下不了手术台的准备，也不愿意继续为此行动受限。我虽然没有把握，但也没有对他的决定提出异议。杰克住院前的周末，我们去看望了几个孩子和孙辈，杰克开心得不得了。他一直特别重视家庭，看到后辈生活幸福，让他倍感欣慰。我一直在想，我提议去看望孩子们，是不是暴露了我对手术结果没有把握，但杰克毫不迟疑地接受了手术。在重症监护室度过了情况不稳定的一段时间后，杰克转入普通病房，最终出院回家。他似乎"逃过一劫"，每一天都在向好的方向迈进。

手术后的第14天，我正在做午饭，杰克在贵妃榻上突然大声对我说"特别不对劲"。

确实如此，杰克失去了意识。我只能赶紧实施心肺复苏术。我把他拖到地板上，然后拨打了999。救护人员要40分钟才能到我家。这40分钟真是煎熬，接线员一直在给我打气，让我安心，当然还有复苏指导。

然而，我们的努力终究是一场空。当天下午，杰克离开了我们。幸好，孩子们都及时赶到了家里，我们搀扶着度过了杰克人生最后艰难的几分钟。我从医数十载，目睹了很多人离世，但杰克的离开让我情难以堪。

此后数年，我每天都在思念杰克中度过。悲伤是正常但强烈的情感，总让人情绪低落，但不是病。最初的几个月感到痛彻心扉，然后尝试带着悲伤生活，进而学会安放好悲伤。我写到这里时，莱斯莉刚好打来电话。我跟她说起正在写到的地方，我们两人都流下了泪水。悲伤可以暂时停止，但无法彻底抹去。我有幸有温暖的家人和好友始终陪伴。

杰克离开几周之后，社区读书俱乐部诞生。或许只是巧合，但我怀疑并非如此。我们12个女人每个月聚一次，一年中每人当一次牵头人。我们这些人年龄悬殊，兴趣各异，大家各有特点。但这根本不是问题，我们是为了友谊和读书的激励才聚在一起。我们已经读了将近100本书，我肯定不是唯一一个把读书俱乐部放在心尖上的人。

2016年的某个冬日，我乘公交车前往汉普斯特德，去参加第三人生大学（University of the Third Age，促进退休人士继续学习的慈善性质老年大学）的弦乐四重奏。我背着10公斤重的大提琴，费力地走了一小段陡峭的上坡路，气喘吁吁。我觉得自己选择这条路线真是有点儿蠢，决心下次不走这里。

几天后，我（没有背着大提琴）从雅典娜俱乐部走路去皮卡迪利坐地铁，只走了一段缓坡，就发现自己胸口不舒服，只好停下来。起初，我并未把这两件事联系起来。这次，我觉得是因为刚吃了三道菜的大餐，还喝了一杯酒的缘故。不过后面几天，我发现自己在平路上走200米左右也会感到不舒服。我记起爸爸曾经说过"感觉很沉"，甚至是"感觉胸口上坐了头大象"。

就像我们医生这个职业的典型做法，尽管我担心症状已经属于重复出现，但也没有采取任何措施。我已经提前打好招呼，希望不再担任圣玛丽医院慈善机构发展信托的主席。11月底前，我把工作正式移交给戴维·托马斯。两天后，我的继长子罗素接受了胆囊切除手术，我去他家帮儿媳妇埃琳娜照顾孩子。从温布尔登公园走到罗素家这一路，我停下来休息了好几次。

我去"海格特"小屋过了周末，然后动身前往曼彻斯特参加"血管学会历任主席大巡游"。我和一位外科医生好友一起吃了早餐，她实习的时候我们曾经是同事。我说起了自己最近的症状，她强烈建议我去心内科看一下。"马上去。"12月初，我终于去看了医生，结果立刻就被转去了哈默史密斯医院（Hammersmith Hospital）。我甚至只能回家收拾一下住院用的东西，就必须立刻回到医院。

我躺上血管造影台还在跟医生说，做这些可能都是在浪费大家的时间。他们问我:"教授,您要不要看看片子?"我一眼就看出问题出在左前降动脉狭窄,这是一条重要的冠状动脉。

手术干脆利落,心内科团队高效、有爱。现在,我的左前降动脉里有个支架,每天还要吃掉大把的药片。我最初的反应是,"我?心脏有问题?"我曾对学生说"投胎很重要",我十分清楚自己的基因不好,毕竟爸爸妈妈都是因为心脏病去世的。现代医药技术令人惊叹,我的身体恢复得很好,但这次生病对我的心理产生了巨大影响。有生以来我第一次面对自己刚刚死里逃生的事实,而且情况非常严重。表面上,我一笑而过,恢复了日常活动。但其实我花了很长时间才重拾信心。我本身没有致病风险因素需要改变,所以只能靠着那些讨厌的药片维持。我向来不是很相信有些医生说的"人人需要吃他汀",但却是个听话的患者,所以每天按时吃药。我从来不惧怕死亡,但确实在意如何走向死亡。即便我不怕死,现在却也还不想死。

自从我1960年开始工作以来,基本一直在国家医疗服务体系内工作。在我还是小孩子的时候,就已经认识到这个体系会大大造福全英国人民。我对国家医疗服务体系的推动者安奈林·比万（Aneurin Bevan）很感兴趣。2012年时，同事戴维·托马斯碰到有地方出售比万的铜像，杰克和我决定把铜像买回来，捐赠给英国医学会。铜像现在放在塔维斯托克广场英国医学会总部的会员休息室里。

能获得国家医疗服务体系英雄奖（NHS Heroes）终身成就奖，奖牌上铭刻获奖者的名字，实属光荣。当我得知自己获奖时，与比万的联系在某种程度上也让我控制住自己，给出的回应不要太模糊。我从来不热衷于颁奖仪式，觉得那不过是用微弱无力的依据来造星，对做好本职工作这件理所应当的事情大肆宣扬。

不过得承认，得知获奖时，我还是受宠若惊；当然，亲友也得知了我获奖的消息。独立电视台（ITV）承办此次活动，私下问罗素我在活动当天是否有空，罗素告诉他们我很忙，让他们直接来问我本人。有些同事还事先录制了有关我的小片段，所以我也就顺其自然放下了自己的疑虑。

整个活动非常有趣，是一次引人入胜的体验。2018年夏季的一天，格外充实，独立电视台的摄制小组跟随我一起，拍摄了我最爱的湖区、我儿时住过的布莱克浦文布利路的老房子、我的小学、利物浦大学医学院、皇家利物浦医院。拍摄12个小时后，我坐在利物浦的一家小酒吧里，喝了一杯让人放松舒畅的金汤力，然后由专人送我回家。一天下来，虽然我已经筋疲力尽，但心情愉悦，满是重走人生路的回忆。

我经常会思考电视摄像机镜头对我们的影响。我童年生活过的房子已经易手，房子现在的女主人热情接待了我们，整座房子生气勃勃，只可惜这段画面最后没有出现在电视屏幕上。拍摄中的一所学校，在银行假日还特别安排了人员配合拍摄，但这段素材在最后的成片中也没有被采用。对此，我很是惋惜和遗憾。

活动本身组织得无可挑剔，我唯一的担忧就是自己认不出给我颁奖的嘉宾。我的私人助理勒妮已经不在，没人能悄悄给我提示。不过，我的担心多余了，因为给我颁奖的是当时的康沃尔公爵夫人卡米拉（Camilla, Duchess of Cornwall），即便是我这样的"脸盲症"，也能认出她。她魅力四射、风趣幽默、讨人喜欢。晚宴时，我很开心有三位家人和一位之前的实习医生陪我。和我们坐在一桌的名人是格洛丽亚·亨尼福特（Gloria Hunniford），她是个温暖可爱的人。我的孙女凯瑟琳陪我一同参加活动，特别讨人喜爱。

我和好友帕特·扬在哈默史密斯医院相识，她退休后回到老家约克郡生活。帕特教会我们很多人该如何去滋养一段友谊。帕特的丈夫生病卧床后，她坚决要居家看护。帕特自己也开始身体不支，她说是因为睡眠不足和劳累过度。她丈夫2017年去世时，帕特已经气喘严重，无法走完教堂的通道，只能坐轮椅出席丈夫的葬礼。

我陪她去看医生。当医生要求她脱衣查体时，我主动要求离开诊室，不过帕特请我留在诊室里。她的胸部皮肤皱褶，我一下就看出是乳腺癌的表征，但帕特和医生此前都没有发现。我的心一沉，显然帕特的乳腺癌已是晚期，无法手术。尽管医生判断帕特只剩几周的生命，但在现代治疗手段和帕特顽强意志的双重作用下，她又活了四年。给帕特治疗的肿瘤医生安迪·普罗克特以及在约克的整个治疗团队都异常出色。

尽管病痛缠身，帕特依然与挚友们保持着友谊，给予他们支持。她时刻把朋友们的健康放在心上；毋庸赘言，我们也深切关心着她的身体状况。如果帕特是这个世界的主宰，那么世界上就不会有纷争和困苦。她身上闪耀着人性的光辉，让我们学到了太多东西。在帕特生命的最后两周，她的家人都在身边。梅温柔细心地照看帕特。梅是帕特在哈默史密斯医院做病房秘书时共事过的护士，也是圣玛丽医院血管病房的护士。在梅的精心照料下，帕特带着最后的尊严，安详地离开了我们；她去世时，家人都陪伴在身边。

我的另外一位挚友雪莉尔也是外科医生，住在澳大利亚墨尔本。她的丈夫迈克尔·格里格曾在伦敦实习，实习期快结束时与我共事。当时，迈克尔和雪莉尔甚至还没有遇到对方。夫妇二人都是我的人生好友，与我三观一致。

我和迈克尔曾受邀在皇家医学会会议上讲话。迈克尔首先发言，还写了个"剧本"。按照"剧本"安排，我坐在前排，突然打断他说："稍等，你说的话，我一个字都听不懂。"这时候，迈克尔就邀请我上台，然后我们共同完成发言。

迈克尔是位技术超群的外科医生，其他方面也出类拔萃，我曾想着能说服他留在伦敦。不过，假如他当初真的留了下来，那就不会遇到雪莉尔，我也就会少了一个挚友。尽管雪莉尔比我年轻不少，但我们算是忘年交。杰克去世时，雪莉尔问我："你想让我在葬礼的时候就过去，还是等别人都走了我再去？"毕竟，杰克刚刚去世，我有很多事情要处理，而当一切尘埃落定，好友的陪伴正是无价之宝。

数十年来,我在湖区度过的日子里,也结交了不少好友,其中有几位颇具人格魅力。有位朋友,对我总是有求必应,只会说上一句"没事儿"。很明显,和我一样,他不愿意拒绝别人。

隔壁邻居罗丝和戴维·哈珀夫妇二人,让我看到怎样才算是温暖贴心的朋友。罗丝不仅是一位母亲、农夫的妻子,更是一位专业的园丁。杰克去世前很多年,我们就讨论过我们两人的身后事。我们一致希望死后能葬在"海格特"小屋周围的田野里。为此,我们甚至试着挖了一小块地,看看地表以下的岩体结构如何,是否符合我们的预期。我真心建议如果有此打算,要和大家打好招呼,这样能消除很多不确定因素。杰克去世之后,就按照我们设想的那样,葬在了"海格特"那里。罗丝为此特意设计了一个小小的纪念花园。朋友们送上树苗,寄托哀思、以示纪念;在一个寒风凛冽的日子,我们几人种下了朋友们赠送的84棵树苗。当年,我最小的孙女夏洛特只有三岁,会把grave(墓)说成gravy(妙语),所以我们都把这个小小的墓园称为"妙语园"。罗丝一直慷慨地打理着这个小园子,仿佛赋予了这里魔法。戴维最近才退休,告别了耕作了一辈子的土地。他受到关节痛的困扰，但无论何时问到他的近况，他总会说"好得很"或是"棒着呢"。

我和女性同胞保持着长久的友谊。多年来，我与年轻时认识的女孩子们一直保持联系。利物浦在我生命中的意义非凡，我始终珍视那里的朋友，比如我的好友兼律师德里克·莫里斯的遗孀帕特·莫里斯，还有以前的麻醉医生同事约翰·克鲁克和雷蒙德·埃亨。

我在工作期间认识的女性，按职业背景可以分为几类，人数最多的是秘书和护士。我记得几乎所有共事过的秘书的名字和与她们相关的事情。她们一直是我生命中重要的一部分，见证了我的职业发展和成就。在我上班的年代，顾问医生很少有自己的办公室；早年间，我的"办公室"通常就是秘书办公室文件柜最上面的那个隔层，或者类似的空间。日子围绕着各位秘书展开，她们总是乐于聊上几句，在适当时候共情。

我写论文的时候，文字处理机尚未面世，"剪切""粘贴"是真正意义上的用剪刀剪、用透明胶带粘贴。我记得在完成长篇论文之后，把长长的一卷稿子交给利物浦的秘书苏，让她用打字机最后打出来。整个过程中，苏一直"备受折磨"。

我在圣玛丽医院时的秘书瓦尔非常了解我，总是用

"她在开会"这个理由保证我能享受到每天五分钟的小睡。有天,她一步迈进我的办公室,宣布不再负责处理我的电子邮件,让我学着自己来。我当时无比震惊。她说:"我会教您的。"这天真是让人难忘。我迈出了重要的一步,在退休后对此感受尤深。瓦尔在我的生命中非常重要。我一路向前,最终成为教授后,请瓦尔来担任我的学术私人助理。

勒妮也是位出色的秘书。我需要一名秘书打理我的私人出诊事宜,而勒妮当时的上司即将退休。他说一想到要和勒妮说再见,几乎就要忍不住流泪;我意识到,这是我的大好机会。事实证明,确实如此。勒妮就在我伦敦的家里工作,是不可多得的人才。她想教我认识"名人",会跟我说:"您周三晚上没有安排,所以我给您和杰克买了票去看……"勒妮把我的生活安排得井井有条,文件处得非常妥当,她就像是家里的一员。

某个周末,勒妮和丈夫要去北方看朋友,她在我的电脑屏幕上贴了便利贴,写着"我去吹冷风了"。他们回来时,勒妮突发大面积中风,摔倒在地。她丈夫打电话叫了救护车,也给我打了电话。我在医院和他们两人会合。回看20世纪90年代末的那一天,我意识到现在的中风护理与那时已经不可同日而语。勒妮去的医院(大型地区性综合医院）在非工作时间没有CT扫描，因此她被救护车转送到另外一家医院，我开车带着她丈夫紧跟在救护车后。我们到达医院时，已经接近午夜。医院对我们不闻不问，也没人告诉我们勒妮的情况。最终，还是我在医院里四处寻找勒妮，却只看到了她冰冷的尸体。要由我把这个可怕的消息告诉勒妮的丈夫。医院如此对待患者和患者亲属，让人完全无法接受，这也是我多年后出任卒中协会理事长的动力。充满人性关怀的紧急医疗至关重要，好在现在的情况已经大为好转。

我仍与不少以前的同事和朋友保持着联系，无比珍视与他们的友谊，比如神经科医生戴维·托马斯和妇科医生阿拉斯代尔·弗雷泽，他们两位都打从心底里热爱圣玛丽医院。圣玛丽医院就是这样一个地方。音乐学会（Music Society）是我与圣玛丽医院仍然保持的联结，我也倍加珍视；音乐学会等学生社团一直是我成年生活中的重要部分。我在退休时也曾担心会就此与学生、同事断了联系，但事实证明，这样的友谊未曾间断，对此，我极为珍视。

2020年3月15日清晨，我写下新冠疫情期间的第一篇日记。前一晚，我彻夜未眠，担心约好在坎布里亚我家的"女孩子"聚会不能如期举行。我们都是从医人员,我知道她们一定会支持我取消聚会。但我们对疫情的走向毫无概念,因此,取消聚会确实是个艰难的决定。我写道:

> 一早起来意识到,虽然今天是周一,但今天和未来的日子都会像是周日。世界感觉像是停转了。看不见的病毒仅凭一己之力就让人类世界停摆。全球如此。

大家慢慢意识到事态的严重性,先是偶有活动推迟,随之是大面积延期,最后全部取消。我的小时工还会来吗?最开始的时候可以,后来就不能来了。我还能去理发吗?最开始的时候可以,之后我是多么希望自己在封控之前去理了发。

疫情封控期间,大家有一个反应耐人寻味。我们渴望与亲朋好友保持联系,确认他们都还在坚持,也为了让他们知道我们彼此关爱。有位女外科医生朋友写信给我,"只是想让您知道,您对我的人生真的很重要。自从1993年起,您的照片就在我的照片墙上,但我那时真的没有想到,有朝一日能与您结识,(希望)我的努力也能把您的事业继续下去"。

同样，我也希望对我有特殊意义的人能知道我对他们的惦念。事态向着好的方向缓慢发展。我家的清洁工很贴心地打来电话，询问是否可以恢复工作。

2020年3月25日的日记只有下面两句话：

印度封控。

奥运会推迟。

我们开始在每晚八点，站在自家门口为国家医疗服务体系鼓掌打气。我开始做蛋糕，放在邻居家门口。

价值25英镑的蔬菜盒子送达时，是一周中最隆重的活动。这个蔬菜盒子非常不错，放在我家门外的桌子上，左邻右舍会过来查看、分享。看上去我这是已经做好了围城的准备。我去查了一下"围城"（siege）的定义：某地被包围、封锁——不算准确，毕竟外面没有成群的敌人，只有看不见的讨厌病毒。然后我又查了"病毒"（virus）的释义。"病毒"这一概念最早由荷兰科学家贝叶林克（Beijerinck）提出，定义为"有传染性的活性液体"，后来改称为"毒液"。

我在想，如果疫情封控期间就是我人生的最后阶段，我要在身后留下些什么？我第一次认真考虑要写下我自己的人生故事。我给每天的生活做了硬性规定：拉大提琴、弹钢琴、写作、锻炼、做饭、读书。

我和邻居们的做法可以给唐宁街好好上一课。在疫情封控期间，我们从未违反管控规定。如果天气不错，我们也只是坐在自家外面的桌边，远距离交流；天气不好的时候，我们都是在Zoom上见面。没有任何干涉措施，也没有收到罚单。

我对这样的隔离生活适应得出奇的好，因为我有很多事情可以做，还用上了新的通信工具。以前大流感的时候，人们相互之间无法保持联络，与现在比真是天差地别。人们一定会觉得特别孤单。

2020年圣诞节是我最低落的时候，即便如此，小孙子亚历山大和他爸妈突然出现在我家门外，给我带来了意外之喜。亚历山大站在寒冷的街上拉着小提琴，为我和周围的邻居演奏圣诞歌。可惜，他们不能进屋，不能分享我一个人的晚餐。我们遵守规定。

解封之后恢复正常生活也不容易，我第一次去商店和银行，感觉都像是一场走向未知的大冒险。我写到这里的时候，我们已经快速回到疫情前的正常生活，不过周围仍有不少病例。我一直问自己，疫情封控期间最困扰我的是什么？我想是无法与他人面对面交流，尤其是不能参加乐团活动。这样的答案或许毫不意外。

2020年8月13日，英国广播公司一位叫卡西的女士给我发来电子邮件，邀请我录制《荒岛唱片》节目。我的电子邮件开头就只有一个词——"哇"。

震惊、激动、感动、害怕，但无论如何，我这次都会接受邀请。这个节目太有名了，而且如果机会就摆在眼前，谁不会静下心来好好想想自己的选择呢？

首要任务是挑选唱片，但实际选择起来比理论上要困难得多。参加这个节目不只是列出自己最喜欢的音乐清单。我也是这个节目的听众，十分清楚节目的灵魂在于音乐背后的故事。我的单子上列出了近100张重要唱片，必须精简到八张。《荒岛唱片》早期时，挑选唱片更加艰难；但现在，有了油管（YouTube）等类似应用软件，足不出户就能轻松欣赏很多音乐。

我是在几个孙辈的协助下，选定了最后的曲单。海伦、凯瑟琳、哈里、夏洛特围坐在桌边，拿着各自的"设备"，我们一起边听边笑，挑选奶奶/姥姥的入围曲单。我们选中的都算是古典音乐，除了两张唱片，其余的都是彼得·马克斯韦尔·戴维斯、勃拉姆斯（Brahms）和肖斯塔科维奇（Shostakovich）的作品。

我在曲单里加上了阿巴乐队（Abba）的《舞蹈皇后》（*Dancing Queen*），它能让我想到几个孙辈，另外还有弗兰德斯和斯旺组合（Flanders and Swann）的一张关于伦敦公交车的唱片。我选这张唱片是因为我对这个组合所有的歌曲都烂熟于心，而且我在疫情封控期间拼装了人生第一个乐高积木——好友雪莉尔寄给我的红色伦敦巴士。疫情封控期间，我对拼乐高积木简直上瘾。

定好的曲单寄给了英国广播公司，我只需要静待录制日期。疫情期间，录制情况完全要看疫情走势而定。另外一位节目嘉宾不幸确诊，录制档期只能推迟，所以我的录制日期就提前了。我选择去英国广播公司现场录制，但只能自己在录音室里，主持人劳伦·拉弗内只闻其声，不见其人。

节目主题曲响起的时候，我百感交集；已无退路。劳伦是极富专业素养的主持人，整个录制过程让我非常愉快。我选择带上荒岛的奢侈品是三角钢琴，我还记得爸爸送给我第一架钢琴时说的话："三角钢琴有用，可以弹，可以用来养家糊口，实在过不下去了，还可以睡在下面。"

接下来就是等待节目播出。我觉得自己在采访时说了不少傻话，所以决定躲在书房里自己听节目。还好，没有我想的那么糟糕；所以节目结束后，我也能放松下来，和邻居（保持社交距离）喝香槟庆祝一番。我做了一个长满棕榈树的荒岛造型的蛋糕，放在门外的桌子上，朋友们可以过来自助分享。这次录制节目，在疫情的艰难时光中，让我精神振奋不少。

录制节目后，另一个让人意想不到之处是我收到了大量来信，比我人生中其他任何一个重要经历之后的信件量都要多。也正因如此，很多久未联络的朋友又再次热络起来。许多以前的患者通过各种方法又联系到我，不同阶段的老同事或是给我写信，或是发来电子邮件。节目播出后的数月间持续如此。在坎布里亚住在我附近的一位农民，在节目播出之后几周才在开拖拉机时从播客上听到我的这期访谈，特意写信向我表示谢意。显然，节目的影响力相当大。我很难过无法和挚爱的杰克分享，但除此之外，这次录制让我感到快乐，与有荣焉。

我的职业生涯全部奉献给了患者，努力平衡患者需求与我自己和家庭的需求，也就是现在的年轻人所说的工作与生活的平衡。我尽力满足患者需求，也不让家庭需求受委屈，但必须承认，如果患者出现急需解决的问题，我肯定是义无反顾地奔向患者。我经常是唯一一个能出诊的专家，所以只有两个选择：上手术或是拂袖而去。无论是否出现中风，血管外科的病例通常都是生死攸关，至少也会造成截肢。我真的无法转身离开，而且在人力所及的范围内，会竭尽所能。

我不属于个例。我相信大部分医生都会和我一样，无私利他是我们一切作为的核心。我知道有人对这样的责任嗤之以鼻，但对我而言，尽管这样的责任有时难免繁重艰巨，却是我们的一项特权。

此时回首，我意识到自己做出了最好的职业选择；这个职业尽管需要我和我的家庭都做出一些牺牲让步，但我无怨无悔。我也有幸一直都有人给予我支持。尽管爸爸妈妈最初觉得我的职业目标过高，但他们依旧默默支持我走向自己能力所及的最高点。只要他们看到我有足够的能力，他们就一定会全身心地支持我。

我在莱顿读的那所小学，为我日后发展打下了无与伦比的基础，具备优质教育的所有特征，激发了我对成功的坚定信念。选择在利物浦完成大学学业也让我受益匪浅。利物浦人天性善良和善，总是乐于向弱者伸出援手。我现在耳畔还能听到他们的鼓励："虽然你是女孩子，但如果你就想当外科医生，好样的，我们会支持你。冲吧，姑娘。"我在利物浦这座城市从未遭受过歧视，只要我是最合适的职位人选，我就一定会被选中。幽默，是默西塞德的生活底色。无论何时我回到莱姆街火车站，叫上一辆出租车，都会和出租车司机攀谈，乐趣自在其中。利物浦的人们总能发现我这个不同寻常的职业中有趣的一面，从不恶语伤人。我的人生观是，我们都需要尽量为工作、为生活注入一些风趣，添加一抹幽默。

显然，外科医生也要面对悲剧、承担忧伤。很多个夜晚，我无法入睡，担心自己无法治愈某位患者。我难免也会碰到治疗效果不理想，甚至是无力回天的时候。身为普通人，难免会扪心自问，是否是自己能力不足才导致了悲剧发生。此时，同事、家人的支持弥足珍贵，我们都需要在他人陷入困境时伸出援手。

我的两任丈夫都心胸宽广，给予我莫大支持，深知我的生活始终以患者为中心。我婚后的小家一直对我的工作给予极大理解。我只是希望我对医学的全情投入没有给我的家庭造成太大负担。杰克是最完美的灵魂伴侣，当然也是我的人生挚爱，给了我慷慨的支持。因为他，我走进了一个有孩子的家庭，儿女孙辈至今承欢膝下。

对于我为之奉献一生的事业，我希望它能够继续秉持职业精神，始终信奉无私的利他主义。我一直为国家医疗服务体系感到自豪。我现在是这个体系的受益人，而非工作者，我希望这个体系是能让国民骄傲的医疗保健机制，全面、体贴、友好。

我也希望现在的年轻医生能像我当年一样享受工作。孩提时，我想自己很清楚终我一生要做的事情，后来证明我从小就认定的职业选择无比正确。我享受从医过程中的每个细节，能成为这项事业的一分子让我感到与有荣焉。我从未觉得为之付出大量时间和精力是一种负担，我始终受到尊重。

我希望自己已经做到了向下一代外科医生传授技术技巧，或许更重要的是，向他们传递了态度和信念。患者的福祉高于一切，当然也不应忽略同事的安康，对他们善待、体贴，绝不轻视。没有任何形式的歧视或欺凌。

写这本书，让我有机会回看自己的来时路，也让我用意想不到的方式深深表达谢意——同事、患者、家人、朋友，感谢你们出现在我的生命里，也感谢你们让我触摸到你们的生命。

最后，我要对年轻人说，无论来自什么家庭和背景，你都可以实现自己的梦想。把握每一个机会，去发现能让你获得满足的东西，然后向着目标出发。我认为成功的秘诀就是努力、谦恭、幽默。祝愿你们快乐，皆有所成。

致　谢

就像在本书中写到的那样,我要感谢我生命中的家人、朋友、同事、患者。虽然仍有很多重要的人没有留下名字,但对我同样意义重大。我无法说出每位秘书、实习医生、护士、同事、患者、朋友、老师的名字,但你们每一位都是我人生拼图中不可或缺的一片。我对你们大家心怀感激,没有你们,也就无法造就今天的我。

我曾想记录下生命中的每一个重要事件,留给孙辈,让他们能够准确了解我的一生。但我也意识到没有记忆能百分之百准确无误,会随着时间流逝越发模糊。我的模糊想法,在大家的鼓励下最终成为这本回忆录。2021年2月,我突然收到Lauren Gardner的电子邮件,说听完我的那期《荒岛唱片》节目之后,她觉得我应该写一本回忆录。然后她就着手推进,这才有了本书的问世。写作过程中，Katie Fulford始终指引我的每一步，直至此刻。

还必须提到Sam Ramsay Smith。Sam是位退休外科医生，多年来一直在写自己的回忆录。他曾经在利物浦读书、工作，我们就此产生了交集。在我写书的过程中，他给出了中肯的建议，给了我莫大的支持。

我也向我的朋友Carol O'Brien寻求建议，她是位富有经验的睿智顾问。

后来，Penguin Random House旗下出版品牌Ebury的Claire Collins走进了我的生活，她始终如一地鼓励我、支持我。Claire又介绍我认识了Paul Murphy，他是本书得以面世的关键人物。虽然我时有动笔，对写作并不陌生，但当时的书稿完全是科学文章风格，充斥着烦冗的词汇，读起来令人深恶痛绝。Paul教我如何给文章润色，注入情感，他非常有耐心，循循善诱。我对他感激不尽。

戴维和利兹·赖利夫妇二人都是医生，与我相识多年，给了我很大帮助。戴维是外科医生，他的写作水平是我无法达到的高度。他们两人对本书的内容和标题都给出了深思熟虑的建议。书中提到的彼得·泰勒为本书内容的选取提供了灵感。同样，Linda de Cossart、Colin

Bicknell、Kathy Dixon，我的澳大利亚朋友雪莉尔和迈克尔，我的儿媳妇Julie，以及我的邻居Gill、Bernie、Diana和Meira也为这本书出谋划策。谨向各位献上我的诚挚谢意。衷心希望这本书不负众望。

图书在版编目（CIP）数据

她手中的柳叶刀 /（英）埃夫丽尔·曼斯菲尔德著；萧潇译. -- 北京：中国工人出版社，2025.7. -- ISBN 978-7-5008-8358-6

Ⅰ.I561.55

中国国家版本馆CIP数据核字第2025FL2233号

著作权合同登记号：图字 01-2023-6140

Copyright © Averil Mansfield, 2023

First published as LIFE IN HER HANDS: THE INSPIRING STORY OF A PIONEERING FEMALE SURGEON in 2023 by Ebury Spotlight, an imprint of Ebury Publishing. Ebury Publishing is part of the Penguin Random House group of companies.

No part of this book may be used or reproduced in any manner for the purpose of training artificial intelligence technologies or systems.

她手中的柳叶刀

出版人	董　宽
责任编辑	董芳璐
责任校对	张　彦
责任印制	黄　丽
出版发行	中国工人出版社
地　　址	北京市东城区鼓楼外大街45号　邮编：100120
网　　址	http://www.wp-china.com
电　　话	（010）62005043（总编室）　（010）62005039（印制管理中心） （010）62001780（万川文化出版中心）
发行热线	（010）82029051　62383056
经　　销	各地书店
印　　刷	北京市密东印刷有限公司
开　　本	880毫米×1230毫米　1/32
印　　张	10.375
字　　数	200千字
版　　次	2025年7月第1版　2025年7月第1次印刷
定　　价	68.00元

本书如有破损、缺页、装订错误，请与本社印制管理中心联系更换
版权所有　侵权必究